CHARADE BUNKO

蓮川愛

Illustration

蓮川愛

CONTENTS

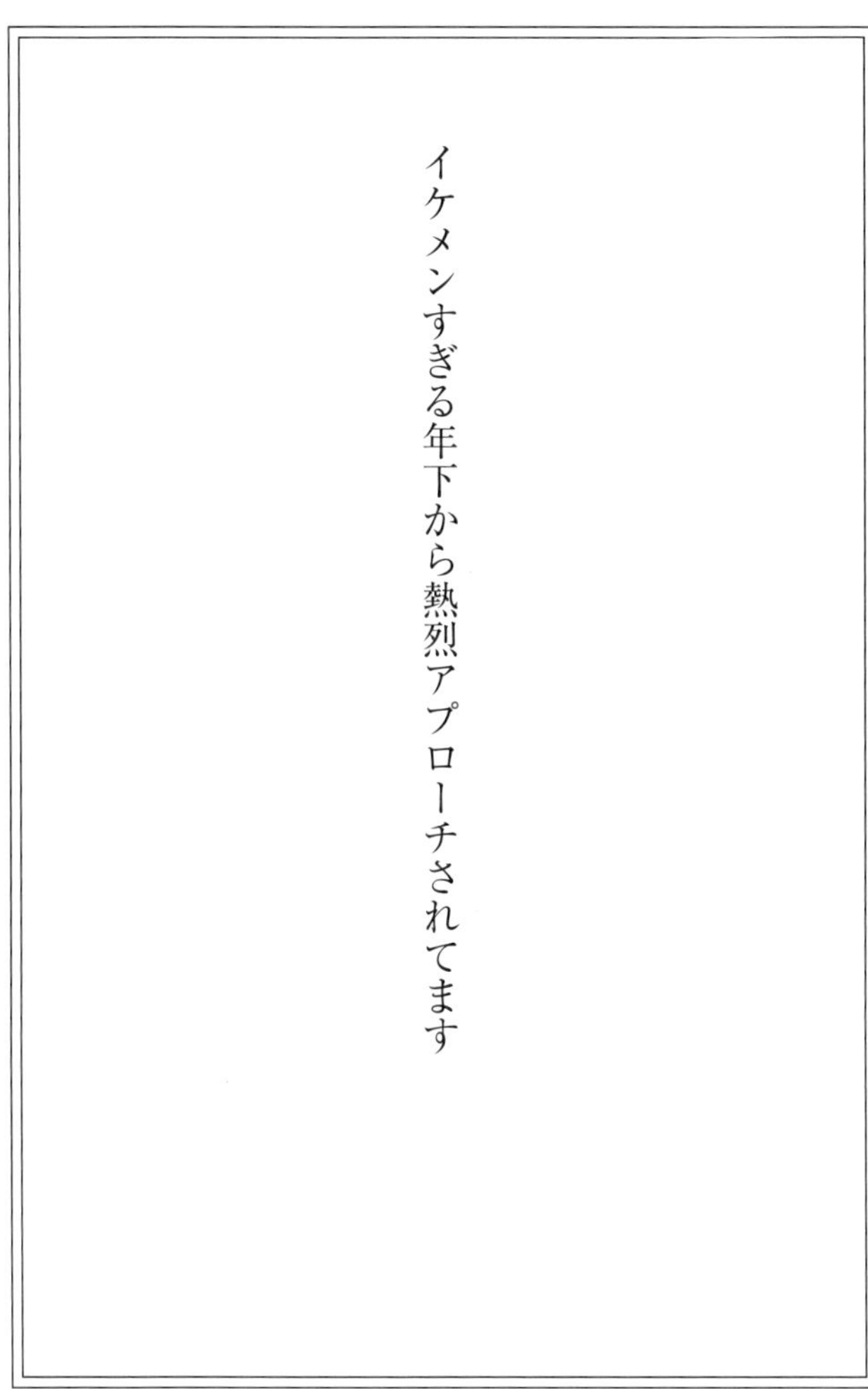

イケメンすぎる年下から熱烈アプローチされてます

感情の変化は体温の変化だ。怒りを覚えると腹の底が熱くなり、失敗したときは背筋が冷たくなる。恐怖に指先の温度を奪われ、誇らしい気持ちが耳の先を熱くする。

喜一(きいち)の勤める会社の営業部長は、些細(ささい)なことで激するため『瞬間湯沸かし器』と呼ばれているし、どれだけ泣きつかれても工場の工程を変えようとしない工場長は『青い血の流れる冷血漢』と呼ばれている。どちらも温度に関しているのが興味深い。

会社では、客の要望に合わせてタッチパネルつきの精算機やカメラつきカード発行機など、産業用制御装置の製造と販売を行っている。

本社には営業部、技術部、購買部、品質管理部、総務部があるが会社の規模は小さく、社員が一堂に会しても三十人に届かない。本社から電車で二時間ほど離れた場所には工場もあり、こちらに勤める工員の方が数は多かった。

喜一は品質管理部所属の三十三歳。高校卒業後に入社したので社内では古株扱いされ、いつの間にやら主任などという肩書までもらって営業部と工場の間で板挟みにされている。相手の言い分に怒鳴り返すでもなく、冷徹に切って捨てるでもなく、眉一つ動かさずに淡々とスケジュールを管理する喜一は熱くもなく冷たくもない、さしずめ常温の男だ。

だから会社の忘年会で行われたビンゴ大会で一等が当たったときも、周囲にぺこりとお辞儀をしただけで笑顔すら見せなかった。

「ひどいですよ田辺さん、俺結構悩んで景品選んだのに！」

居酒屋の片隅でビールを飲んでいたら、忘年会の幹事である三上がホームベースに飛び込む高校球児並みの勢いで喜一の横に滑り込んできた。畳の敷かれた座敷で飲んでいるので、ナイロン製の靴下の裏が思ったよりも滑ったらしい。

三上は今年の春に大学を卒業したばかりの新入社員だ。喜一と同じく品質管理部に所属しているが、普段は課長が面倒を見ているため喜一と会話をする機会はあまりない。

三上から声をかけてくるなんて珍しいと思ったら、だいぶ酔いが回っているようだ。忘年会の目玉でもあるビンゴ大会が終了して気が抜けたのだろう。三上は喜一の横に陣取り、持参したグラスからサワーをぐいぐい飲む。

「一等が当たったのにこんなに喜んでもらえないなんて落ち込みます……！」

「いえ、喜んでます。ありがとうございます」

「そんな無表情で言われても信じられません！」

「すみません、地顔なもので」

表情が乏しいのは昔からで、顔面の筋肉は常に節約モードだ。せめて三上のように丸顔で童顔気味なら表情など作らなくとも愛嬌があっていいのだが、いかんせん喜一は無骨な三十男でしかない。

顔立ちは至って平凡。一重の瞼に薄い唇。印象に残るものは何もなく、一度では顔を覚えてもらえないことも多い。身長は男性にしては小柄な百六十センチ半ば。けれど工場で重たい段ボール箱を運ぶことが多いので少々筋肉質な方ではある。

地顔が辛気臭いらしく、表情を作らないと疲れているのか不機嫌なのかどちらだと二択を迫られることもあるがどちらも違う。今だって、居酒屋の一角を借りて行われた忘年会を本当に楽しんでいるし、明日から年末年始の休みに入ることに胸を躍らせてもいる。他の人間と比べると感情の起伏がなだらかで顔に出にくいだけのことだ。

しかし三上は納得していない様子で、赤ら顔でこちらを睨んでくる。どうしたものかと思っていたら、向かいの席に座っていた営業部長の厚澤に声を立てて笑われた。

「三上ぃ、やっぱりビンゴの景品ビールサーバーにしとけばよかったんじゃないか？」

五十も半ばを過ぎた厚澤の声は太くて大きい。店内は豪雨の中にいるような喧騒に包まれているが、そんな中でもよく通った。

周囲の声にかき消されぬよう、三上も声を張り上げる。

「ビールサーバーはビール飲まない人は嬉しくないですよ！」

「ゲーム機だってゲームをやらない奴は嬉しくないんじゃないか？　田辺もゲームとかやらないだろう」

厚澤から話を振られ「やったことありませんね」と即答すると、わかりやすく三上の肩が下がった。年末の忙しい時期に幹事を押しつけられて疲弊しきった背中が不憫で、そっと言葉を添える。

「ありませんけど、せっかくなので年末にやってみます。本当に一等が当たって嬉しいんですよ。顔に出にくいだけで」

そう声をかけると、いきなり三上が顔を上げた。

「それ！　前から思ってたんですけど、なんで田辺さんいつも敬語なんですか？　俺みたいな新人相手にしてるときまで！」

「ほら三上、ちょっと飲みすぎだぞ」

さすがに厚澤が割って入ってくれて、三上のためにウーロン茶を店員に頼む。

「田辺は入社当初から誰に対しても敬語なんだよ。年上、年下関係なく」

「なんか距離を置かれてるみたいで寂しいんですけど」

「だとさ、田辺。敬語なんか取っ払ってやったらどうだ？」

据わった目でこちらを見る三上と、完全に面白がっている厚澤を視界に収め、喜一は首を傾げるような仕草をした。

「すみません、ついくせで。今後は善処します」

「する気ないですよね、それ絶対！」

わっと両手で顔を覆った三上を厚澤が笑い飛ばす。

「田辺は堅物だからなぁ。その真面目なところが工場長にも気に入られてるんだろ。工場長も俺の言うことは聞かないけど、田辺の言うことは聞くもんな」

「恐縮です」と頭を下げれば、なぜか厚澤ではなく三上から「やっぱり固いんですよ」と言われてしまった。向かいで厚澤が笑いながら焼酎のグラスに口をつける。

「田辺の親父さんも真面目一辺倒な人だったし、親子でよく似てるよ」

「厚澤さん、田辺さんのお父さんのこと知ってるんですか？」

「ああ。親父さんも昔うちの会社に勤めてた」

「じゃあ、今は？」

厚澤の目が泳いだ。話題のチョイスを間違ったことに気づいたらしい。

三上は三上で酔っ払いなので、厚澤が口ごもったのに気づかない。喜一に顔を向け「今はどうされてるんです？」なんて尋ねてくるので、喜一もつるりと返事をした。

「今は鬼籍に入ってます」

「キセキ？　きせ……って」

「墓の下です」

わかりやすく言い直すと、さっと三上の顔が青ざめた。厚澤が弱り顔で眉を下げる。

同じテーブルには他にも数名の社員がいたが、ぐらぐらと煮える湯に水を差したように一瞬で周囲が静まり返る。

どうやら言わなくてもいいことを言ってしまったらしいと気がついたときにはもう遅く、喜一はようやく自分も多少酔っていることを自覚するのだった。

忘年会も無事終わり、店の前で「よいお年を」「また来年」と声をかけ合い解散する。後は家に帰って眠るだけ、と言いたいところだが、なぜか喜一は一人暮らしのアパートに三上を招く羽目になっていた。

あの後、己の失言にうろたえた三上は逃げるようにその場を去ったが、忘年会が終わってからまた喜一のもとにやってきて「せめてゲーム機のセッティングだけでもさせてください！」と言ってきかなくなったのだ。罪滅ぼしのつもりらしいが、酔っ払いの理屈はときどき不条理だと思わざるを得ない。

もう十年近く住み続けている1Kのアパートにやってくると、三上はテキパキとテレビにゲーム機をつなげてくれた。それだけでなく、インターネットの接続やソフトウェアのアップデート、アカウント設定までしてくれる。

そんなことをしているうちに三上の酔いも引いてきたらしい。最初は赤ら顔で気に入りのゲームについてぺらぺらと喋(しゃべ)っていたが、だんだん真顔になってきた。夜も遅い時間に会社の先輩の家に押しかける非常識さにようやく思い至った顔だ。

すべての設定を終えると、三上は気まずい空気を振り払うように室内を見回した。

「なんか、随分広い部屋に住んでるんですね」

「広くもないですよ。八畳ですから」

「え……っ、十畳以上あるかと思いました」

「物が少ないからそう感じるのかもしれません」

誇張ではなく、この部屋にはほとんど物がない。あるのはテレビとローテーブルくらいだ。服や布団はすべて押し入れに入っており、収納棚の類もない。遮蔽物がほとんどないおかげで、互いの声が天井やフローリングの床に薄く反響するほどだった。

一応エアコンはかけているが、ラグも何も敷かれていない床から冷気が上がってくるのか三上は寒そうに二の腕をさすっている。

「田辺さんってもしかして、ミニマリストだったりします？」

「意識して物を減らそうとしているわけではないんですが、必要がないもので」

「ええ……？　テレビ台くらい買ったらどうですか？　床に直置きしてる人、初めて見ましたよ。あと、せめて座椅子とか。床に座ってると腰痛くありません？」

「帰ったらすぐ寝てしまいますから」

一問一答のような会話は三上からの質問が尽きてすぐに終わる。

決して会話を打ち切ろうとしているわけではないのだが、あいにく十歳以上年下の相手が喜びそうな話題が見当たらない。部屋の中に家具や雑貨がほとんどないのと同様に、喜一の中には他人と共有しあえる趣味や話題の類がなかった。

三上は居心地悪そうに室内を見回し、まだカーテンが閉まっていない腰高窓に目を留めた。窓辺には、掌(てのひら)にすっぽりと包み込めてしまう大きさの小石が置かれている。

インテリアはおろか生活に必要な雑貨すらろくにない部屋の中で、なんの変哲もない丸い石は三上の目によほど奇異に映ったらしい。「あれ、なんですか？」と窓辺を指さし喜一を振り返る。

「河原で拾った石です」

「田辺さんってそういうの拾ってくるタイプなんですか？　ちょっと意外です」

生活感のない部屋の中でようやく見つけた人間味にホッとしたのか、三上は窓辺に近づくと遠慮なく石を手に取った。

「石とか探すの趣味なんですか？　他にもたくさんあったり？」

「いえ、その一つだけですね」

「へー、特別変わった形でもないですけど」

三上の言う通り、一口サイズのまんじゅうを軽く押しつぶしたような形の石に際立った特徴はない。色がついているわけでもなく縞(しま)模様があるわけでもなく、ただ川を下るうちに角が取れて丸みを帯びただけの小石だ。

それでもその石は、もう二十年以上前から喜一の手元にある。

喜一が小学四年生のとき、父親と一緒に河原で拾った石だった。一番丸い石を探そうと二人で競争して、父が見つけたそれをもらい受けたのだ。喜一にとっては遺品のようなものである。

他愛もなく懐かしい思い出だが、飲み屋で父の話を出したとき三上がどんな顔をしたのか思い出せば口にできるわけもなく、喜一は無言で頷く（うなず）にとどめた。

それ以上は会話も広がらず、三上は小石を窓辺に転がしてそそくさと帰り支度を始めた。

「それじゃあ、あの、よかったら遊んでみてくださいね。一緒につけたゲームも面白いですから、年末年始にぜひ」

「わかりました。わざわざ設定までしてもらって、ありがとうございました」

「……そうでもしないと、田辺さん一生ゲーム機の箱開けてくれなそうだったんで」

ビンゴ大会の景品を選んだ三上としては一等の扱いが気になるのだろう。この一か月、三上が幹事の仕事に奔走しているのを横目で見つつ、特に相談に乗ってやらなかったことを今になって少しだけ申し訳なく思った。

「ちゃんと遊びますよ。こうして設定までしてもらったんですから」

「本当に、面白いんでぜひやってみてくださいね」

「わかりました。今日はありがとうございました。よいお年を」

三上は何か言いかけたものの、口から出てきたのは小さなゲップだ。慌てたように口を覆い、「よいお年を」と一礼して部屋を出ていった。

アパートの外階段を下りていく三上の足音が消えるのを待って部屋の奥に戻る。窓の前を通り過ぎようとして足を止め、窓辺の小石に目をやった。

カーテンはまだ開けっ放しのままで、ガラスの向こうから師走(しわす)の冷たい空気が靄(もや)のように漂ってくる。指を伸ばして小石に触れると、思った通りひやりと冷たかった。

そっと指先でつまみ上げ、掌の上に載せてみる。綺麗(きれい)でもなければ珍しくもない無骨な石は、どこか自分に似ている気がした。日差しの下に置いておけばいくらか温まることもあるが、自ら熱を放つことはない。

少しだけ歪(いびつ)な石の輪郭を指先でなぞる。三上はこれを無造作につまみ上げ、放るように窓辺に戻した。川辺で拾ったただの石なんてそんな扱いが順当だとは思うが、なんとなく石を撫(な)でてしまう。

あのとき、亡き父が生前に拾ってくれた石なのだと伝えていれば、石に触れる三上の手つきも変わっていただろう。それをあえて口にしなかったのは自分自身だ。

口をつぐんだのは、身内の死に三上が思いがけず動揺していたから、というのもあるが、それ以上に、伝えたところでなんになる、と思ってしまったのも大きかった。

自分はたぶん、この先も一人で生きて、一人で死ぬ。この部屋にあまり物がないのは、自分の死後、部屋の処理をしてくれる誰かの手をできるだけ煩わせないようにするためだ。

母親を幼い頃に亡くし、父も十五年前に亡くした喜一に身内はいない。親しい友人もおらず、死後の処理は行政を頼ることになるだろう。縁もゆかりもない人に、無感動に処理される。道端で息絶えた昆虫が、無言の蟻に黙々と運ばれていくように。

自分が死んだら、この世に何も残さなくていい。物はもちろん、他人の中に記憶すら。そんなふうに自分が思っていることも、他の誰かに語るつもりはなかった。

石の輪郭を指先で辿り、窓辺に戻してテレビの前に向かう。

ゲームのホーム画面が表示されたテレビの前にしゃがみ込んだ喜一は、真新しいゲーム機をしげしげと眺め、慣れない手つきでコントローラーを握った。

子供の頃はゲーム機など持っていなかった。小学生のときに友人の家で少しだけ遊ばせてもらった経験があるだけだ。当時は友人たちを羨ましく思っていた――ような気がするが、何しろ二十年以上前のことである。当時の感情は透かしガラスを二枚ほど重ねた向こうにあるようで、ぼんやりとしか思い出せなかった。

テレビの前にはゲームソフトも置かれている。パッケージには、西洋風の鎧を着た青年が大きな狼と対峙するイラストが描かれていた。

テレビのコマーシャルで見たことがあるゲームだな、というくらいの認識はあった。敵と戦うゲーム、とざっくり理解していたが、三上によると主人公はデビルハンターなる職業で、襲いくる悪魔を武器や技を駆使して倒すのだそうだ。パッケージに描かれた狼もただの狼ではなく悪魔の類なのだろう。

（デビルハンターか）

これまでほとんどゲームに触れる機会もなかった自分の手に負えるだろうか。正直なところ自信はなかったが、三上があれほど気にしていたのだ。新年に会社で顔を合わせたらゲームの感想など尋ねられるに違いない。

せっかくオンラインで遊べるように設定までしてもらったのに、一度もゲームをしないというのも申し訳ない。

（やってみるか）

とりあえず、どんなものなのか見てみるだけ。

喜一はテレビの前で胡坐（あぐら）をかくと、改めてコントローラーを持ち直した。

かくして喜一は新米デビルハンターとして冒険の世界に旅立った。

子供の頃ならいざ知らず、大人になった今はゲームにのめり込むこともないはずだ。冒頭をさらっと眺め、三上には「画面が綺麗でした」とか「操作が難しかったです」なんて当たり障りのない感想を述べておこう。そう思っていたが、往々にして現実は予想通りにならないものだ。

殺風景だったアパートに最新ゲーム機がやってきてから三日目の大晦日。喜一はゲームのエンディングを迎えていた。

流れていくスタッフロールを呆然と眺め、携帯電話を取り出して日にちを確認する。大晦日の二十二時。忘年会が終わった夜、軽い気持ちでゲームを始めてからの記憶が少々曖昧だ。

いや、記憶はある。ゲームの中で喜一は新米ハンターとなり、教会から悪魔討伐の依頼を受けて村を出た。しかし悪魔は強く、喜一のコントローラーさばきはあまりにもぎこちなく、どのボタンを押すとテレビの中のキャラクターがどう動くのか体に叩き込むまでに一晩かかり、初陣で勝利を収めたときには夜が明けていた。

さらに教会と悪魔の間に隠されていた因縁を知り、過去に封印された巨大悪魔の復活を防ぐべく奔走。努力虚しく復活した悪魔に挑んでは倒され、二十九回目の再戦でようやく勝利を摑んだときは疲労で指先がぶるぶる震えていた。

そういうゲーム内の展開は鮮明に覚えているのだが、実際にゲームをプレイしていた生身の自分がこの三日間何を食べ、いつ眠り、どう風呂に入ったのかよく覚えていない。

なんだかまったく、やめ時がわからなかった。

ゲーム内では教会からテンポよく次々と指示が下る。次はあちらの町に行け、今度はあちらの悪魔を倒せ、こちらの山道に悪魔が現れ道が使えなくなった、急行せよ。

喜一は真面目な質なので、指示が下るとすぐ実行しなければという気分になる。失敗すれば再挑戦する。成功するまでやめられない。やらなければ、という義務感が背中を押す。現実とゲームの区別がつかないわけではないのだが、指示を受ければ完遂するまで黙々と動いてしまうのは長年の社会人生活による習性に近いものだったかもしれない。

かくして喜一は、三日で新米ハンターを脱して立派なゲーマーになった。

エンディングを迎えたらゲームも終わりかと思いきや、スタッフロールの後も当たり前にゲームは続いた。

今まで喜一が辿っていたのはいわゆるメインストーリーで、ゲーム内には大樹の周囲に広がる枝葉のようなサイドストーリーが存在していた。メインストーリーはひたすら強い悪魔を倒していくものだったが、サイドストーリーは悪魔を弱らせて捕獲しろだの、同じ種族の悪魔を十匹倒してこいだの雑多な依頼が多い。

依頼内容をざっと眺めた喜一は、職場にいるのと同じ顔で淡々と依頼をこなした。

工場に納入される板金にキズやバリや色ムラがないか丹念にチェックしたり、振動試験や耐熱試験の微妙な誤差を記録したりと、細かく面倒な仕事は日常茶飯事で、ゲーム内のしち面倒な依頼にも抵抗はなかった。やれと言われたらやるだけである。

そんなわけで、新しい年を迎えたその瞬間も喜一は黙々とゲームをしていた。年越し蕎麦は食べ損ねたが空腹も感じなかった。

三が日もゲームをして過ごし、初出社の日は睡眠不足と貧血で会社に向かった。

明らかに顔色の悪い喜一を社内の人間は案じてくれたが、ゲームをしていたとは言えず「問題ありません」で押し通した。すぐにでもゲームの感想を尋ねてくるかと思われた三上も、げっそりとやつれた喜一を心配したのか声をかけるどころか近寄ってくることさえなかった。

仕事が終われば自宅でデビルハンターの仕事が待っている。ゲーム内のこととはいえ、仕事が残っているというのはなんだか気持ちが悪い。会社にいる以外の時間はすべてゲームに充てる生活が二週間も続いた一月の半ば、喜一はようやくすべてのサイドストーリーを完遂した。

これでゲームもいったん終了かと肩の力を抜いた矢先、喜一は知ってしまった。

このゲームに、配信クエストなるものがあることを。

新しい討伐依頼がインターネットで配信されている。さらによくよく確認してみれば、あるではないか、過去に配信された討伐依頼の数々が。まだまだゲームは終わらない。

ちょうど配信されたばかりの新しい討伐依頼がある。早速挑んでみたのだが、これがまったく、歯が立たない。

再戦、再戦、今日はもう時間がないのでまた明日。そんなことを一週間も繰り返した上曜の夜、喜一はコントローラーを手に首を傾げた。

（……これは本当に倒せる敵なのか？　よほど特殊な勝利条件でもあるのでは？）

討伐に失敗してブラックアウトしていく画面を眺め、喜一は真剣に考え込む。

この一週間毎日同じクエストに挑戦しているが、未だに一度も敵に勝てない。今日は仕事も休みなので一日中コントローラーを握っていたが、勝利の糸口すら掴めずにいた。

（敵の攻撃に当たることはなくなってきたし、こちらの攻撃も当たるようになってはいる。でもまったく倒せない。制限時間の六十分では時間が足りないんじゃないか？）

腕を組んで画面を眺めていた喜一は、うん、とひとり頷く。これはいよいよ、機が熟したのかもしれない。

このゲームにはオンラインプレイというものがあるらしい。ネット回線の向こうにいる見知らぬ誰かとマッチングして、最大四人まで同時プレイが可能だ。この協力プレイこそが醍醐味なのだと、酔った三上も言っていた。

自分のような素人が他のプレイヤーと共闘するのは時期尚早だと思っていたが、一応メインストーリーのエンディングは見ている。今こそ先達の協力を仰ぐときだと思い定め、喜一は慣れない手つきで初めてのオンラインプレイに挑んでみた。

ゲーム内の教会には立て看板があり、そちらに共闘を募集するプレイヤーの名前が並んでいる。大半が先週配信されたばかりのクエストに挑むべく募集をかけていた。

とりあえず、画面の先頭に表示されていたプレイヤーの名前を選択すると画面が切り替わり、暗がりに焚火の光が浮き上がった。

悪魔の討伐に出るときは必ず焚火の前からスタートする。プレイヤーはここから出発してフィールド内のどこかにいる悪魔を見つけて倒し、教会に戻る。それが一連の流れだ。

いつもは焚火の前に自分の操作するキャラクターだけがぽつんと座っているのだが、今日は他のプレイヤーの姿もあった。自分以外のキャラクターはてんでばらばらに動いていて、本当に他の誰かがどこかでこのキャラクターたちを動かしているのだと感動する。

初のオンラインプレイに緊張しつつ、迷惑はかけないようにしなければ、などと決意を新たにしていた喜一だが、なぜかキャンプ場からフィールドに飛び出す前にふっと画面が暗くなった。おや、と思う間もなく、画面の中央に何か表示される。

『クエストが取り消されました』

そのまま画面はブラックアウトして、再び教会に戻ってきてしまった。

喜一はコントローラーを握りしめたまま目を丸くする。

どうやら、共闘者を募集していたプレイヤーの一存でクエストを取り消すことができるらしい。しかしまだ敵と遭遇もしていないのに、なぜ取り消されてしまったのかよくわからない。

首を傾げながらも別のプレイヤーのクエストに参加してみる。だが、またしてもキャンプを出る前にクエストを取り消されてしまった。もう一度挑むも結果は同じだ。

（……何か俺に問題が？）

まだゲームを始めて一か月にも満たない初心者であることがばれてしまったのだろうか。しかし一体どうやってそんなものを見分けるのか。ゲーム初心者の自分は知らない見分け方があって、それで忌避されているのかもしれない。

オンラインで遊ぶなんてまだ早かったのか。悄然と肩を落とすも諦めきれず、最後にもう一度だけ他のプレイヤーが受注したクエストに参加してみることにした。

画面が切り替わり、焚火の光が映し出される。

今回も、喜一の他に三人のプレイヤーがいた。喜一はコントローラーを手に、じっと画面に視線を注ぐ。いつもなら少し経つと画面が暗転し、『クエストが取り消されました』と表示されるが、今回はどうだ。

喜一以外のプレイヤーたちは焚火の周りをうろうろしていたが、突然示し合わせたように全員の動きが止まった。そのまましばし静寂が流れる。

いつもならとっくに画面が暗くなっているはずだが、今回は少し様子が違う。もしかしたら、一緒に討伐に行ってくれるだろうか。

何か、こちらから訴えかけることはできないか。よろしくお願いします、と頭を下げたいところだがゲームの中ではそれもできない。

迷った末、喜一はコントローラーを操作して三人に近づいてみた。三人の周辺をうろうろと歩き回っていると、そのうちの一人がこちらに近づいてくる。なんだろうと思っていたら、ゲームのキャラクターが喜一に向かってぺこりと頭を下げた。

思わず声を上げてしまった。そんな動きができるのか。

あたふたとボタンを押し、ウィンドウを開いてみてようやく『アクション』というコマンドがあることに気づいた。オフラインで遊んでいたときには表示されなかったものだ。『お辞儀』というアクションコマンドを見つけて選択すると、喜一が操作するキャラクターが頭を下げた。なんだか変な感じだな、と思っていたら、急に三人が走り出した。キャンプ場を抜け、どうやら悪魔を探しに行ったらしい。

（一緒に行ってくれるのか……！）

門前払いを食らい続けていた喜一は喜ぶよりも驚いて、慌てて三人の後を追いかけた。

フィールドの奥から現れたのは、上半身が美しい女性で、下半身が大蛇の悪魔だ。相手の攻撃を食らえば即死は免れない。喜一はいつものように紙一重のところで敵の攻撃をかわして懐に飛び込み、一撃当てて後退するという行動を繰り返す。

とにかく一緒に来てくれた三人に迷惑をかけないようにとそればかり考えていたが、三人はかなり無謀に悪魔に近づき武器を振るっている。たまに相手の攻撃が当たっても即死はしない。喜一が盾を構えても一発も耐えられない攻撃を軽々と受けている。

何か特殊な方法で相手の攻撃威力を半減させる方法でもあるのだろうか。不思議に思ったが今はそれどころではない。敵の攻撃をかわしながら必死で反撃を続ける。

三十分後、喜一は初めて半人半蛇の悪魔を倒すことができた。

「倒せた……！」

悪魔の巨体がドッと地面に倒れ、思わず声を漏らしていた。

敵を倒せば強制的にクエストも終わる。せめて最後に一緒に戦ってくれた人たちに礼がしたい。先ほど覚えたばかりのお辞儀をしようともたもたコントローラーを操作していると、急に画面上に見覚えのないウィンドウが現れた。

『装備変えてこい』

ウィンドウにはそう表示されていた。ぽかんとそれを見ていたら、次々と新しい文字が表示される。

『それだけ動けるのになんで初期装備』

『このクエストで初期装備クリアとかありえん』

『せめて武器だけでも強いやつ作ってこい』

ずらずらと並んだそれを見て、ようやくチャットで話しかけられているのだと気がついた。このゲームにはそんな機能もあったのか。

うろたえているうちにまた何かメッセージが送られてきた。悪魔を倒すと手に入るアイテムがずらりと列挙されている。

『これ持って武器屋でホーリーブレイド作ってまた来い』

チャットが届くと同時に画面が暗転した。クエストクリアの文字が表示され、通信が切断される。敵を倒して三十秒経ったら自動で教会に戻されるのは、オフラインで遊んでいるときと変わらないらしい。

喜一はコントローラーを持ったまま目を瞬かせる。なんだかいろいろ言われてしまった。

(……武器屋)

そういえばそんなものもあった。ゲーム開始直後に立ち寄ってみたが、手持ちもないので何も買えずに帰ってきた。あれきり足を向けていない。

言われるまま武器屋に向かった。幸い資金はたんまりある。なんでも買えるだろうと思いきや、商品名が表示されているのになぜか購入できない武器がいくつかあった。

しばらく眺め、武器を買うには金だけでなく、それを作るための素材も必要らしいと気づく。素材は悪魔を倒して手に入れるもののようだ。

チャットで大量のアイテム名を列挙された理由がようやくわかった。同時に、自分がまだゲームの内容をまるで理解していなかったことも思い知る。

(そうか。武器や防具は新しいものを買わないといけないのか。初期装備って言われたけど、確かにゲーム始めてからずっと同じ武器と防具使ってたな)

ゲーム初心者の喜一には、ゲームのお約束事が一切わからない。とにもかくにも言われた通り、ホーリーブレイドとやらを購入してみた。幸い必要素材も手持ちで足りた。プレイ時間の累積はかなりのものになっているので一通りアイテムは揃っているのだ。

（……チャットで、『また来い』って言われたな）

喜一はコントローラーのボタンをあれこれと適当に押し、どうにかチャットのログを開く。ログには発言した人間の名前も記載されていた。クエスト終了間際にメッセージを送ってくれた相手の名は『ｓｕｍｉ』。スミと読むのだろう。

もしかするともう一度クエストに誘ってくれたのだろうか。淡い期待に背を押され、再び教会に向かい共闘を募集しているプレイヤーを探す。

『ｓｕｍｉ』の名前はすぐに見つかった。先ほどと同じクエストを受注している。迷いながらもｓｕｍｉが受注しているクエストを選択してみると、すぐに画面が暗転した。

焚火の前に、先ほどの三名がいる。チャットができることがわかったのでまずはアドバイスの礼を言おうとしたが、三人は喜一の反応も待たずキャンプ場を出ていってしまった。

慌てて追いかけ、再び敵と相まみえる。

今度の戦闘は、なんと十分で終わった。

この一週間、一人で戦っていたときは六十分いっぱいかけても倒せなかった敵が、たった十分。武器を新しくしたせいだろうか。こんなにも変化があるものかと驚いていたら、再びチャットが飛んできた。

『もう一回来い！』

またしてもｓｕｍｉからだ。喜一はチャットを送り返そうとするが、相変わらずもたもたしているうちに画面は暗転。また教会に戻ってきてしまった。

武器を変えただけでこれほど劇的な変化があったのだ。一度くらいちゃんと礼を言いたい。共闘を募集しているプレイヤーの中にｓｕｍｉの名を探す。すぐに見つけて合流すると、こちらが何をするより先にいきなりチャットで話しかけられた。

『フレンド申請する』

『ボイチャもしたい。いいか』

話しかけてきているのはｓｕｍｉだ。他の二人は黙って焚火のそばにいる。なんだかよくわからないが、了承を伝えるため覚えたばかりのお辞儀を返した。すぐにフレンド申請が飛んでくる。他にもいくつかぽこぽことウィンドウが開いて、よくわからないまま承諾し続けていたら急に「喜一！」と名前を呼ばれて飛び上がった。

テレビよりも近い場所から聞こえてきた声に驚いてコントローラーを取り落とすと、続けて『うわ』『なんかすごい音したけど』と別の声が聞こえてくる。

声の出所は、今の今まで喜一が握りしめていたコントローラーからだった。なぜ自分の名前を、と恐慌状態に陥ったが、よく考えたら喜一はゲームのキャラクターに『喜一』と名前をつけている。ゲームを始めた当初はオンラインプレイをするとは思ってもいなかったからだ。自身の迂闊な行動を後悔しつつコントローラーに手を伸ばすと、また声がした。

『喜一？　聞こえてるか？』

コントローラーから聞こえる音はがさがさとノイズが多い。手に取って、おっかなびっくり「はい」と返す。驚きすぎて、期せずしてか細い声が出てしまった。

『聞こえてるな！　ホーリーブレイド調子よかっただろ？　防具も替えないか？』

いきなり会話が始まった。すぐに返事ができずにいると、違う声が割って入ってくる。

『こらスミ、初対面の相手にぐいぐい行きすぎなんだよ。すみません、気分悪かったらマイクオフにしてもらっていいですから』

『普段からこんな感じで俺らも困ってるんですよ』

マイクの向こうの三人は顔見知りらしい。全員男性で、声の調子からするとまだ若そうだ。学生だろうか。何か言い返すより先に、最初に声をかけてきた男性の声がした。

『だってこんな逸材逃がせないだろ！　喜一がいたらまだクリアできてなかった超高難易度のクエストだってクリアできるぞ！』

『だからスミ、落ち着けって』

コントローラーから聞こえてくる音質の悪い会話に耳を傾け、スミと呼ばれている声の大きな男性が、最初にチャットで話しかけてくれたｓｕｍｉなのだと理解した。

『なあ、なんでずっと初期装備だったんだ？　縛りプレイか？』

　スミの声を最後に室内に沈黙が落ちる。自分が話しかけられていることに気づき、喜一は「し、縛りって、なんですか？」としどろもどろに返した。

　喜一の声に戸惑いはあれど、無遠慮に話しかけられて怒ったりはしていないようだとスミ以外の二人も察したようだ。『縛りプレイってわけじゃないんですか』『もしかしてこのゲーム始めて間もないとか？』と話しかけてきてくれた。

「このゲームは、まだ始めて一か月くらいで……これまでゲームらしいゲームもやったことがなかったので、ゲームのこと自体、よくわからないことだらけで……」

『初プレイ？　このゲームが？　前作とかやってないのか？』

『初期装備の上にキャラメイクもデフォルトのままだったのもそれで？』

『それであれだけ敵の攻撃避けるとかヤバくね⁉』

　よほど驚いたのか、スミ以外の人間からも敬語が吹っ飛んだ。

『だったら何かこだわりがあって初期装備でいるわけじゃないんだな？』

　スミの声は他の二人のそれより大きく部屋に響く。地声が大きいのだろう。

『なら防具も替えてこい。そんな装備じゃ他のプレイヤーからそっぽ向かれるぞ。これまでも急にクエスト取り消されたこととかなかったか？』

「あ、ありました……」

『完全に初心者にしか見えないからな。それでこんな高難易度のクエストに挑戦するとか、身の程知らずとしか思われないぞ』

それでスミたちに会うまで門前払いを食らい続けたのか。ようやく謎が解けた。

『俺だって全身初期装備の輩が迷い込んできたらクエスト取り消すもんな。時間の無駄』

『でもスミが行くだけ行こうって聞かないから』

『当たり前だ。一期一会だろう、こういうのは。それに喜一はちゃんと挨拶してくれたしな。礼には礼を返さんと』

当たり前に下の名前を呼び捨てにされて動揺する。単にキャラクターネームを呼ばれているだけだとわかっていても落ち着かない。こんなふうに名前を呼ばれるなんて、父親が亡くなって以来だ。

『喜一、もう一回このクエスト行こう！　お前の動きすごいぞ！　それから次は防具を整えてこい。お勧め装備教えてやるから！』

喜一が返事をする前に、スミはキャンプ場を飛び出してしまう。

声だけで満面の笑みを浮かべているのがわかるようだった。他の二人も『散歩待ちきれない犬みてぇ』『ちょっとは周り見ろ』などと笑いながらスミを追いかける。

声が聞こえないときは無言で戦場を駆け抜ける軍人のように見えていた三人だが、実際はこんなに和気あいあいと遊んでいたのか。敵と遭遇したときも『今の攻撃避けられるわけないんですけど！』『泣き言を言うな！　喜一が避けてるだろうが！』『スミだって被弾してんじゃん！』などと声をかけ合いゲラゲラ笑っている。

最初はその騒がしさに目を白黒させていたが、気がつけば自分も口元を緩めていた。遠慮のない三人のかけ合いが面白い。聞いているだけでつい笑みが漏れてしまう。

今回も十分でクエストをクリアして、スミたちが『はやーい！』『最速じゃん？』と歓声を上げる。

フォークダンスでも踊るようにぐるぐるとその場を回り始めたスミたちを微笑（ほほえ）ましく見守っていたらチャットが飛んできた。スミからだ。

『お勧め防具の一覧送ったぞ。必要素材も書いておいたからな』

「あ、ありがとうございます」

『どうだ、足りない素材とかないか？』

「ええと……ハーピーの風切り羽？　は、ないです」

『じゃ、次はハーピー退治に行くか』

画面が暗転して、真っ黒な画面にぽかんとした自分の顔が映り込む。クエストが終わってもマイクはつながったままで、スミは他の二人にも『ハーピー行くぞ』などと声をかけている。

「俺のために、ですか？　そんな、申し訳ないです。自分で……」

『構わん。四人でやった方が早いだろう。もともとそういうゲームだ』

笑いながらスミが言う。他の二人も『そうそう、遠慮しないで』と砕けた調子だ。

その後、スミたちは本当に喜一が防具を作るのに必要な素材集めを手伝ってくれた。

ゲームの合間も、スミたちは気のおけない様子で会話を交わしている。『来年の講義どうする』『お前はもう内定もらってるもんな』なんて言葉を聞くともなしに聞いて、どうやら大学生らしいと目星をつけた。三上よりさらに年下か、などと思っていたら意識が逸れ、うっかり敵の攻撃を食らってしまった。

しまった、と思った次の瞬間、底をつきかけた体力が全回復した。すぐさまスミの声が飛んでくる。

『喜一が食らうなんて珍しいな！　どうした、眠くなったか？』

「い、今、何が？」

『パーティー全員が回復する薬を使っただけだ。お前の防具はまだ弱いからな。食らったらすぐ回復してやる』

こんな連携プレイもできるのか。

相手の顔も名前もわからない、つい先ほど出会ったばかりの他人だが、不思議なくらいに親近感が湧いて、「ありがとうございます！」と声を大きくしてしまった。

よく見ると、スミは他の二人に対してもあれこれサポートをしていることが多い。初対面で敬語も使わず無遠慮に話しかけてきたのでどんなに傍若無人な人物かと思ったが、意外と目端が利くタイプらしい。

それだけでなく、クエストの合間には喜一にあれこれゲーム指南もしてくれた。技を出すタイミングから始まって、オンラインで遊ぶ際の注意事項まで教えてくれる。

『気になってたんだが、喜一のフルネームは田辺喜一か。本名だな?』

苗字まで言い当てられてぎくりとした。なぜばれたのだとうろたえていたら『アカウント名が田辺喜一になってるぞ』と言われた。

「……アカウント名まで見えてるんですか?」

『見えてる。今すぐ変えた方がいい。危ない』

「ど、どうやって……」

『ホーム画面に行け。指示してやる』

尊大な口調に反して意外と面倒見がいい。尊大というより、昔堅気の年寄りのような口調だ。あるいは一昔前の漫画に出てくる軍人のようだ。なんの影響だろう。アニメか何かだろうか。

『ゲーム始めてまだ一か月だったか? プレイ時間がなかなかえぐいな』

もたもたとアカウントの再設定をしていたらスミが感心したような声を上げた。プレイ時間まで見えているのか。少々気恥ずかしい気分でぼそぼそと返す。

「一度始めてしまったら、やめ時がわからなくて……」

まだ仕事が残っていると思うとつい手が伸びてしまう。義務感のようなものだと続けようとしたら、手元でスミの明るい笑い声が弾けた。

『よっぽど楽しかったんだな！』

予期していなかった言葉に手が止まった。

いえ、と否定しようとしたが、スミの言葉が腑に落ちる方が早い。

年末年始、寝る間も惜しんでコントローラーを握り続けていたのは義務感ではなく、ただ楽しかったからか。だからやめられなかったのか。

もう長いこと何に興味を持つこともなく淡々と生活していたせいか、すっかり自分自身の感情の変化にも疎くなっていたようだ。

『俺も楽しいぞ、お前と一緒に討伐に行くの』

コントローラーに内蔵されたスピーカーはあまり品質がよくないのか音割れしてしまうが、スミの声はやけに鮮明に耳を打った。

確かに楽しかった。三人の遠慮のない会話に耳を傾けるのも、自分のプレイに周囲から『ナイス！』と声がかかるのも、攻撃を受けたとき必ずスミが回復してくれるのも。

反芻しているうちに耳朶が仄かに熱くなり、自分が高揚していることを自覚した。はい、と返事をしてみたが、この小さな声をマイクはきちんと拾ってくれただろうか。

『もしかしてさぁ、喜一って俺らよりだいぶ年下だったりする？』

ふいにスミの友人が会話に割り込んできた。喜一がゲーム慣れしていないうえに、ネットリテラシーにも疎いので年下と判断したのだろう。一応社会人として最低限のネット知識はあるつもりだが、三上に設定を任せっぱなしにしていたせいでアカウント名が本名になっていたことに気づいていなかった。

『俺ら来年度から大学の四年なんだけど、喜一は？』

スミの友人から飛んできた質問に即答できず、口ごもる。

ここで実年齢をばらしたら、三人はどんな反応をするだろう。彼らとの年齢差は実に一回りだ。喜一が三十路（みそじ）過ぎの中年だとわかってしまえば、間違いなく「喜一」なんて気楽に名前を呼ばれることはなくなる。あっという間に敬語になって、失礼しました、なんてそそくさと去っていってしまうかもしれない。

三人が和気あいあいとゲームをする様子に耳を傾けているのは楽しかった。協力プレイの面白さも知ったばかりだ。せめてこの場だけでも事実は伏せて、もう少しスミたちと遊んでいたい。

だからと言って大学生と偽り、下手に大学名など訊（き）かれては困る。適当に口走った大学がスミたちの通う学校だった、という奇跡の偶然だって起きないとは限らない。

となると高校生。しかし今時の高校生がどんな会話をするのかよくわからない。スミたちは喜一の返答を待って口をつぐんでおり、悩んでいる間にどんどん沈黙が延びる。

早く答えなければと焦りが募り、沈黙に耐え切れなくなった喜一はこう口走っていた。

「中学生、です」

コントローラーから、『えぇっ！』と三人の声が響く。やはり無理があったかとひやりとしたが、ひときわ大きく響いたスミの声は明るく弾んでいた。

『中学生でその腕前か！　一か月でそれだけ上達するわけだな！』『本当に中学生？』『にしては信じてもらえたか、とほっとしたものの、残りの二人は『本当に中学生？』『にしては声が渋くない？』とぼそぼそ言い合っている。こちらすっかり声変わりなど終えているのだから、二人の疑問はもっともだ。

しかしスミは疑っていない。スミを信じ込ませることができれば他の二人も受け入れてくれるのではないか。目まぐるしく考えを巡らせ、喜一は苦し紛れの言葉を吐き出した。

「昔、わんぱく相撲を、していたので……」

一瞬の静寂。その直後、『ああー』という納得したような声が三人から返ってきた。

『確かにな。体格いい奴は声が低くなるな』

『なんでだろう。首太いから？』

『喜一の声がやけに落ち着いて聞こえるのはそのせいか』

喜一は顎を引いてわざと声を低くし、「うっす」とだけ答えておく。半分くらい捨て鉢の言い訳だったが、三人は喜一のことを力士体型の中学生と信じたようだ。

嘘をついたことに若干の後ろめたさを覚えていたら、スミに『で、防具作るのに必要な素材は全部揃ったか?』と声をかけられた。

「あ、まだいくつか……」

『どれが足りない? 今日中に集めてフル装備でさっきのクエスト行こう。びっくりするほど快適になってるはずだぞ!』

スミ自身はもう装備も揃っているし喜一の素材集めにつき合う理由もないだろうに、声はピクニックに向かう子供のように弾んでいる。他の二人も『そう時間もかかんないでしょ』と気楽に応じてくれた。

かくして喜一は、ゲーム歴は浅いくせにやたら腕の立つ無口な元わんぱく相撲少年として、スミたちとゲームを進めていくことになったのだった。

金曜の夜、仕事帰りに喜一は必ず自宅近くのスーパーに寄る。買うものは夕食に食べる総菜と、土日に食べるカップラーメンなどのインスタント食品だ。

無趣味で友人もいない喜一が休みの日に外出することは滅多にない。ぼんやりとテレビを眺めたり、携帯電話を弄ったりしているうちに休日は音もなく溶けていく。色も匂いもない氷がゆるゆると水に戻っていくように、静かに。

しかしそれも過去の話だ。年が明けてから、金曜の夜にスーパーの買い物かごに放り込むものが増えた。総菜とインスタント食品に、発泡酒とつまみが加わったのだ。

スーパーを出て家路を急ぐ。買い物袋は以前より重くなったが、その足取りは前とは比較にならないほど軽い。

アパートの外階段を上り、玄関の鍵を開けようとしたところでコートのポケットに入れていた携帯電話が震えた。スミからメッセージが届いている。

『もう始めてるぞ』というメッセージを見て慌てて部屋に入った。コートを脱ぐのもそこそこに、まずはゲーム機の電源を入れる。テレビの前には真新しい座椅子と新品のヘッドセットがあり、部屋着に着替えた喜一はヘッドセットを装着してから声を上げた。

「遅れてすみません」

『お、喜一来たか』

『お疲れー』

『ちょっと息切れてるけど大丈夫かぁ?』

ヘッドホンの向こうからすっかり聞き慣れた声が聞こえてきて、喜一は口元を緩める。

スミたちと出会ってから二週間。ここのところ土日はもちろん平日も、誘いがかかれば時間の許す限りスミたちとオンラインでゲームをするようになっていた。

スミたちの——というより主にスミの手ほどきにより他のプレイヤーと遊ぶことも難なくできるようになったが、やはりこのメンバーで討伐に出るのが一番楽しかった。

そうだ。楽しい。スミに言われてようやく気づいた。自分はこのゲームやスミたちとの会話を楽しんでいる。できれば手放したくないと思うくらいに。

初めてスミたちとゲームをしたときも、別れ際によほど喜一が離れがたい雰囲気を出していたせいだろう。スミは喜一に自身のメッセージアプリのＩＤを教えてくれた。遊びたくなったらいつでも声をかけてきていいという。

そんなに容易く個人情報を教えてしまっていいのかと驚いたが、スミは喜一を中学生と信じ込んで、まるで警戒した様子がなかった。自身の素性は墓まで持っていこうと喜一が決意した瞬間だ。

嘘をつくのは心苦しいが、こうしてスミたちと遊べるのが楽しくて仕方ない。少しでもゲーム環境を整えようと、座椅子やヘッドセットまで新調してしまった。

『今日どこ行く？』

『俺、新しい武器作ってみたいんだけど』

『ネットに動画上がってるやつ？　それ俺も気になってた』

『喜一はどこに行きたい？』

四人でゲームをしていても実際に面識のある大学生三人の中で話が進みがちだが、そういうとき喜一を会話の中に引き込もうとするのは決まってスミだった。年下を気遣うような態度がくすぐったくて、「どこでも大丈夫です」と返す。スミたちと一緒ならどんなクエストだって構わないのだ。この雰囲気が楽しいのだから。

ゲームの合間に総菜を食べ、発泡酒のプルタブを上げて少しだけ酒を飲む。以前は自宅で晩酌をすることなどなかったのだが、たまにスミたちも酒を飲みながらゲームをしているようなので真似してみたくなった。

早速悪魔と戦いながら、スミが大きな声を上げる。

『あー！　今の攻撃食らうか？　まさかお前、酒でも飲んでるんじゃないだろうな！』

『ごめーん、でもちょっとしか飲んでないから。今のは油断しただけで』

『やっぱり飲んでるんだろうが！　真面目にやらんかぁ！』

『スミ声うるせぇよ、音割れるからやめて』

ふっと喜一は目元を和らげる。週末はスミたちの会話を肴に酒を飲むのがちょっとした癒やしの時間だ。遠慮のない三人の会話に耳を傾けながら、自分も大学に通えていたらこんなふうに友人たちと遊べたのだろうか、とぼんやり考える。

喜一がゲームに加わってから一時間ほど経ったところで、スミの友人が『あ、俺ちょっと抜ける』と声を上げた。

『彼女から電話かかってきちゃった。悪い』

『いいぞ。彼女さんによろしくな』

『じゃあ俺も抜けるー。明日バイト早いから』

あっという間に二人抜け、スミと二人きりになってしまった。

『どうする、喜一。他に行きたいところあるか?』

「俺は、特に……」

ないけれど、時刻はまだ二十一時だ。このまま終わるのは惜しい。引き止めたいが迷惑になってしまうだろうか。言いよどんでいたら、スミがからりとした声で言った。

『じゃあ、しばらく俺の素材集めにつき合ってもらっていいか?』

「……っ、はい!」

喜一は嬉々として返事をする。こんなに感情が露わになった声、会社では出したこともない。相手にこちらの姿が見えないせいか、それとも年下として扱われているせいか、スミ相手だと正直な気持ちが声に乗ってしまう。

『時間はいいのか?』

「はい。まだ全然」

『今日も親御さんは遅くまで仕事か』

「そう、ですね。今日も……」

『そうか。一人で留守番なんて大変だな』

大学の友人たちを交えて遊んでいるときとは違う、柔らかな声でスミは言う。

出会ってから半月が経ち、スミに対する印象もだいぶ変わってきた。

大学生のスミたちは現在春休みの真っ最中で、喜一が仕事帰りにゲームを立ち上げると必ず誰かしらオンライン上にいた。そのたび討伐に誘われ、平日でも深夜までゲームを続けていた喜一に物申したのがスミだった。

『喜一、中学生がこんな時間までゲームなんてしてていいのか？　親御さんに何か言われてないか？』

至極まっとうな言葉だが、直前まで『お前のせいで失敗した！』『いや、お前のせいで！』と友人たちと討伐失敗の原因をなすりつけ合っていた騒がしい大学生の口から出てくる言葉とは思えず感心してしまった。

オンライン上で知り合った中学生。スミは疑いもなく喜一をそう扱う。縁もゆかりもない相手なのに、きちんと苦言を呈してくれたのはこちらを案じてくれているからだ。

喜一はスミの声しか知らないが、頭の中にぼんやりと漂っていたスミの輪郭が少しだけはっきりした。声が大きくて強引で、子供のように声を立てて笑うくせに、意外なほど倫理観はきちんとしている。

両親はすでに他界しているとは言えず、父親と二人暮らしなのだと嘘をついた。親は夜勤に出ているので家には自分一人だと伝えると、スミはその言葉も丸ごと受け入れ『明日も学校だろう。今日はそろそろ終いにしておけ』と言い渡してきた。

それ以来、たまにスミから携帯電話にメッセージが届くようになった。

ゲームに誘うばかりでなく、『今日は親はいるのか』なんてメッセージが飛んでくる。いないと答えると大抵は『ちゃんと飯食ったか？』『ゲームするか？』と続いて、こちらを中学生だと思い込んでいるからこその気遣いに、なんとも面映ゆい気分になった。

今もスミは『宿題は終わってるのか？』などと尋ねてくる。

「今日は、宿題ないので」

『本当かぁ？　喜一も今年中三だろ？　受験勉強もちゃんとしろよ』

はい、と答える声が掠れてしまった。スミの言葉に亡き父親の声が重なる。父親も、喜一に繰り返し「勉強だけはしておきなさい」と説いてきたものだ。

『ゲーム終わったらちゃんと歯磨きして寝るんだぞ。夜遊びすんなよ』

中学生どころか小学生に対するような言葉につい笑ってしまった。『何笑ってんだ』と言い返すスミは怒った声を出したつもりかもしれないが、語尾に微かに笑い声が交じっている。コントローラーに内蔵されたスピーカーでは聞き取れなかっただろう空気の揺らぎだ。高性能ヘッドセットを買って本当によかった。

「わかってます。夜遊びなんてしませんよ」

『そうだぞ。暇だったら俺に連絡してこい』

「いいんですか。本気にしますよ?」

冗談のつもりだったのだが、スミは動じることなく『おう。しろしろ』と返してきた。

『喜一くらいの年が一番危ないいんだ。俺の地元にも親が共働きの奴がいて、暇だからって先輩の家に入り浸ってるうちにヤバいアルバイトを頼まれるようになった。ちょうど中三のときだったか。あ、次の依頼バジリスク退治にするぞ。毒消し草を忘れるなよ』

喜一と喋りながらも、スミは着々と討伐依頼を受けていく。

『途中でそいつもなんかヤバいって気がついたんだろうな。俺に泣きついてきた。親には言わないでほしいって言われたもんだから、俺とそいつの二人で先輩の家に行って「こいつは家の手伝いがあるからもうここには来られません、すみません!」って頭下げた』

「スミさんが? 怖くなかったんですか?」

『怖かったに決まってるだろ! 先輩のアパートに行く途中なんか膝ガクガクだったぞ! チャイムを押すときどれくらい迷ったかわからん。でも、友達は放っておけんだろ』

笑いながら、どうということもない口調でスミは言う。

自分が中学生のとき、友達が同じ目に遭っていてもスミのように行動できたとは思えない。「すごいですね」と呟くと『すごくない』と即答された。

『後で家族から、そういうときはまず大人に相談するもんだってがっちり叱られた。結果的に何事もなかったからよかったようなものの、下手したら俺だけじゃなく友達まで危ない目に遭ってたかもしれん』

溜息の後、『自分だけでどうにかできると思ってたのは、さすがに考えなしだったな』と続く。武勇伝で終わらず、自分の失敗まで隠さず明かしてくるあたりがスミらしい。

「スミさん、面倒見がいいんですね」

『まさか。面倒だと思ったら放っておく』

そう言いながら、こうして自分の相手などしてくれるではないか。喜一のことを中学生だと思い込んで、親が家にいないと聞けばゲームにつき合ってくれる。

回線の向こうにいる相手が、三十過ぎの無骨な中年男だとも知らないで。

スミには嘘をつき通す覚悟でいるが、さすがに心苦しい。いっそ本当のことを伝えた方が誠実なのか。けれど今更どの面下げて、などと思い悩んでいたら、討伐が終わったタイミングで『すまん、ちょっと待ってくれ』とスミに声をかけられた。

「どうしました？」

『いや、ちょっと……メッセージが届いて……』

手元に集中しているのか、スミの語尾があやふやになる。ときどき低い唸り声が聞こえるが、何か難しいやり取りでもしているのだろうか。

「あの、今日はもう終わりにしましょうか？」

『大丈夫だ。ちょっと、返事だけして終わりにするから……』

そう言いつつ、スミはなかなかゲームに戻ってこない。こんなに返信に悩む相手とは一体何者だろう。手持無沙汰につまみを食べつつ、ふと思いついて口を開く。

「彼女さんですか？」

『えっ？　ちがっ、違うぞ⁉』

先ほどスミの友人がそんな理由で離脱したのでなんの気なしに口にしたのだが、スミの反応は顕著だった。わかりやすいなぁ、と微笑ましい気分になる。

「やっぱりもう終わりにしましょうか？」

『いや、本当に違う。よせ、中学生のくせに』

「だって随分長いこと返信に迷ってますよね？」

いつもは中学生らしく従順に相槌を打つばかりだが、今日はスミと二人きりなので少し気が緩んだ。からかいを含ませた口調で言うと、むきになったような声が返ってくる。

『違う！　マッチングアプリの相手だ！』

ヘッドホンの向こうから響いてきた声が思ったより大きくて肩をすくめる。すぐに不自然な咳払いが続き、スミは潜めた声で『あいつらには言うなよ』と言った。つられて喜一も声を落とす。

「大学の友達には、マッチングアプリを使ってること言ってないんですか……？」

『言えるか、こんなこと』

スミの声に羞恥が滲んだ。恋人探しに必死になっているようで照れくさいのかもしれない。

マッチングアプリなるものを使ったことのない喜一は、あの、と遠慮がちに尋ねる。

「そういうのって、見ず知らずの人とメッセージのやり取りだけして会ったりするんですよね？　大丈夫なんですか……？」

どうにもきな臭いというか胡散臭いというか、得体の知れないイメージしかない。

新しいものや変化を好みそうなスミからは、身構えすぎだ、と一蹴されるかもしれないと思ったが、意外にも『まあな』という低い声が返ってきた。

『俺も最初はネットで出会いを探すのはどうかと思ってたんだが……。大学入学を機に上京してきてもう丸三年だ。東京に来れば恋人くらいすぐできるかと思ったが、そう簡単なものでもないらしい。来年にはもう就職だし、まともに恋人探しができるのは今くらいかと思って』

「大学の同級生とか、駄目なんですか？」

『駄目ではないが、難しいなぁ』

「スミさん、モテそうですけど」

『お？　なんだ急に。菓子でも買ってやろうか？』

軽く笑い飛ばされてしまったが、お世辞を言ったつもりはなかった。スミは明るくて、気さくで、少々強引なところはあれど、それを許せてしまう愛嬌もある。それに友人のために体を張ったり、こうして喜一のために時間を割いてくれたりと優しいところもあるのだ。モテそうなものだが。

よほど見た目に自信がないのか。対面したことがないのでわからない。だが、変声期を終えたばかりの若々しい声は悪くない。滑舌もいいし、こうして会話をしているだけでも十分好感が持てる。

『マッチングアプリで会った相手が犯罪者だった、なんて話もないではないし、俺も最初は警戒してたんだが、喜一と知り合って考えを改めた』

「俺ですか？」

『ああ。ネットの出会いも馬鹿にできん。世の中に、こんなに素直ですれてない中学生がいるとは思わなかったからな！』

スミは快活に笑っているが、喜一は一緒に笑えない。笑えるわけがない。喜一自身が実年齢を偽っているからだ。

（……大丈夫かな。マッチングアプリで相手に騙されたりしないか？）

すでに自分に騙されているのだから心配せずにはいられない。だからといってマッチングアプリを使うなとも言えなかった。アプリにだって真剣な交際を求めている人はいるだろう。妙なことを言ってスミの出会いの芽を摘んでしまうのも申し訳ない。

スミはまだマッチングの相手に返すメッセージに悩んでいるようだ。

喜一は新しい発泡酒のプルタブを引き上げ、スミがゲームに戻ってくるのを待つ。ヘッドホンの向こうからはなんの音も聞こえない。スミはマイクをオフにしているのかもしれない。

ふいに、自分はこの部屋に一人きりなのだと実感した。

最初からずっと一人だったのだが、スミたちとゲームをしているときは誰かと一緒にいる気分になれた。つい先ほどまでも、現実の距離とは関係なくすぐそばにスミがいるような気がしていたのに、今は違う。回線はつながっていても、スミの意識はこちらにない。

「……スミさんに恋人ができたら、もうこんなふうにゲームとかできなくなっちゃうんですかね」

この声がマイク越しにスミに届くという意識も希薄になってぽつりと漏らせば『ん？』とスミの声がした。しまった、と口をふさいだが遅い。忍び笑いが耳に届く。

『なんだ、可愛いこと言って。心配するな、喜一とはこれからもゲーム三昧だぞ』

可愛いなんて三十代の男には似つかわしくない言葉をかけられ、口元を覆っていた手で今度は目元を覆った。酒のせいか目の周りが熱い。

馬鹿なことを口走ってしまった。でも、どうせスミは自分を中学生だと思い込んでいるのだ。体面など蹴り飛ばして小声で尋ねる。

「……本当ですか？」

『当たり前だ。まだお前と行ってない討伐依頼が山とある。それにお前はぐんぐん強くなるから楽しい。プレイスタイルには学ぶところも多いしな』

スミは喜一を中学生と信じて疑っていないが、年下だからといってこちらを軽んじるようなことはしない。自分より優れていると思うところがあれば年下にも素直に教えを乞う。

「やっぱりスミさん、モテないなんて嘘でしょう？」

『んー？　んふふ、どうかなぁ』

「マッチングアプリなんて必要ないのでは？」

『だといいんだがな。さ、待たせて悪かった。次の討伐に行くか』

マッチング相手とのやりとりは終わったのか、テレビ画面の中でスミの操作するゲームキャラクターが生き生きと走り始める。きっと現実のスミも、こんなふうに疲れ知らずに辺りを駆け回ったりするのだろう。自分など、最後に全力疾走をしたのがいつのことだかもう覚えてもいない。

最近、スミはどんな容姿をしているのだろうと考えることがたまにある。快活な口調や弾（はじ）ける笑い声を聞いていると、大学生というよりもう少し幼さの残る高校生の姿が頭に浮かぶ。髪を短く切って、部活帰りのように年中日焼けして、田舎（いなか）に帰れば川辺で水遊びでもしていそうな雰囲気だ。

『喜一、どうした。早く行くぞ』

スミに声をかけられ、慌ててコントローラーを握り直す。

とにもかくにもスミは若い。若者の興味や関心なんてあっという間に移ってしまう。恋人などできたらなおさらだ。

(スミさんがこうやって俺につき合ってくれるのも、あと少しの時間なんだろうな)

わかり切ったことを自覚して、喜一はほろ苦い笑みをこぼした。

毎年のことながら、期末はやたらと仕事が立て込む。

ことにこの時期の営業部と工場の仲は険悪だ。客先の納期と工場の工程がぶつかり合って火花が散る。熱すぎる営業部長と冷淡な工場長に挟まれて常温と化した喜一が互いを執りなすのも毎年のことだ。

三月最後の金曜日、部長の厚澤を含む営業部の面々と客先へ向かい、無事に製品の納入を終えた帰り、厚澤から飲みに誘われた。他の客先を回っていたメンバーも合流するという。一度は断ったが、「今回も田辺には工場との間を取り持ってもらったから」とのことで、貸し借りの清算をしたいのかと理解して大人しく誘いに乗った。

二時間ほど飲み食いし、他のメンバーは二次会に行くというので一人別れて駅へ向かう。

夜道を歩けば、まだ通りにはたくさんの人が歩いていた。

三月の終わり、寒さの温むこの時期は、みんなコートの前を開けてふわふわとした足取りで歩く。春先の柔らかな夜風を堪能しているかのようだ。

さほど飲んだつもりもなかったのに、春風にあてられたのか自分まで足元がふらついてコンビニに立ち寄った。酔い覚ましに駅前の広場でコーヒーを飲む。

普段は滅多に来ない都心の駅前は、もう夜も更けてきているというのに人通りが絶えない。広場の中心には待ち合わせスポットで有名な少女の石像があり、その周りにぽつぽつと人影が立っていた。

少し離れた場所から石像を眺め、喜一はゆるゆると溜息をつく。

(ここのところ、スミさんたちと一緒にゲームしてないな)

期末で忙しく、なかなかスミからの誘いに乗れない。土日くらいは時間を作りたいが、連日の激務で昼まで寝こけてしまいスミからのメッセージにも気づかないありさまだ。

スミたちもそろそろ授業が始まる頃だ。学校が始まれば、きっと今までのように頻繁にスミから連絡が来ることもなくなるのだろう。そのことが少しだけ寂しかった。

無意識に紙コップの縁に歯を立てていた喜一は、いじけた子供のような仕草に気づいて慌ててコップから口を離す。コップの中はすでに空だ。もう帰ろうと顔を上げ、ふと少女像の前で目を留めた。待ち合わせをする人の中に、一人飛びぬけて背の高い人物がいる。

黒のブルゾンに細身のブラックジーンズを合わせた男性に、しばし目を奪われてしまった。とんでもなくスタイルがいい。

（脚、長い……。腰の位置めちゃくちゃ高くないか？　モデルか何かか？）

男性は黒いキャップを目深にかぶり、俯(うつむ)いて携帯電話を見ている。数メートル離れた場所からその姿を眺めていたら、相手がわずかに顔を上げた。瞬間、喜一の心臓が大きく跳ねる。

男性の黒いキャップは、つばの内側だけが鮮やかな赤だった。

気がつけば、手にしていた紙コップを握りしめて潰していた。

顔が見えたわけでもないのに、キャップのつばの色一つでこんなにも動揺するのにはわけがある。まだ仕事が立て込む前、マッチングアプリで出会った相手とどうやって落ち合うのかスミに尋ねたことがあったからだ。

スミが登録したマッチングアプリはプロフィールに本人の写真を載せるらしいが、きちんと顔を出している者は少ないという。大抵は目元を手で覆っていたり、首から下しか写っていなかったりする。

顔もわからない相手と実際に会うときはどうやって相手を見分けるのか尋ねた喜一に、スミは『事前に服装でも伝えておけばいいんじゃないか？』と言った。

「一目でわかるような奇抜な格好で行くってことですか？」

『そんなことしたら相手が声をかけてくれないだろう。普通に全身黒い服、とか言っておけばいい』

「全身黒って、それだけだと決め手に欠けるんじゃないですか？」

純粋な疑問から質問を重ねると、スミも『それもそうだな』と真剣に考え始め、こんな結論を出した。

『服じゃなく、ちょっと変わった小物を身につければいいんじゃないか？　黒いキャップの、つばの内側だけ赤いやつとか』

「あ、それはいいかもしれないですね」

『それからシューズも赤にして、他は全身黒、とでも言っておけば大体わかるだろう』

あのときのスミの言葉を反芻しながら、喜一はゆっくりと視線を下げる。

キャップのつばからわずかに見える口元、シンプルな黒いブルゾン、細身のブラックジーンズ、それから足元の、暗がりの中にぼんやりと浮かび上がる、赤いシューズ。

いつかスミが語ったのとまったく同じ出で立ちの男が、数メートル先に立っている。

息苦しさを覚え、ようやく自分が呼吸を止めていたことに気がついた。直前まで飲んでいたコーヒーの酸味が残っているのか、口の中がやけに酸っぱい。

ごくりと唾を飲んでから、改めて男性の全体像を視界に納める。

何度見ても、とんでもなくスタイルがいい。腰の位置が平均的な日本人のそれと違う。

手足はすらりと長く、全身黒い服なんて地味な格好をしているのに明らかに周囲から浮いていた。背が高いのに顔は小さく、八頭身はありそうだ。

あのモデル体型の男が、本当にスミなのだろうか。

(大学の友達と本気で喧嘩しながらゲームしてたスミさんが、あの人？　声が大きくて、ときどき今時の若者っぽくない喋り方して笑ってるスミさんが？　あの？)

遠くに立つ男性とはどうしたって印象が重ならない。年齢こそスミと同じくらいだろうが、あちらの男性は話しかけたらすっと目を逸らされそうな冷え冷えとした雰囲気が漂っている。陽気なスミとはまるで逆のタイプだ。

(スミさん、東京暮らしって言ってたっけ？　だとしても東京なんて広いし、まさかこんな身近で会えるなんて、そんな奇跡みたいな偶然、あるわけない)

そう自分に言い聞かせてみても心臓の鼓動はどんどん高まっていくし、少女像の前に立つ青年から目を逸らすこともできない。

声をかけてみようか。そんな思いが頭をよぎった次の瞬間、誰かが青年に近づいた。

現れたのは、ダウンジャケットにスラックスを穿いた四十絡みの男性だ。先に待っていた青年がそれに気づいて、軽くキャップのつばを押し上げる。

待ち合わせ相手が来たのだろう。それを見て、ようやく詰めていた息を吐いた。

(……スミさんじゃなかった)

もしかするとスミがマッチングアプリで知り合った相手と待ち合わせをしているのではないかと思ったが、違うらしい。マッチング相手なら女性が来るはずだ。

やはりそんな奇跡のような偶然は起きないのだと肩をすくめる。妙な期待をしてしまった自分を笑い飛ばしその場を離れようとしたが、ふとあの二人の関係が気になってもう一度広場に目を向けた。親子にしては年が近いような気がしたし、友人にしては年が離れすぎている。二人ともカジュアルな服装で、仕事仲間のようにも見えない。

視線を戻すと、一瞬目を離した隙に二人の間に漂う空気が微妙に変化していた。青年は俯き気味で、キャップのつばを引き下げ男性から顔を背けるような仕草をしている。青年に話しかける男性の態度はやや強引で、立ち去りかけていた喜一の足が止まった。

勧誘の類だろうか。なんとなく、青年は迷惑がっているように見えた。

そのうち二人のもとにまた違う男性がやってきた。こちらも四十代か、もう少し年上だろうか。年かさの男性二人は顔見知りらしく、何事か言葉を交わして青年に向き直る。

青年はあからさまに怯(ひる)んだ様子で後ろに足を引いたが、すぐに踵(かかと)が少女像の台座にぶつかって身動きが取れなくなってしまう。

(……なんだろう？　あの二人は、補導員か何かか？)

しかしキャップをかぶった男性は十代には見えないし、泥酔して周囲に迷惑をかけているわけでもない。補導される理由はなさそうだ。となるとやはり強引な勧誘だろうか。

青年は二人に背を向けその場を離れようとするが、一方の男性に腕を掴まれ阻まれる。

穏やかではない雰囲気を察したときにはもう、少女像に向かって歩き出していた。

大股で歩きながらも、自分が出ていくなんてお門違いではないかと頭の片隅で思った。あの三人が実際にどういう関係なのかはわからないし、青年は迷惑そうな素振りこそすれ、周囲に助けを求めているわけではない。そもそもあの青年と自分にはなんの接点もないのだ。自分が勝手に、あの若者にスミの姿を重ねているだけで。

本当に余計なことだとは思いつつ放っておけず、こちらに背を向ける年かさの男性二人に「あの」と声をかける。

三人が同時にこちらを振り返った。年かさの男性二人は明らかに警戒した顔でこちらを睨んでいる。怯みそうになったが、その向こうに立つ若い男性の顔を見た瞬間、手前の二人に対する感想が一切合切吹っ飛んだ。

軽くキャップを上げてこちらを見る青年の顔が、とんでもなく整っていたせいだ。

（……えっ、これ、声かけて大丈夫な人か？　モデル？　芸能人？）

まず目を奪われたのはこちらを見返す瞳の美しさだ。切れ長の目はくっきりとした二重で、その周囲を長い睫毛（まつげ）が縁取っている。目線を下ろせば筋の通った高い鼻に行きつき、その下に形のいい唇が浮かび上がるといった塩梅（あんばい）で、顔面のどこに視線を走らせても派手に整ったパーツしかない。それでいてどのパーツも互いの調和を乱すことなく形のいい輪郭にすっきり収まっているのは、神の御手による奇跡の采配と脱帽するより他なかった。背も高い。百八十は軽くありそうだ。顔も体も、その造形で金が稼げるレベルだった。

突然割って入ってきて早々に言葉を失ってしまった喜一を見て、青年が軽く眉を寄せた。鋭利な美貌に不快そうな表情が滲むと切れ味が上がる。一睨みされただけで、限界まで研いだ薄い刃物を喉元に突きつけられたような威圧感を覚えて息を呑んだ。

（これは、スミさんじゃないな……？）

この恐ろしく顔立ちの整った長身の青年が、喜一の知るスミのように底なしに明るく振る舞う姿などとてもではないが想像できない。

「何かご用ですか？」

棒立ちになる喜一に声をかけてきたのはダウンジャケットを着た四十絡みの男性だ。あからさまに邪魔そうな視線を向けられたが、あの青年の一瞥を受けた後では怖くもない。

「用というか……そちらの方が、何か困っているように見えたので」

確信もなく、喜一はキャップをかぶった青年に視線を向ける。自分の早とちりなら青年の方が否定してくれるだろう。

青年は喜一の言葉に軽く目を見開いて、一瞬だけ迷うように視線を揺らしてから、無言で大きく頷いた。困っている、というサインだ。

青年の仕草に背中を押され、喜一は少しだけ語調を強くする。

「トラブルなら警察を呼びましょうか？　すぐそこに派出所もありますし」

警察という言葉に怯んだのか青年を取り囲んでいた男性二人は顔を見合わせ、黙って踵を返した。だが、まだ青年に用があるのかちらちらと何度もこちらを振り返っている。青年もそれを警戒しているのか、その場からすぐには動き出そうとしない。

二人の姿が完全に見えなくなるまで見送った喜一は、改めて青年に向き直った。

「すみません、急に声をかけて。あの、それじゃ、俺もこれで……」

柄にもなく他人のトラブルに首を突っ込んでしまったことに遅れて気恥ずかしさを覚え、そそくさとその場を立ち去ろうとしたら背中から大きな声が飛んできた。

「待った！　その声……喜一か？」

名前を呼ばれ、思わず振り返ってしまった。

青年の整った顔に浮かんだ焦りを帯びた表情は思いのほか幼く、喜一は目を見開いた。

「喜一だろう？　俺だ、スミだ」

棒立ちになる。この声に口調。間違いない、スミだ。

本当にいたのか、と場違いに感動した。ネットの回線越しにしか会話をしたことのない声だけの存在に確かな輪郭ができて、視線が交わる。スミが自分の返事を待っている。

急に全身を巡るアルコールが濃度を増したように足元がおぼつかなくなって、気がつけばわんぱく相撲の子供さながら「うっす」と小声で答えていた。

ファミリーレストランは地域や時間帯で様相を変える。

喜一のアパートの近所にあるファミリーレストランは、休日になるとその名の通り家族連れでごった返す。入り口の外にまで順番を待つ客が溢れるほどだ。

代わりに平日の夜は人気が少なく、窓辺の席で本を読んで過ごす人が店の外からたまに見える。勉強や仕事をする人もいるが大抵は一人だ。残業帰りに店の前を通り過ぎ、真夜中の図書館のようだと思うこともあった。

それと比べると、都心の駅から近いこのファミリーレストランはまた様子が違う。店内を占めているのは飲み会帰りの大学生や、お喋りに興じる若い女性グループだ。夜でも店内は混雑して、居酒屋のような騒がしさだった。

不穏な男性二人を追い払った後、「礼がしたい」とスミに乞われてこの店に入ったはいいが、店内奥のテーブル席で、喜一はスミの顔を直視できずにいる。

スミは上着も脱がずキャップもかぶったままだが、つばの陰から見える顔は相変わらず大層整っている。近くの席に座る客がちらちらとこちらに視線を送ってくるほどだ。向かいに座る喜一など目を合わせるのも気後れした。

しかし喜一がスミの顔を見返せないのには別の理由がある。

（……嘘がばれてしまった）

三十も過ぎた中年男が中学生と言い張ってゲームをしていたのだ。気味悪がられても仕方ない。こんなことなら自分が喜一だと認めなければよかった。そうすればこれまで通りオンライン上のつき合いは続けられたかもしれないのに。

席に着いてもスミは何も言わない。今まで中学生だと思って気楽に話しかけていた相手が一回りも年上だったと知って、きっと居心地の悪い顔をしているのだろう。

いつまでも俯いているわけにもいかず、恐る恐る顔を上げる。

苦々しい表情を向けられることを覚悟していたが、案に相違してスミはリラックスした様子でテーブルに頬杖(ほおづえ)をついてこちらを見ていた。目が合うと、澄んだ湖面にさざ波が走るように美しい顔に笑みが広がる。

「やっとこっち見たな」

「え、あ、はい……すみません」

「その遠慮した話し方、喜一だなぁ」

スミは頬杖をやめ、喜一の顔を正面からまじまじと見て言った。

「その形(なり)でどこが中学生だ！」

そう言って、スミは豪快に笑った。喧騒の中にあってなおよく通る声で。ヘッドホン越しに聞いたとき、声だけでどんな顔をしているのかがわかると思ったあの弾むような響きそのままに、満面の笑みを浮かべて。

スミだ、と改めて思った。テーブルの向こうでなおも笑っているスミを見ていたら肩から力が抜けて、喜一は掠れた声で呟いた。

「すみませんでした」

「ん？　なんで謝る？」

「ずっと、年を偽っていて」

今の自分はスーツにネクタイを締めている。言わなくたって社会人であることは一目瞭然だ。改めて謝罪をするが、スミは口元に笑みを浮かべたまま言う。

「ネット上で馬鹿正直に個人情報を開示する必要もないだろ。俺だって全部丸ごと信じてたわけじゃない。でも、わんぱく相撲は信じてたんだがなぁ。もっと丸々ぱつぱつした相手かと思ってたが、随分シュッとした大人で驚いたぞ」

上機嫌で喋っていたスミは、はたと我に返ったような顔をして背筋を伸ばした。

「いかん、喜一に会えてテンションが上がって忘れてた。まずは礼だな。先ほどは助けていただいて、ありがとうございました」

砕けた態度から一転、背筋を伸ばして頭を下げる座礼の美しさにどきりとした。

「さ、さっきはやっぱり、トラブルに巻き込まれて……？」

「はい、困っていたので本当に助かりました。改めてお礼を――」

「いえ結構です。なので、あの、敬語はやめてもらえませんか」

喜一の正体がばれた今、これまでのように接してほしいと言われても難しいだろう。わかっているが、あの遠慮のないやり取りが失われてしまうのが惜しかった。

無理を承知で頼んでみたが、顔を上げたスミの返答は早かった。

「いいぞ！　喜一は恩人だからな、お前の言うとおりにしよう」

迷いもせずに快諾された。「俺は敬語のままでいいですか？」と尋ねると、やっぱり笑顔で「好きにしろ」と返される。いいのか、と呆気にとられたが、スミらしいとも思った。

こうして対面してみても、スミの物言いは回線越しに話しているときと変わらない。逆にどんな人生を歩んできたらここまで砕けた態度で年の離れた相手と接することができるのだろうと不思議に思うくらいだ。

「喜一の名前はやっぱり本名なのか？　田辺喜一？」

頷いた喜一を見て、スミは少し表情を改める。

「こうして対面もしたことだし、俺ばかり本名を知っているのもフェアじゃないな。今さらだが自己紹介させてくれ。鎧谷澄良だ。春から大学四年生。二十一歳」

「よろい……？」

「鎧谷。あんまり耳馴染みないだろう。澄良でいいぞ」

「じゃあ、俺はこれまで通り澄さんって呼ばせてもらいます」

「改めてよろしくな」と笑って、澄良は上着を脱ぎ始めた。ついでにキャップも脱いで、額に落ちる前髪を無造作にかき上げる。

少し長い前髪が目元にぱらりと落ちて、危うく「うお」と声を上げそうになった。

子供のように明るい声の印象から、髪を刈り上げ真っ黒に日焼けした高校生のような姿を想像していたがまるで違った。実際の澄良は八頭身のプロポーションにこの美貌だ。目元に落ちる前髪には妙な色香すらあって目のやり場に迷った。唯一想像と合致していたのは薄く日に焼けた肌くらいだろうか。

健康的で張りのある若々しい頰を見ていたら、澄良もこちらを見た。目が合うなり、切れ長の目がくっきりとした弧を描く。

「なんか腹減ったな。夕飯まだだったんだ。食っていいか？」

形のいい唇から白い歯を覗かせて澄良は笑う。

想像と合致していたものがもう一つあった。眩しいくらいのこの笑顔だ。目を瞬かせながら「どうぞ」と答えると「喜一も食うか？」と小首を傾げられた。

「いえ、俺はもう食べたので。コーヒーでも飲んでますから、澄さんだけどうぞ」

「そうか？　悪いな」

澄良はすぐに店員を呼び、チキンステーキとライスとドリンクバーのセットを注文した。もう二十二時近いのに肉を食べるのか。若い胃袋に感心しつつ喜一もドリンクバーを頼む。

澄良は店員が立ち去るなり「飲み物とってきてやる」と席を立つ。ドリンクバーへ向かうその後ろ姿を見送り、気が抜けて溜息をついてしまった。

（あれがスミさん……）

どんな人だろうとは思っていたが、あまりにも想像と違って呆然とした。

ドリンクバーは混雑していて、澄良が戻ってくるのとほぼ同時に料理が運ばれてきた。

澄良は「とりあえず食べていいか？」と律儀に喜一に尋ねてから、「いただきます」と手を合わせてチキンステーキを食べ始めた。喜一は色も香りも薄いコーヒーを飲みながらその様子を見守る。

澄良はナイフとフォークを使ってすいすいと肉を食べる。意外なほどその所作が綺麗でつい見入ってしまった。ゲームをしている最中はバリバリと音を立ててスナック菓子を食べ、口いっぱいに菓子を詰め込んだ不明瞭な声であれこれ指示をしてきたのに。家の中でくつろぐときと外で食事をするときは違うのだろうか。千円で十分おつりがくる肉を食べているとは思えないくらい姿勢がいい。

（……もしかしてこの人、思ったより育ちがいいんじゃ？）

喜一に礼を述べたときの姿勢も、頭を下げる角度、背筋の伸び具合、改まった口調など、営業部の人間に見習わせたいくらい綺麗なものだった。

がつがつしていたようにも見えなかったのにあっという間に皿を空にした澄良は、ナイフとフォークを置くなり「デザートも頼んでいいか？」と言った。アイスでも頼むのかと思いきや、澄良が注文したのはイチゴを山盛りにしたパフェだ。二十代の食欲は底なしだな、と嘆息する。

食事の邪魔をしないように沈黙を守っていた喜一は、パフェを待つタイミングでようやく口を開いた。

「あの、さっき澄さんと一緒にいた人たちは、一体……？」

尋ねれば、ドリンクバーから新しく持ってきたコーヒーを飲んでいた澄良の手が止まった。それまでニコニコと無防備に笑っていた顔からも笑みが引く。

真顔で見詰められ、思わず姿勢を正した。

「もし言いにくいことだったら、今の質問はなかったことにしてください」

「いや、喜一には助けてもらったからな。詳細を教えないわけには……」

「そんなに大層なことはしていませんから。よくわかりませんが何か助けになれたなら幸いです。澄さんにはいつも悪魔の討伐でお世話になってますし」

「それこそ大したことじゃないだろ」

生真面目な喜一の物言いがおかしかったのか、澄良の目元がほころんだ。硬かった雰囲気も緩み、澄良は眉を下げて溜息をつく。

「前に言った、あれだ。恋人探しのマッチングアプリ」

やはりマッチング相手との待ち合わせ中だったのか。しかし澄良に声をかけていたのは男性二人組だった。もしやと喜一は顔を強張らせる。

「マッチング相手とは別の人が来たってことですか……？」

美人局のようなものを想像したが、澄良は「違う」とあっさり言ってのける。

「待ち合わせ場所にはきちんとマッチング相手本人が来た。後から来た相手は完全に想定外だったけどな」

「え、でも、二人とも男性で……」

「俺が使ってたのはゲイ向けマッチングアプリだ」

さらりと口にされたので、こちらも「そうでしたか」とあっさり返してしまった。コーヒーを口に含み、嚥下したところでようやく動きを止めて澄良を見返す。

澄良はまっすぐにこちらを見ている。冗談を言っているふうではない。

生まれて初めて、自分の表情が乏しいことに感謝した。内心はひどく動揺しているが、おそらくほとんど顔に出ていなかったはずだ。

澄良は騒ぎも驚きもしない喜一の反応が意外だったのか、軽く眉を上げて続けた。

「さっきはマッチング相手が急に『もう一人連れてきているから三人でホテルに行かないか』なんて言い出して、どうしたもんかと困ってた」

「それは……大変でしたね」

当たり障りのない返答しかできない。他に何を言えばいいのだろう。

ゲイ向けマッチングアプリを使っていたということは、澄良はゲイということだ。そんなことを初めて顔を合わせる自分にあっさりと打ち明けてしまっていいのだろうか。時代か。今時の若者はそういうことをもう周囲に隠さないのか。

反応に困っていたら、「気味が悪いか？」と尋ねられた。これまでより小さな声だ。澄良の顔を見返して、その目が微かに揺れていることに気づく。

（緊張してる）

目の奥を覗き込んで唐突に気づいた。なんでもないことのようにあっさりと言い放ったその裏で、喜一からどんな反応が返ってくるか、澄良は緊張しながら待っている。

当然だ。性的指向なんて非常に個人的な話をするのに緊張しないわけがない。特に澄良の場合は自分が少数派である自覚もあるだろう。

にもかかわらず澄良は喜一にそれを打ち明けてくれた。理由は知らない。その気になれば今を限りに縁の切れる気楽な相手だったからかもしれないが、勇気を出して打ち明けてくれたのを、茶化したり流したりするのは違う気がして、喜一はじっくりと考え込む。

「……気味の悪いことは、ないです。俺の周りにはゲイと公言されている方がいないので、どう反応すればいいのかは少し、迷いましたが」

「真面目な回答だな」

「真面目に考えましたから」

澄良はまじまじと喜一を見詰めて腕を組んだ。

「もっとうろたえられるかと思った」

「うろたえてはいます。顔に出にくいだけで」

「そうか？　まったく動じないから一瞬同類なのかと思った」

喜一はこれにもしっかりと考え込んでから答えた。

「俺は、ゲイではないと思いますが」

「ないと思う、とはまた曖昧だな」

「人を好きになったことがないので」

「なんだその返しは。アンドロイドか？」

人間です、と真顔で答えると、雪崩が起きたように澄良の顔が笑みで崩れた。

「お前ゲームしてるときより、実際会って喋ってるときの方が面白いな？」

笑った途端、澄良の顔に張りついていた緊張が溶けて消えた。

びっくりするほど綺麗な顔に浮かぶのは、これまたびっくりするほど明け透けな表情だ。黙って立っていたら近寄りがたいくらい鋭利な美貌の持ち主なのに、一度口を開けば表情も口調もあまりにも無防備で、こちらの方が驚いてしまう。

言葉を重ねていくうちに、大学の友人たちとやかましくゲームをしていたスミと、目の前に座る澄良の印象がゆっくりと重なってきた。

澄良もすっかり緊張が解けたらしく、コーヒーをぐびりと飲んで口を尖(とが)らせる。

「アプリでやり取りをしていたときは身元のきちんとした相手だと思ってたんだがな。まさかもう一人連れてくるとは思わなかった」

「アプリで知り合った相手と実際に会うのは今回が初めてだったんですか？」

「うん。だから慎重に連絡を取り合っていたつもりだったんだが。真剣に交際したいとも伝えてあった。それなのにあんな……ヤリ目(モク)みたいな奴が来るとは」

カップをソーサーに戻し、澄良はテーブルに頬杖をつく。

「東京で一人暮らしをするようになってからは以前より慎重になったつもりだったが、駄目だな。まったく見通しが甘かった。地元にいた頃と変わらん」

「今回は相手が悪かっただけでは……?」

「悪い相手が寄ってくる程度には脇が甘かったということだろう」

話を聞く限り澄良は被害者と思われるが、怒りの矛先を相手に向けるつもりはないようだ。むしろ自分のふがいなさを反省している。

(同じ年の頃、俺はこんなふうに自分の非を認められたかな)

それよりは、自分をこんな不遇に追いやった世界を恨んでいたような気がする。

あるいは恨み疲れて下を向いていたのだったか。

「お待たせしました、イチゴパフェです」

斜め上から降ってきた店員の声に思考の流れがせき止められる。

金魚鉢を縦に伸ばしたようなパフェグラスを目の前に置かれた途端、しかつめらしかった澄良の顔がほどけた。

「喜一！　すごいパフェ来たぞ！　写真より大きくないか、これ！」

パフェは下からコーン、プリン、チョコブラウニー、生クリームと層をなし、てっぺんにはドーム型のアイスが二段盛りつけられている。生クリームに埋もれたアイスには真っ赤なソースがかけられ、その周囲にイチゴがこれでもかとトッピングされていた。

「……食べきれますか？」

「わからん。ちょっと手伝え」

言うが早いか、澄良はテーブルの隅に置かれていた深めの取り皿を手にして、パフェのてっぺんに乗っていたアイスをそちらに移し入れた。アイスの下に埋もれていたチョコブラウニーも器に入れ、ついでのようにイチゴもいくつか放り込む。あっという間に小さなミニパフェのようなものを作った澄良は、それを喜一の前に押し出してきた。

「俺の話を聞いてるばかりじゃつまらんだろう。食え」

「え、でも、俺はもう夕飯も終えましたし」

「甘いものは別腹だろ？」

「食事の後にデザートが食べられるほど若くないです」

澄良は目を丸くして、さも面白い冗談を聞いたとばかり大きく口を開けて笑った。

「そこまでオッサンじゃないだろ」

「今年で三十四ですよ」

「二十歳もサバ読んでたのか。思い切ったなぁ。そういえば本当に相撲やってたのか？」

「やってないです」

「やってないのにわんぱく相撲なんて言葉よくとっさに出てきたな！」

笑いながら澄良はアイスを口に運ぶ。美味（うま）いぞ、食べろ、と再三勧められ、喜一もコーヒーカップに添えられていたスプーンを手に取った。

澄良が盛りつけてくれたアイスは、バニラ味かと思いきやチーズケーキのような味がした。甘すぎなくてさっぱりしている。

「美味（おい）しいです」

「そうか。気に入ったならお代わりしていいぞ。おごる。助けてもらった礼だ」

澄良は前のめりになってそんなことを言う。お代わりだなんて、食べ盛りの子供でも相手にしているつもりか。

（直接顔を合わせてるのに、まだ中学生扱いされてる気分だな）

自分の正体がばれたら最後、今までのように澄良と過ごすことなどできないと思っていたのに、そんな懸念はやすやすと蹴り飛ばされてしまった。

あっという間にパフェを半分食べた澄良に「溶けるぞ、早く食べろ」と急かされ、喜一は口元に苦笑を浮かべて真っ赤なイチゴを頬張った。


社会人と大学生。年の差は十二歳。自分はともかく年下の澄良は遠慮して、これまでのように頻繁に連絡をくれなくなってしまうかもしれない。

そんな不安は三日と待たずに解消された。澄良はこれまで通り、どころかこれまで以上の頻度で喜一をゲームに誘ってくる。

『今まで喜一は中学生だと思ってたし、あまり夜遅くまでつき合わせちゃいかんと遠慮してたんだ。社会人なら土日はオールで遊べるな』

そんな調子で、むしろ澄良とゲームをする時間は増えた。

一方で、新年度が始まってから澄良の友人たちはあまりゲームに参加してこなくなった。すでに内定をもらっている澄良とは違い、二人ともまだ就職先が決まっていないそうだ。

お互い隠すものがなくなって、二人きりでゲームをしながらあれこれ自身の話をするようになった。さほど多くを語ることもない喜一とは対照的に、澄良は源泉から勢いよく湧きだす湯さながら、とめどなく身の上話をしてくれた。

澄良の実家は東京から新幹線で四時間以上かかる遠方にあり、上京してからは数えるほどしか家に帰っていないらしい。さらに実家は、地元では有名な老舗旅館だそうだ。

　家族構成は祖父と両親、兄の五人。両親は旅館の仕事で忙しく、子供の頃は旅館の敷地内に建てられた離れで祖父に育てられたという。

　若かりし頃は柔道の選手だったという祖父は、真夏だろうと真冬だろうと早朝から乾布摩擦を行い、朝のマラソンを欠かさない。澄良も当たり前に祖父につき合っていたらしい。

　体力作りはもちろんのこと、勉強や礼儀作法もすべて祖父から叩き込まれた。幼い頃からガミガミされれば苦手意識の一つも覚えそうなものだが、本人は『おかげでどこに行っても不自由したことはないぞ。祖父ちゃんのおかげだ』とからりと笑う。

『厳しい人ではあるが、俺ともよく囲碁や将棋で遊んでくれた。祖父ちゃんは策士だからな。子供の頃からずっと戦績をつけてるが、未だに負け越したままだ』

　そう誇らしげに語る口調から、澄良が祖父から多大な影響を受けていることが窺い知れた。妙に古臭い喋り方をするときがあると思ったが、それも長年一緒に暮らしていた祖父の口調がうつってしまったものらしかった。

　実家の旅館は、澄良の兄が継いでいるそうだ。九歳年上の兄は澄良が高校生の頃に結婚して、若旦那、若女将として夫婦で旅館の仕事を手伝っている。

　旅館の規模はかなり大きく、住み込みの従業員も多数いるという。従業員たちは澄良のことを「坊ちゃん」と呼び、「もうお夕食の時間ですよ」などと敬語で話しかけてくる。

それは澄良にとって幼い頃から続く日常風景だ。だから年上の自分から敬語で話しかけられることにもまるで抵抗がないのかと、ようやく喜一も納得した。

「ご実家の仕事を手伝ったりはしないんですか?」

ゲームの合間に尋ねると、うーん、と唸るような返事があった。

『そういう選択肢も考えなかったわけじゃないが……俺が旅館にいても手伝えることなんて限られてるからな。兄貴みたいに子供の頃から旅館経営のイロハを叩き込まれてきたわけでもない。それに、いつまでも家に残ってりゃそのうち嫁を取れなんて周りがうるさく言ってくるだろう』

所帯を持たないのは外聞が悪い。澄良の地元ではそんな風潮がまだ色濃く残っている。ゲイの澄良にとっては居心地の悪い状況だろう。

『義姉(ねえ)さんだっていつまでも小舅(こじゅうと)がいたらやりにくくて仕方がないだろう。だから俺は東京に出ることにしたんだ。こっちで就職して、少しくらい実家に仕送りでもできればいいと思ってる。俺の給料なんて微々たるものだし、受け取ってもらえるとも思えんが』

本人はそう言うが、澄良が内定をもらっているのは大手商社だ。その給料を微々たるものと言うあたり、澄良の実家の太さが窺える。

『どうあれ、東京に出てきてよかった。あっちは近所づき合いが濃くてな。三軒隣の家の夕飯の内容までわかる場所だ。あそこにいる限り彼氏の一人も作れん』

冗談めかして澄良は言うが、本人にとっては切実な問題だったに違いない。

しかし上京したところですぐには恋人も見つからず、ようやく勇気を出してマッチングアプリを使ってみればあんな目に遭ってしまうのだから同情を禁じ得ない。

「澄さんだったらすぐに恋人の一人や二人見つけられますよ。マッチング相手をちゃんと選べば……」

『いや、マッチングアプリはもう懲りた。まだ俺に使いこなせる代物じゃないらしい。でもそうなると、出会いの幅がぐっと狭くなるから困る』

ぼやくように呟いて、澄良はふと笑みをこぼす。

『誰かとこんなに普通に恋愛話ができると思わなかった』

嬉しそうな声が耳にくすぐったい。肩をすくめ、「俺もです」と返す。

ファミリーレストランで喜一にあっさりゲイと公言したので隠していないのかと思いきや、澄良が他人にカミングアウトしたのはあれが人生で初めてだったという。

地元にいた頃は女性から告白されてもすべて断り、やっかまれることも多かったそうだ。男友達も善意から澄良に女性を紹介してきたりして、随分と苦しい思いをしたらしい。

『それでも俺は、東京に行くという選択肢があったからまだよかった。でも兄貴は長男としてあの家を継ぐことが半ば決められていたから、後ろめたい気持ちもあったな』

澄良の兄が大学を卒業する直前、当時中学生だった澄良は兄に尋ねたことがあるそうだ。

本当に家を継ぐことに抵抗はないのか、他にしたいことはないのかと。
もしも目の前のことから逃げ出したいと思うのなら、後は自分が全部引き受ける、とも。

「中学生なのに格好いいですね」

『格好いいかどうか知らんが、もうほとんど切腹する覚悟だったぞ。当時は自分がゲイなんじゃないかって自覚したばっかりで、とにかく毎日辛（つら）くて仕方なくて、もしかして兄貴もこんなふうに苦しい気持ちを隠してるんじゃないか、とか、なんだか勝手に思い詰めてたんだな』

実家を継ぐ兄を羨ましいと感じたことは一度もなかった。むしろ自分より先に生まれてきたというだけですべてを兄に押しつけている状況が申し訳ないくらいだった。自分なら、目の前にすでに進むべきレールが敷かれているのも、旅館経営なんて難しそうなことをするのも、その責任を負わなければいけないのも耐えがたいと思ったからだ。

さらに旅館の経営は女将の采配にかかっていると言っても過言ではない。宿を継ぐとなれば、若女将にふさわしい女性と結婚するのはほとんど絶対条件だ。

女性を恋愛対象として見られない澄良には到底受け入れがたいことだったが、せめて自分だけでも、逃げるか留（とど）まるかの選択肢を兄に提示したかった。

決死の覚悟で尋ねた澄良を兄はきょとんとした顔で見下ろし、「ありがとな」と笑った。兄ちゃんは大丈夫だ、とも言い添えて。

ほどなく兄は大学を卒業して家業を継いだ。数年後に結婚して、今は旅館の若旦那だ。

『兄貴が本心からそう言ってくれたのかどうかはわからんが、あのときちゃんと話をしておいてよかった。おかげで今も兄弟仲はいいぞ』

「ご両親とも？」

『もちろん』

「お祖父さんとも」

『もちろんだ、祖父ちゃんは俺の憧れだからな！』

ヘッドホンの向こうから明るい声が響く。顔いっぱいで笑っているのが見えるような声だ。実際に澄良の顔を知った今も、この声を聞くと自然と喜一の頬は緩んでしまう。

澄良と喋っていると、中学校の教室に戻ったような気分になった。まだ勉強なんて片手間に済ませていた頃、教室の隅で友人たちと他愛もない話をしていたあの空気を思い出す。

そんなふうに、澄良とたくさんの言葉を交わした。ゲームの合間に少しずつ、コップに一滴一滴水を溜めるように、ゆっくりと澄良のことを知っていく。

澄良の家族構成や地元の友達だけでなく、通っている大学や学部まで教えられ、喜一もぽつぽつと自身の働く会社のことなど話す頃には、季節は春を過ぎ、初夏に差しかかっていた。

『おっ、喜一もいんの？　うわ、久しぶりじゃーん！』

『元気にしてたか？　いつもスミと遊んでくれてありがとな』

梅雨が明ける頃、最近とんと声を聞いていなかったスミの友人がゲームに参加してきた。

二人ともようやく就職先が決まったらしい。『今度は卒論の準備だ』などと言いながら、肩の力が抜けた様子で笑っている。

『あれっ？　喜一の装備めっちゃ強化されてんだけど！』

『大丈夫かよ、来年高校受験だろ？』

二人はまだ喜一の正体を澄良から聞かされていないらしい。

久々にいつものメンバーが全員揃ったし、ここで自分から本当のことを言うべきか。もしくは澄良から何か一言あるだろうかと思っていたら、澄良が大きな声で言った。

『よぉし！　早速昨日配信されたクエストに行くぞ、お前らぁ！』

喜一の正体などそっちのけで澄良の操作するキャラクターが走り出し、二人も『スミの声うるせーんだよ！』『ちょっとは周りを待て』なんていつもの調子で澄良を追いかける。

喜一に対して『あ！　喜一が全体回復かけてくれた！』『成長してるー』なんて声をかけてくれるのも相変わらずだ。

せっかくみんなでワイワイとゲームをしているのに水を差すのももったいない。実年齢に関係なくゲームはできるのだし、喜一も余計なことは言わずゲームを続けた。

しかしやはり、中学生を演じることで生じる実害もある。

『お、もう日付変わるじゃん。喜一はそろそろ上がんないと』

澄良の友人から声をかけられたと思ったら、もう一人も『ほんとだ。こんな時間までスミが何も言わないのも珍しい』と声を上げる。これまでは夜が深まると必ず澄良が『もう寝る時間だぞ、中学生』と喜一に声をかけていたからだ。

今日は土曜日だし、普段は二時、三時まで澄良とゲームをしている。今度こそ本当のことを言うタイミングかと思ったが、その前に『じゃあ俺も抜けよ』という声が続いた。

『やっと就活終わったと思ったら今度はバイトがパンパンに入っちゃって、明日も早朝のシフト入ってんだよね』

『なんだ、まだバイトしてるのか？』

『してるんだよ、生活費のために。スミみたいなお坊ちゃんには遠い世界のことだろうけどさぁ』

皮肉交じりの言葉にどきりとしたが、澄良は動じていない様子で『お坊ちゃんではないが』と返す。

『お坊ちゃんじゃん！　実家からたっぷり仕送りもらって、バイトもしたことないくせに！』

『たっぷりはもらってないぞ』

『とか言って羽振りがいいの知ってるんだからな！　なー、今度飯おごってよ』

『おごる前に、この前貸した一万円は……』

『それ今言う⁉　バイト代出たらすぐ返すよ！　明日早いから俺はこれで！』

澄良の返事を待たず相手はオフライン状態になってしまう。残った友人も『じゃ、俺も今日は終わりにするわ』と言って回線を切ってしまった。

いつものように澄良と二人きりになった喜一は、先ほどの澄良たちの会話内容に触れようか触れまいかしばし悩んで、やっぱり気になって尋ねた。

「……友達に、一万円も貸してるんですか？」

『ああ。バイトの給料前に財布を落としたとかで困ってたからな』

緊急事態ではあったらしいが、大学生にとって一万円なんて大金ではないのか。しかも澄良はアルバイトもしていないらしいのに。実家からの仕送りがいくらか知らないが、友人にひょいと一万円を貸せるとなるとかなりの額をもらっているのかもしれない。

「澄さん……まさかとは思うんですけど、お友達からたかられたりしてませんよね？」

無礼を承知で尋ねると『まさか』と笑い飛ばされた。

『大学の友人に金を貸したのはさっきの一回きりだ』

「そうですか……。すみません、余計なことを。早く返ってくるといいですね」

澄良の返答は『そうだなぁ』というのんびりしたものだ。一万円なんて社会人の自分にとってすら安い金額ではないと思うのだが。

沈黙のうちにそんなことを考えていたら、続けてこんなことを言われた。

『俺の祖父ちゃんは、貸した金は返ってこないと思えとよく言ってた。惜しむなら貸すな、と。だから半分くらいはやったつもりでいる』

「俺には真似できません」

『しなくていい。こんなもん俺の勝手な自己満足だ。あの一万円だって貸したというより、俺が無理やり押しつけたんだからな』

ヘッドホンの向こうから、澄良の大きな溜息が聞こえてくる。

『だってなぁ、あいつ財布落としてからずっと学食で水だけ飲んでるんだぞ。財布落としたなんて実家には言えないなんて青い顔で言われたら放っておけないだろ』

他の友人たちはパンや菓子の類を恵んでいたそうだが、そのたびにぺこぺこと頭を下げる友人を見ていられなくて一万円を押しつけたらしい。

『それより、あいつらにまだ言ってなかったたな。お前が中学生じゃないって』

今更のように『言っておいた方がよかったか?』と問われて苦笑する。

「もうここまできたら言わない方がいいんじゃないでしょうか」

『いいのか? 年下連中に中学生扱いされて』

「構いませんよ。それにこういうの、憧れてたので」

『こういうの？　ゲームで遊ぶことか？』

それもあるんですが、と呟いて、喜一はコントローラーの縁を指先で辿った。

「高校時代は勉強ばっかりで友達と遊ぶ時間もなかったので、こうやってみんなでお喋りしながらゲームするのは楽しいです。部活もやってなかったので先輩後輩みたいな関係にも憧れてて、年下扱いされるのが新鮮というか……」

そこまで言って、ハッと喜一は我に返る。

「いや、実際には俺の方が一回りも年上なんですけど。すみません、なんか、気持ち悪いことを言ってしまったような……？」

澄良は『気持ち悪くはないだろ』と笑い、柔らかな声で続ける。

『でも、そうかぁ。喜一は俺たちの下らないやり取りを面白がってくれてたんだな。てっきり呆れられてるかと思った』

「いえいえ。週末に酒を飲みながら皆さんの会話を聞いてるのが癒やしでしたから」

『なんだ、酒なんか飲んでたのか？　だったら今度、あいつらも誘ってみんなで飲みに行くか！』

心惹かれるお誘いだったが、「無理ですよ」と苦笑交じりに返した。

「俺の顔見たら、皆さんこれまで通りに接してくれなくなります。澄さんぐらいですよ、俺の実年齢を知ってもこうやって態度を変えずにいてくれる人なんて」

『そうか？　なら俺と二人で行くか？』

コントローラーの縁を意味もなく撫でていた指先が止まる。

前回はたまたま澄良と対面してしまったが、お互いゲームをするだけの仲だ。もう直接会うことはないだろうと思っていただけに、すぐには返事ができなかった。

「あの、でも……俺なんかと飲んで楽しいですか？」

気を遣わせてしまうのではと恐る恐る尋ねると、盛大に噴き出された。

『もう半年近くこうやって喋ってゲームしてるのにお前、まだそんな心配してるのか！　楽しいに決まっとるだろうが！』

ゲラゲラと笑う声に耳を傾けていたら、ヘッドホンで覆われた耳がじんわりと熱くなった。年の離れた澄良と一緒にゲームができて浮かれているのは自分ばかりだと思っていたが、澄良もちゃんと楽しんでくれていたのか。

黙り込んでいたら、ふいに澄良の笑い声が途切れた。

『……もしかして、喜一は楽しくなかったか？』

常にない落ち込んだ声に驚いて、「いえ！」と思わず大きな声を出していた。

「楽しいです！　すごく！」

『そうか！　だったら飲みに行こう！』

急下降した声が跳ね上がる。スーパーボールを床に力いっぱい叩きつけたかのような激しい上下の変化についていけず、気がつけば、「ぜひ！」と返事をしていた。

前期試験が終わったら飲みに行こう、と澄良に誘われ、八月最初の土曜日に待ち合わせることになった。

その間、澄良とはこれまでと変わらずゲームを続けた。合間にどんな店に行こうかと相談をして、最終的に澄良が店の予約をしてくれることになった。

店を決めるに際し、互いの家の最寄り駅を教え合った。電車で三十分足らずの距離だ。オンラインゲームなんて日本中どころか世界中でつながっていることを思えば随分と近い。澄良も『この程度の距離ならもっと早くに誘えばよかった』と笑っていた。

そして迎えた当日、年の離れた澄良と飲むのにどんな格好をしていけばいいかわからず悩んだ末、喜一は半袖の白いシャツにスラックスという会社に行くのとほとんど変わりがない服を選んだ。

もう少し若い格好をするべきかと思ったが、そもそも無難な服しか持っていない。下手に若作りをして寒々しい思いをするくらいなら普段通りの服で行こうと決めて家を出る。

澄良が予約してくれた店は、喜一の最寄り駅から三駅離れたところにあった。互いの家の中間地点ではなく、わざわざ喜一の家に近い店を選んでくれたようだ。

自宅から近いのにほとんど降りたことのない駅に到着した喜一は、改札前で澄良を待つ。

待ち合わせ時間は十八時。八月に入ったばかりで、西の空はまだ茜色(あかねいろ)に輝いている。日中カンカンに照らされていたアスファルトには熱がこもり、足元からゆらゆらと熱気が上がってくるようだ。

首筋の汗を手の甲で拭ったところで、改札から背の高い人物が出てきた。

春先に会ったのを最後に一度も顔を合わせていなかったが、それでも一目で澄良だとわかった。

前回は全身黒い服だったが、今回は裾の長いオーバーサイズの白いTシャツに黒いパンツ、足元はサンダルという身軽さだ。ボディバッグを斜めがけにして、黒いキャップをかぶっている。つばの内側だけが赤い、あのキャップだ。

改札を出て辺りを見回していた澄良は、少し離れたところに立つ喜一に気づくと整った顔に子供のような笑みを浮かべた。

「喜一！　久しぶり！」

大股でこちらに歩み寄りながら、澄良が大きく手を振る。手も脚も長いので、なんでもない仕草がやたらと人目を惹いた。駅前を歩く人はまず澄良のスタイルのよさに目を留め、次いで過剰なほど整った澄良の横顔に目を瞠(みは)る。

（相変わらずキラキラしてるなぁ……）

見目のよさもさることながら、屈託なく笑う顔が眩しすぎて目を眇めた。

近づいてきた澄良は、喜一の姿を上から下まで眺めて眉を上げる。

「なんだ、その格好は。土曜なのに仕事の帰りか？」

「いえ、これが私服です」

「私服まで真面目だな！」

雑踏の中でも澄良の声はよく通る。斜め上から笑いかけられると、ぱちぱちと炭酸が弾けるように澄良の周りで光が瞬く、そんな錯覚に陥った。

「澄さん、もう夏休みなんでしたっけ？」

軽く目をこすりながら尋ねると「ああ、学生生活最後の夏休みだ！」と元気に返された。

「社会人になればこんなに長い休みなんて取れなくなるんだろうからな」

「夏休み、どれくらいあるんでしたっけ？」

「二か月。九月の終わりごろまではずっと休みだ」

喋りながら澄良の予約してくれた店に向かう。澄良も初めて行く店だそうで、携帯電話の地図で確認しながらゆっくりと歩いた。

「ご実家には帰らないんですか？」

「帰っても、この時期は家族も忙しいからな」

「ああ、旅館ですもんね」

夏休み中の旅行者が大勢押しかけている頃だ。

「学校の連中も夏は地元に帰ってしまうし毎年暇を持て余してるんだが、今年は喜一がいるからな。せいぜいつき合ってくれ」

「学生さんほど身軽には動けませんが、俺でよければ喜んで」

「お、それは社交辞令か？　こっちはまだ学生だ、そういうかわし方は通用せんぞ。本当に誘うからな！」

白い歯をこぼして笑う澄良の顔を斜め下から見上げ、喜一は目を細める。

会社のつき合い以外で誰かと飲みに行くなんて初めてだ。何しろ高校を卒業してすぐに就職し、酒は成人後に会社の忘年会で飲んだのが初めてだったのだから。

年甲斐(としがい)もなくわくわくしてしまって、喜一は珍しく自分から尋ねる。

「今日行くお店、澄さんも初めて行くんですよね？　誰かの紹介ですか？」

「いや、グルメサイトで選んだ。酒の種類がそれなりに揃ってて飯も美味そうだったから。下見に行けばよかったんだがそんな時間もなかった。外れの店だったらすまん」

「わざわざ予約までしてもらったんですから、文句なんてありませんよ」

そんな会話をしながら連れられてきたのは、雰囲気のいい和風居酒屋だった。店の入り口は天井が高く、店内の通路も余裕のある広さで、他の席で飲んでいる客の話し声がさざめくように心地よく耳に届く。

通されたのは掘り炬燵式のテーブルが置かれた個室だ。小ぢんまりとした部屋だが、襖を閉めれば他の客の声はほとんど聞こえなくなってしまう。

「わ、わざわざ個室を予約してくれたんですか？」

「その方がゆっくり飲めていいだろ。で、何を飲む？」

澄良が早速ドリンクメニューを開く。サワーや焼酎もあるが、日本酒が多い。何気なく値段に視線を落とし、うっと息を呑んだ。

自分がよく行く店と価格帯が違う。どの飲み物も倍近い値段だ。

「日本酒の種類が多くていいだろう？」

顔をひきつらせた喜一には気づかず、澄良も一緒になってメニューを覗き込む。

「日本酒、お好きなんですか？」

「そうだな、サワーよりは日本酒を頼む方が多いかな。お、これ美味いぞ」

二十歳そこそこで日本酒の違いがわかるとは。末恐ろしい。

「澄さんは、お酒に強いんですか？」

「どうだろうな。飲んでもあまり変わらないからよくわからん」

「それは相当強いのでは……」

「かもな。だからあまり量は飲まないぞ」

そもそも酔わないので、もう少し酔いたい、なんて気分で杯を重ねることはないらしい。

それならさほど支払いがかさむことはないだろうと思いきや、店員が来るや澄良がずらずらと料理を注文し始めたのでぎょっとした。

思えば初対面でも澄良は、二十二時なんて遅い時間にチキンステーキとライスと大きなパフェまで食べていたのだ。今も目についた料理をどんどん注文していく。

酒の単価が高い時点で見当はついていたが、やはり料理も高かった。喜一が行き慣れたチェーン店なら一品料理などワンコインで済むのに、ここではだし巻き玉子が一皿千円近くする。

もともと客単価の高い店なのだろう。店内の雰囲気はいいし、運ばれてきた料理も美味い。値段に見合うものを提供されているのはわかるが、それにしたって想定より何もかもが高い。だというのに、澄良はなんの躊躇もなく次々と料理を頼んで平らげていく。よほど腹でも減っていたのか。それなら事前に牛丼屋で腹ごしらえでもしてくれればよかったのに。

「喜一、どうした？　この肉寿司食べてみろ、美味いぞ」

「いえ、そんなに美味しいなら、澄さんが……」

「何遠慮してるんだ？　いいから食え」

澄良は笑顔で料理を取り分けて喜一に差し出してくる。美味そうに食べてくれるのはいいのだが、財布の中身が気になって仕方ない。こちらは社会人なのだしここは奢るつもりでいたが、現金をいくら持ってきていたか俄かに気になった。

メニューに並んだ金額にすっかり怯んで料理に箸を伸ばせない喜一に、澄良はどんどん日本酒を勧めてくる。

「これも美味いぞ。あ、そっちはもう空か？　次を頼もう」

あまり飲まないと言っていた割に、澄良はかなりのペースで酒を飲む。早いという自覚すらないのか水のようにすいすいと飲むので、あっという間に徳利が空になる。

最初こそちびちびと酒を飲み、澄良が取り分けてくれる料理を遠慮がちに口に運んでいた喜一だが、そのうち酔いが回って緊張もほどけてきた。最悪近くのコンビニで金でも下ろして来ればいいかという気分になって、猪口に口をつけつつのんびりと澄良の話に耳を傾ける。

澄良はよく飲み、よく食べ、よく喋った。夏の河原でしぶきを上げる清流のように言葉が流れ、軽やかな笑い声が上がる。終わったばかりの試験のことや、内定をもらった会社のこと、ゲームのこと、実家のこと、祖父に負け越している囲碁と将棋のこと。

会話はどこまでも枝分かれして、また緩やかに本流に戻る。

「食ってるか、喜一。これも美味いぞ」

どんなに話題が遠くに行っても、会話は問いかけになって喜一のもとに戻ってくる。お前の会社はどんなところだ、最近他のゲームもやってるのか、子供の頃はどんな遊びが好きだった？　喜一はそれに短い返事しかできず一問一答のようなやり取りになってしまうが、澄良は楽しそうに相槌を打ってくれた。

会話は途切れず延々と続く。緩やかに流れる川のように終わりが見えない。

ふと、幼い頃に父親と川辺を歩いたことを思い出した。すべての川は海に流れつくのだと信じて、海を目指して張り切って歩いた子供の頃。

あのとき、後ろを歩く父親はどんな顔をしていたのだろう。

歩いても歩いても海は見えない。川も途切れない。

大きく口を開けて笑う澄良を見ていたら、夕日に染め上げられてキラキラと光る川面が脳裏をよぎり、喜一は眩しさを堪（こら）えるようにゆっくりと瞬（まばた）きをした。

「——喜一、次で降りるんじゃないのか？」

耳元で低い声がして、ハッと目を開けた。

真上から降り注ぐ真っ白な光が眩しくて、一瞬自分がどこにいるのかわからない。居酒屋の照明はもっと、夕暮れのような薄暗さだったはずだ。

体がゆっくりと傾いて、隣に座っていた澄良と肩がぶつかる。横から澄良に顔を覗き込まれ、「寝てたか」と笑われた。

電車の中でうたた寝をしていたらしい。減速する列車の中、車内アナウンスが自宅最寄り駅の名前を繰り返している。何度か瞬きをして、居酒屋を出てそのまま電車に乗り込んだのだと思い出した。ほんの三駅の間に寝落ちしたのか。

澄良の肩に寄りかかっていたことに気づいて慌てて姿勢を正す。電車のドアが開いたのでふらふらと立ち上がったら、澄良も立って喜一の腕を引いてくれた。

「あれ、澄さん……もっと先で降りるんじゃ？」

「喜一の家まで送っていく」

断る間もなく澄良は喜一と電車を降りてしまい、背後で電車のドアが閉まる。断ろうとするが舌がもつれて上手くいかない。澄良に勧められるままだいぶ飲んでしまったようだ。支払いは澄良が折半してくれてぎりぎり足りた。後半は記憶が断片的にしか残っていない。

「澄さん、ここまでで十分ですから……」

「そんなふらふらで何が大丈夫だ」

喜一の言葉に取り合わず、澄良は改札を出てしまう。一度出てしまったものを無理やり改札内に押し返すこともできず、ありがたくアパートまで送ってもらうことにした。

歩き出してすぐ、まっすぐ歩いているつもりなのに自然と蛇行してしまうことに気づいた。二時間かそこらしか飲んでいないはずなのにかなり酔っている。日本酒に慣れていない上に、ろくに食べずに飲んでいたのがよくなかったか。

千鳥足の喜一を見かねたのか、澄良が自動販売機でペットボトルの水を買ってくれた。道端で水を飲み、その冷たさに息を吐く。八月の夜風は生ぬるかったが、顎を滴る水を吹き飛ばしてくれるのが心地いい。歩いたり立ち止まったりするうちに酔いも引いてきて、アパートの外階段はなんとか澄良の手を借りずに上りきることができた。

「すみません、こんなところまで送ってもらって」

「こっちこそ、あれこれ飲ませて悪かったな。気分悪くないか？」

いい年をして飲みすぎた喜一に呆れるでもなく、澄良は本気で心配をしてくれる。居た堪れない気分で玄関の鍵を開けた喜一は、そっと澄良を振り返った。

「あの、よければ上がっていきますか……？　お礼、というか、お茶でも……」

「いいのか？　だったらコーヒーが飲みたい！」

澄良の顔にぱっと笑みが浮かぶ。薄暗いアパートの廊下に明るい流れ星でも落ちてきたかのようだ。

甘え上手は愛され上手。きっとこういう人のことを言うのだろう。人から与えられるものをまっすぐに受け取り、自身の望むところを衒いなく口にする。卑屈さも傲慢さもない人懐っこい笑顔で。

「インスタントでよければ」とモゴモゴ呟いて澄良を自室に招き入れる。澄良も「お邪魔します」と律儀に一声かけてから中に入ってきた。

狭い玄関の端にサンダルをきちんと揃えて脱いだ澄良は、玄関脇のキッチンを通り過ぎて奥の部屋に入るなり、はぁー、と感慨深げな溜息をついた。

「びっくりするほど物がないなぁ」

キッチンでコーヒーの準備をしていた喜一は、澄良の声を背中で受けて苦笑した。

「ベッドとかソファーとか置いたらどうだ。両方置いてもまだ余裕があるだろ。しかもテレビを床に直置きとか、お前……夜逃げでもする気か？」

「これでもまだ物が増えた方なんですよ。ゲーム機とかヘッドセットとか座椅子とか」

「前はそれすらなかったのか？　修行僧の部屋か……？」

電気ポットの電源を入れ、なんの修行だと笑ってしまった。

湯が沸くのを待ちながら、台所の上の棚から昔父が使っていたマグカップを取り出してしっかりと洗う。

「澄さん、適当に座っててくださいね。あと、砂糖とか……」

台所から隣の部屋を覗き込んだ喜一は、澄良が窓の前に立ち尽くしていることに気づいて言葉を切った。澄良は俯いて、窓辺に置かれた石をじっと見ている。

インテリアどころか生活感すらない部屋の中に転がる石の存在は、思ったよりも人目を引くらしい。以前この部屋を訪れた三上も、不思議そうな顔であの石を見ていた。

「それ、川辺で拾った石なんです」

声をかけると、澄良が「へえ」と呟いてこちらを振り返った。

「大切なものなんだな」

断定的な口調に驚いた。なんの変哲もないただの小石をそんなふうに言う理由がわからず「どうしてです」と尋ねたら、軽く眉を上げられた。

「どうしてって、部屋の中で一番日当たりのよさそうな場所に飾ってあるから」

傍目(はため)には無造作に窓辺に転がされているようにしか見えなかっただろう石を指し、そんなふうに言う。

喜一は何か、胸の奥の柔らかなものに光を当てられたような気分になって、掌で胸の辺りを軽くこすった。

「……昔、父と一緒に拾ったものなんです。もう二十年以上前に」

「よくとっておいたもんだな。親父さんも喜んでるだろ」

「どうでしょうね。もう亡くなって久しいのでわかりません」

言ってしまってから、会社の飲み会で同じようなことを言って周囲の空気を凍りつかせてしまったことを思い出した。

澄良とはゲームの合間にあれこれ会話を重ねてきたが、喜一は聞き役に回ることが多く、両親ともに亡くしていることは澄良に伝えていなかった。余計なことを言ったかと後悔したが、澄良は特別気まずそうな顔もせず目を細めた。

「そうか。それは大事だな」

窓辺に立ち、澄良は石に視線を注ぐ。

「いい形の石だな。すべすべのまんじゅうみたいで」

また軽く胸を衝かれた。父親も同じことを言って喜一に石を渡してくれたことを思い出したからだ。

「……そうなんです。父と二人で、どちらが丸い石を見つけられるか競争してたんです」

「案外あるよな、丸っこい石。俺も地元の河原でよく石探しとか石切りしたぞ。これはなかなか大きさもあっていい石だ。よく手に馴染みそうで」

「持ってみますか？」

予想外に澄良が石を褒めてくれるのでついそんなことを口走ってしまった。

綺麗でもなければ珍しくもない単なる河原の石なのに、澄良は「いいのか？」と顔をほころばせる。

喜一も窓辺に近づいて石を手に取る。人肌よりも少し冷たい、表面の滑らかな丸い石を差し出せば、澄良は両手でそれを受け取ってくれた。

掌に石を載せた澄良が長い指先を柔らかく折り曲げると、石はその手の中にすっぽりと隠れて見えなくなった。

「……子供の頃は、手から溢れそうなくらい大きい石だったんです」

「それだけ喜一がデカくなったってことだなぁ」

しばらく石の握り心地を楽しんでから、ありがとう、と澄良が石を喜一に返してくる。

掌で受け止めたそれは熱かった。澄良の体温が移ったのだろう。間接的に澄良の手の温かさを知ってしまい動けずにいたら、「どうした？」と顔を覗き込まれた。

「澄さんと……大事なものを共有できたようで、嬉しくて」

気がついたら、やけにしみじみとした口調でそんなことを口走っていた。

こちらを見下ろしていた澄良がゆっくりと目を見開く。それを見て、思ったよりもまだ酔いが醒めていないことを自覚した。何を言っているんだと遅れて恥ずかしくなる。

タイミングよく電気ポットの湯が沸いて、喜一は慌てて台所に引っ込んだ。酔うと考えるより先に口が動いてしまっていけない。これ以上妙なことを口走らぬよう己を戒めてからコーヒーを持って隣の部屋に戻る。

「お待たせしました。お客様に出せるような砂糖もミルクもないんですが……」

「構わん。ありがとう」

澄良はすでにローテーブルの前に着席していた。座椅子に座ればいいものを、床に直接腰を下ろしている。座椅子を勧めてみたが「お前が座れ」と言われてしまった。客を差し置いて自分が座るわけにもいかず、喜一と澄良と無人の座椅子がテーブルの三辺を囲む。

澄良は「いただきます」と礼儀正しく口にしてからマグカップを手に取る。

かつて父が使っていた紺色のカップを見るのは久しぶりだ。コーヒーを飲む澄良の横顔を懐かしく眺めていたら、澄良がちらりとこちらを見た。

目が合った瞬間、澄良がびくりと肩を震わせてコップの縁からコーヒーが飛ぶ。

「熱……っ！」

「大丈夫ですか？　何か拭くものを……」

「平気だ。すまん、こっちを見てると思わなかった」

「すみません、つい」

父のカップが懐かしくて、と続ける前に、澄良が口元を乱暴に手で拭った。薄く日に焼けた頬の辺りが少し赤い。

澄良も多少は酔っているのだろうか。直前の会話が悪かったのかもしれない。大事なものを共有するなんて、青春ドラマのセリフめいたことを口走ってしまった自覚はある。

そんなことを考えつつ、喜一はまた無自覚に澄良の顔を見詰めてしまう。ただでさえ鑑賞に堪えうる美しい顔立ちだ。今のように酔って目の焦点がぼんやりしているときなどなおさら視線が吸い寄せられてしまう。

澄良はまたちらりと喜一を見て、目が合うとパッと視線を逸らし、俯いて喉の奥で低く唸った。

さすがにぶしつけに見詰めすぎたか。慌てて目を逸らそうとしたら、今度は澄良の方が首を巡らせて正面から喜一の顔を見詰めてきた。

やり返されてようやくわかった。まじまじと凝視されるのは居心地が悪い。

そうは思うが、やはり綺麗な顔に目が行ってしまう。形のいい眉に、くっきりとした二重。艶やかな黒髪は春先と変わらず、前髪が目元をわずかに隠している。

美術品のようだ、と思っていたら、形のいい唇が動いた。

「喜一」

名前を呼ばれ、唇からその目元へとゆっくり視線を滑らせる。

澄良の目の周りが赤く染まっていた。目の周りだけでなく、顔全体に赤みが増している。今頃になって酔いが回ってきたのだろうか。コーヒーよりも水を出すべきだったか。

とりとめもないことを考える喜一の前で、澄良が大きく息を吸い込んだ。何か覚悟を決めるように一度息を止めて、ゆっくりと吐く。

「好きだ」

息を吐ききったかどうか、というタイミングで澄良は言った。低く小さな声で。語尾が微かに掠れていたのは、たぶん緊張のためだ。こちらを見詰める強張った顔と、力の入った肩先を見ればそれくらいはわかった。

わかったが、何を言われたのかはよくわからなかった。

たっぷり三秒は沈黙してから、喜一はようよう口を開く。

「ありがとうございます……？」

「違う！」

言葉尻を奪う勢いで否定された。

安アパートの薄い壁を貫通して隣室に届きそうな大声に驚いてのけ反ると、澄良も同じ分だけ身を乗り出してくる。

「礼を言って終わらそうとするな！　そういう意味の好きじゃない！」

「そっ、そういう意味でない、と、いうと——」

「恋愛感情込みだ！」

酔って霞のかかった頭に突風が吹き抜ける。

怒ったような顔でこちらを凝視する澄良を見て、一瞬で酔いが醒めた。だが、今度は混乱の渦に思考が吞まれ、結局ろくな言葉が出てこない。

「お、俺、ですか？」

「そうだ、お前が好きだ」

「でも俺、とっくに三十も過ぎた地味なオッサンですけど」

華奢でもなければ小綺麗な顔もしていない。さりとてしなやかな筋肉で全身を覆うほど雄々しい背格好をしているわけでもない。せいぜい清潔感だけは失わぬよう気を遣っているだけの冴(さ)えない三十男だ。

片や澄良は二十歳を超えたばかりで肌に張りがあり、八頭身というモデル体型で顔面偏差値も恐ろしく高い。

澄良がゲイであることはわかっていたが、よもやその矛先が自分に向くとは思っていなかった。澄良なら相手が同性だろうとなんだろうと大いにモテるだろうし、自分のような面白みのない男など端(はな)から眼中にもないと思っていたからだ。

「澄さんのお眼鏡(めがね)にかなう部分がないのですが……？」

「眼鏡はかけとらん」

「慣用句です」

「冗談だ。知ってる」

ぴんと来ていない喜一の反応は想定内だったのか、澄良は不貞腐れたように口をへの字にした。

「オッサン、オッサン言うけどな、そこまで老けてないぞ、お前」

「だとしても、澄さんより一回り年上なのは変わりありませんし、地味ですし」

「突出した美点がないとでも言いたいのか？　平均的に整っているってことだろう」

「整ってはいないでしょう」

「折り目正しいところが好ましいんだ」

澄良がふざけているわけではなさそうなのでこちらも真面目に返しているが、なんの問答をしているのだろう。酔いは醒めたと思ったが、頭の一番奥にある芯の部分がまだウトウトと微睡んでいるような気もする。

澄良はテーブルに肘をつくと、恨めしげに喜一を睨んだ。

「地味と言いつつ、お前の第一印象はかなり派手だったぞ」

「それは、ええと……オンラインですか？　それとも実際に顔を合わせたときの？」

「両方それなりにインパクトはあった。初期装備でキャラメイクもデフォルト。やる気のなさそうなプレイヤーがノーダメージで強敵と渡り合ってるんだからな。とんでもない手練れが来たぞ、と震え上がった」

「それは単にゲームの知識がなかっただけです」

「だとしてもやり込み具合がえげつない。直接顔を合わせたときも驚いた。こっちはお前のことを、わんぱく相撲やってた中学生だと思ってたんだからな。ほっぺたにマシュマロ詰め込んだような中学生を想像してたのに、スーツ着たすらっとした大人が出てきたときの俺の驚きが想像できるか？　その上、絡んできたオッサンたちから穏便に助け出してくれた。惚れもする」

さらりととんでもないことを言われてしまった。眠っていたはずの頭の芯がびりびりする。澄良の顔を見返せず、俯いて口元を拭った。

「不意打ちに、驚いてしまっただけでは……？」

「驚いたな。でももっと驚いたのは、その後もお前の態度が変わらなかったことだ」

当時のことを思い出したのか、澄良は後頭部をガリガリと乱暴に掻いた。

「ゲーム中、俺は相当恥ずかしいことをしてたんだなと後から気づいた。俺より断然大人相手に、親は帰ってるのかとか心配してみたり、さんざんゲームの自慢をしたり」

相手が中学生だと思えばこそ、ゲームの腕前を披露して「すごいだろう」と胸を張れたが、実際は自立している社会人だったのだ。少しくらいゲームができたところで、本気ですごいなどと思ってくれるはずもない。

喜一が自分のプレイを褒めたり教えを乞うたりしてくれていたのは、大人の態度でこちらを立てていたからかもしれない。そんなふうにも思ったが、互いの実年齢を知っても喜一の態度は一切変わらなかった。

「未だに俺の装備を真似してくるし、武器の属性も俺に合わせてきてくれるだろ。新しい悪魔の攻略法とか真面目に聞いてくれるし、俺の大技が決まると歓声まで上げてくれる。大学の友達も交ざって四人でゲームするときもそうだ」

「それは……ゲーム好きなら誰でもそうなるのでは」

「かもしれん。けど、俺たちの馬鹿っぽい話も鼻で笑ったりしないで、ちゃんと聞いてくれるところが好きだ」

好きだ、と言われてまた頭のてっぺんに痺れが走った。

「それに、これまで全然ゲームなんてしたことがなかった割にのめり込んでるから面白い。素直に楽しんでくれるからこっちも教えがいがある。一緒だと楽しいし、嬉しい」

ぽつぽつと語られる言葉はゆっくりと喜一の胸にしみ込んで、ようやく告白されているのだという実感が湧いてきた。

人生で、誰かから告白をされたのなんて初めてだ。恋愛らしい恋愛をしたことさえないだけに心底うろたえた。

澄良が本気で自分に心を寄せてくれているらしいことは理解したが、自分はどうだ。必死で考え、口を動かす。

「俺……澄さんのことは好きですけど、そ、そういうふうに考えたことは、なくて」

「だったら今考えてみてくれ」

間髪を容れずに言い返されて途方に暮れた。こちらを見る澄良の顔はどこまでも真剣で逃げられない。

澄良の言う『好き』と、自分の思う『好き』はたぶん重ならない。喜一のそれは、小中学生の頃の友人に対して感じていた『好き』だ。

俯いて唇を噛む。頭の中に様々な言葉が乱れ飛ぶが、それは頭上から降り注ぐ落ち葉のように目の前で回転し、伸ばした指の先をすり抜けて思考の底に落ちてしまう。

うう、と低く唸っていたら、澄良が見かねたように口を開いた。

「喜一、今何を考えてる？」

「い、いろいろと……」

「まとまってなくていいから、思ってること全部口にしろ。窒息するぞ」

言われて自分が息を詰めていたことに気がついた。大きく息を吐いたらずるずると肩の力が抜け、引き結んでいた唇も緩む。

「俺は、澄さんのことを好ましく思っていますが、恋愛感情は抱いていません。男性とつき合うというのも、想像がつかないですし……。でも」

「でも？」と澄良が身を乗り出してくる。続く言葉は、あいにく澄良が期待するようなものではなかったが、いっそ全部打ち明けてしまった方が澄良の目も覚めるかもしれない。

「でも、ここで澄さんの告白をはっきり断って、これっきり連絡が途絶えてしまうのは嫌だなと思ってます。澄さんとゲームをするのは、すごく楽しかったので。だからと言って好きでもないのにつき合うと返事をするのも失礼だと、そんなことを考えていました」

「なかなか明け透けに本心を語るもんだな」

当てが外れたような顔で溜息をつく澄良に、喜一は問いかける。

「それに澄さん、ちょっと考えてみてほしいんですけど……上京するまでゲイだって周りに打ち明けたことなかったんですよね？」

「ああ。ずっと隠してた。地元でそんなこと吹聴して回ったら石を投げられる」

「それくらい、他人から非難されることを警戒していたんでしょう？　でも俺が貴方の性的指向を特に否定しなかったから、それで何か、勘違いしてしまったのでは？」

これには澄良もむっとしたような顔になった。

「この気持ちが勘違いだって言うのか？」

「可能性は高いです。初めて受け入れてもらって、雛の刷り込みのようなものが起こったのでは？」

「勝手な想像だ」

澄良の声が低くなる。ヘッドホン越しにも聞いたことのない声だ。怯みそうになったが、年長者として伝えるべきことだと己を奮い立たせる。

「わざわざ俺みたいな地味なオッサンを選ばなくても、世の中にはもっといい人がたくさんいます。マッチングアプリだって、前回は質の悪い人に引っかかってしまいましたが、用心深く使えばきちんとした人と巡り合えますよ。もっといろいろな人を見れば、俺なんて取るに足らない人間だってすぐにわかるはずです」

きっと澄良は、自身がゲイであることを知っても嫌悪感を示さなかった喜一を見て舞い上がってしまったのだ。マッチングアプリで見ず知らずの人間と会う危険を冒すくらいなら、ある程度素性がわかっている喜一の方が安全で手頃だとでも思ったのかもしれない。

そうでなければ、こんなにも美しい若者が自分を選ぶわけもない。

「もっと視野が広がればきっと……」

「俺の視野はそんなに狭いか。随分と子供扱いしてくるんだな」

澄良は完全に機嫌を損ねてしまったようだ。低い声は地鳴りのようだが、唇をへの字に結んだ顔は不貞腐れた子供のようにしか見えず、つい宥めるような声が出た。

「子供ではないかもしれませんが、圧倒的に経験が足りていません。まだ若いんですから当然です。単に生きている長さの問題です。これからたくさん出会いもあるでしょうから、そう性急に物事を進めずに……」

「でも俺はお前が好きだ」

喜一の言葉を遮って、澄良は固く腕を組む。強い意志を感じさせる目で睨まれれば、喜一も口をつぐまざるを得ない。

「つまる話がお前は、初めて告白した相手が人生最良の相手であるとは限らないから早まるなと、そう言いたいわけだな?」

「え、まあ、そうですね」

「心配してくれるのはありがたいが、俺は単発でSSRを引ける男だ」

「……すみません、ちょっと何を言っているのかよくわからないんですが」

「喜一はソシャゲはやらないいか。武器を作るための素材目当てに討伐に出たとき、どんなレア素材だろうと一発目の討伐で引き当てられると言っている」

わざわざ喜一に馴染みが深いゲームの話で言い換えてくれた。ランダムでしか入手できないものでも、一発で目当ての物を引き当てられるということか。

「それだけ強運だ、と……？」

「そうだ。人生最初に最良の相手を引き当てたとしても不思議じゃない」

自分の選択にまるで疑いを持っていない。なんという自信だ。若さゆえの驕りだとは思うが、澄良の目があまりにまっすぐなのでその可能性に懸けてしまいたくなる。自分が澄良の恋人になるなどというとんでもない内容でなければ、背中を押していたかもしれない。

だがこの件に関しては全力で止めたい。相手が自分という時点でいただけない。なんとか思いとどまらせようとするが、それを察したように澄良は口早に言葉をつなぐ。

「男同士が生理的に無理とかそういう話でないなら、考えるだけ考えてみてくれ。そもそもお前、人を好きになったことがないとかそんなようなこと言ってたな？　恋心もわからないのに結論を出すのは早くないか？　とりあえずまずはそういう目で俺を見てくれ。デートしよう。また来週にでも」

澄良はこちらの顔色を窺うこともせずゴリゴリに押してくる。あまりに必死なのでほだされてしまいそうだ。少しつき合えば澄良も気が済むのではないか、などと思ってしまい、慌てて首を横に振った。男同士ということもさることながら、もっと現実的な問題がある。

「無理です。毎週おつき合いできるほど俺の懐に余裕はありません」

澄良と自分の金銭感覚に差があることはもうわかっている。今日の出費もかなり痛かった。こんなことを毎週やっていたら貯金が見る間に減っていく。

喜一にとってはかなり切実な問題だったが、澄良は鼻息一つでそれを退けた。

「金なら俺が出す。それでいいだろう」

迷いもなく言いきられ、喜一の胸にチリっとした火花のようなものが走った。それは、と言いかけた言葉を一度は呑み込んだが、腹の底まで押し戻すことはできず問い返す。

「そのお金はどこから出てきたものです？　ご実家から送っていただいたものでは？」

それまでまくし立てるように喋り続けていた澄良が、初めてぐっと言葉を詰まらせた。

澄良が実家から仕送りをもらっていることも、アルバイトをしていないことも喜一は知っている。知っているからこそわざと尋ねた。きっと澄良に仕送りしている両親だって、そんな使われ方を望んでいないだろうと思ったからだ。

「それに、お金を出してもらったら俺は貴方に逆らえなくなります。そうやって他人の気持ちをコントロールするつもりですか」

「そ、そんなつもりはなかった……！」

「でもそう勘違いされる可能性はあります。澄さんは少しお金の使い方が荒っぽいです。自分で働いて得たお金でないからありがたみもわからず使えてしまうのでは？　お友達にお金を貸すのだって一万円は多すぎます。相手だって同級生からお金を借りるなんて複雑な心境ですよ、きっと」

前から気になっていたものの、友人でも親族でもない自分がわざわざ口を挟むことでもないだろうと呑み込んでいた言葉をここぞとばかり口にした。

「そういう思慮に欠けるところは、少し子供っぽいと思います」

これまで自分を立てるばかりだった喜一のぴしゃりとした物言いに、澄良が面食らったような顔になる。と思ったら、その口角がみるみる下がった。

「わかった。もういい」

言い終わらぬうちに澄良が立ち上がる。

喜一も慌てて腰を浮かしたが、まだ完全に酔いが冷めておらず体が傾いだ。たたらを踏んだ喜一に気づいた澄良はとっさに手を差し伸べかけ、はたと我に返った顔で手を引っ込めた。そんな反応をした自分にまた苛立ったように歯噛みして、足音も荒く玄関に向かう。

「あの、お気をつけて。送ってくれてありがとうございました」

サンダルをつっかけて外に出ていく背中に声をかけたが、澄良は振り返ることなく玄関のドアを閉めた。

外階段を下りていく足音を聞きながら、喜一は音もなく溜息をつく。

最後に澄良が見せた苛立ったような表情は、とっさに喜一に手を差し伸べようとした自分に対して怒っていたのか、それとも意地を張って手を引っ込めてしまった罪悪感からか。

（へそを曲げて帰ってしまうところは、やっぱり子供っぽいんじゃないかな）

玄関先に立ったまま、緊張で強張った首の後ろを軽く揉む。

いつから澄良にそういう目で見られていたのか、まるで思い当たる節がない。実際に顔を合わせるのすら今回でまだ二度目だというのに。

（……でも、その間にたくさん話はしたか）

年明けに出会って、今はもう八月。冬から春、そして夏と、季節を三つも跨いでいる。下手をすると毎日顔を合わせている会社の人間より、回線越しに夜な夜な澄良と喋っていた時間の方が長いくらいなのだ。

（だからって、俺なんてなぁ……）

初めてのマッチングアプリで怖い思いをして懲りたのかもしれないが、さすがに選択肢が少なすぎる。探せばもっとふさわしい人間など山ほどいるはずだ。

澄良は見目がいいだけでなく、気取らず明るく友人想いで、すでに大手商社の就職も決まっている。実家は老舗の旅館で、奔放なように見えて箸の上げ下ろしから靴の脱ぎ履きまで、礼儀作法はしっかり身についている。

小さな会社で中間管理職なんてやっている自分とは釣り合わない人間だ。就職すれば視野も行動範囲も広がるだろうし、来年の今頃は自分なんかに告白したことを悔やんでいるに違いない。

玄関に背を向け、のろのろと部屋の奥に戻る。ローテーブルの上にはマグカップが一つ置かれたままで、どちらも冷めたコーヒーが半分ほど残っていた。

（澄さんからの告白を断るなんておこがましいような気もするけど、俺はゲイじゃないし、どうやってつき合えばいいかわからないし……）

でも案外、澄良なら何も知らない自分を上手にリードしてくれたのかもしれないとも思う。ゲームの世界で喜一をあちこち連れ回してくれたときのように、恋人同士のイロハも知らない自分にあれこれ教えてくれたのではないか。

『喜一、こっち！　ちゃんと俺の後について来いよ！』

ヘッドホン越しに何度聞いたかわからない澄良の声を思い出し、喜一は苦い笑みをこぼした。さすがに現実の恋愛は、ゲームのように簡単には進まないだろう。

ローテーブルから窓辺に視線を滑らせる。近づいて、小さな石を取り上げた。

澄良から手渡されたときは熱いくらいだったのに、石はすっかり夜の空気に馴染んで、冷たい重みばかりが掌に残った。

ここ何年か、一年に占める夏の割合が多くなってきている気がする。

春は一瞬で通り過ぎ、五月はもう初夏の日差しだ。秋は遠くに追いやられ、九月になっても残暑が続いている。

「毎度のこと、厚澤さんは無茶ばかり言ってくれますね」

本社から電車で二時間離れた場所にある工場で、水色の作業用ジャンパーを着て黙々と板金検査をしていた喜一は顔を上げる。検品用のテーブルの前に、工場長の氷室(ひむろ)が立っていた。

五十絡みの氷室は、営業部の部長である厚澤と同い年ということもあってか何かと衝突することが多い。今も板金の入った重たいケースをテーブルに置いて、苛々と眼鏡を押し上げている。

「営業部とも工場の工程表は共有しているはずなのに、よくこんな量の仕事をねじ込んできたものですよ。ただでさえお盆の後は立て込んでいるのに」

「すみません、急に大口の発注が入ったらしくて……」

「仕事があるのは結構ですが、客先の納期は調整してもらわないと困ります」

作業の手を止め、すみません、ともう一度頭を下げると、氷室に深い溜息をつかれた。

「田辺さんに当たっても仕方ありませんでしたね。申し訳ない。本社からいらっしゃるのは貴方くらいなので、つい」

「氷室さんのお話は、私から営業部にも伝えておきます」

「いいえ、後で直接厚澤さんにクレームを入れておきますのでお構いなく」

眼鏡のブリッジを押し上げ、氷室はフンと鼻から息を吐く。また電話で喧嘩腰のやり取りをする気だろうか。周りにいる人間の胃が荒れるのでほどほどにしてほしいところだ。

しかし今回は厚澤も悪い。突然飛び込んできた発注は大口なだけでなく短納期で、それを可能にするため本来予定していた工程をすべて組み直さなくてはならなくなったのだ。おかげで喜一も連日工場に足を運び、次々と運ばれてくる板金の検査に明け暮れている。普段なら検査は工場の人間に任せ、不具合が出たときだけ本社からチェックに出向くようにしているのだが、今回は人手も時間も足りていない。

白い手袋をつけた手で丁寧に板金を裏返す。ネジ穴にバリやカエシがないか、色ムラがないか、寸法に間違いはないか。図面と見比べながらチェックしていた喜一は、テーブルの前からまだ氷室が動いていないことに気づいて顔を上げた。

「もう昼のチャイムが鳴ってますよ」

言われてようやく昼休みに入っていることに気がついた。氷室は板金を運びに来たというより、いつまでも休みを取ろうとしない喜一の様子を見に来てくれたらしかった。

「夏バテですか?」

工場の食堂で、手製の弁当を開きながら氷室が言う。喜一はコンビニで買ったのり弁を取り出し「いえ、特にそういうことは……」と返した。

「そうですか。なんだか疲れているようだったので」

思い当たる節もなく首を傾げれば、氷室もつられたように同じ方向に首をひねった。

「春先はそわそわと落ち着かない様子でしたが、何か一段落つきましたか？」

のり弁を開けようとしていた手が狂って、指先がプラスチックの蓋を弾く。氷室は喜一が本社から訪ねてきてもろくに会話をせず、ホワイトボードに貼られた工程表ばかり睨んでいる。それだけに、氷室の意外なほど鋭い観察眼に驚かされた。

春先と言えば、澄良たちとゲームをするのが楽しくて、どうにか定時で帰ろうと奔走していた頃だ。喜一はわずかに口を開いたものの、空気を食んだだけで曖昧に首を傾げる。

澄良との出会いを頭から話すには昼休みは短すぎるし、氷室だってそんな個人的な話をされても反応に困るだろう。そこまで本気で知りたがっているとも思えない。

案の定氷室はそれ以上追及してくることはなく、いただきます、と手を合わせて弁当を食べ始めた。

喜一も箸を取り、海苔の下の醤油がしみ込んだ白米を噛みしめながら食堂のカレンダーに目を向ける。澄良と最後に会ったのは八月最初の土曜日で、それ以降一度も顔を合わせることなくカレンダーは九月に変わってしまった。

あれ以来、澄良からの連絡は一切ない。携帯電話にメッセージが届くこともなければ、ゲームに誘われることもなかった。

告白を断ったのだ。きっともう、二度と連絡など来ないだろう。わかっていたはずなのに、たまに携帯電話を取り出して澄良から連絡が来ていないか確認してしまう。

昼食を終えた喜一は、残りの休み時間を潰すつもりで工場の外に出た。エアコンが効いた建物から外に出ると、トラックの排ガスを正面から浴びたような熱気が全身に迫って息を詰めた。

工場の裏口には小さな花壇がある。普段は工員たちがここに腰かけ煙草(たばこ)など吸っているのだが、休み時間も残り少ないせいか、それとも照りつける日差しを倦厭(けんえん)したのか、花壇の周りには誰もいなかった。

喜一は花壇に腰かけ、膝に肘をつき軽く前かがみになる。

地面に落ちる影はくっきりと黒い。足元に深い穴でも開いているようだ。自分の輪郭に切り取られた影を眺め、澄良のことを考える。

大学生の夏休みは九月の終わり頃まで続くそうだ。澄良は今頃、大学の友人たちと学生生活最後の夏休みを謳歌(おうか)しているだろうか。

喜一も未だにゲームは続けているが、コントローラーに触っている時間は以前より明らかに短くなった。新しいクエストが配信されてもなんとなく手をつけられない。一人で行くより、澄良と一緒に行きたいと思ってしまうのはもうどうしようもない。

こうなることが予想されたから、澄良からの告白を断るときに一瞬躊躇したのだ。

告白に戸惑いこそすれ、それで澄良を嫌うことなどなかった。底なしに明るい澄良を好ましく思う気持ちも変わらない。できればまた以前のように、ゲームをしながら他愛のない話をしたいと思うくらいには。

そのためなら一度くらいつき合ってみてもよかったのではないか、などと最近は考えるようになってしまい、我ながら突飛な発想に困惑した。

(澄さんのことを恋愛対象として見てもいないのにそんなこと、失礼じゃないか?)

それ以前に恋愛感情というものがよくわからない。手をつなぎたいとか、キスをしたいとか、体を重ねたいとか、そういう気持ちを他人に対して持ったことがなかった。

(例えば、澄さんとだったら?)

手をつなぐことは、たぶん問題なくできる。嫌ではない。

キスはどうだろう。あの綺麗な顔に見惚(みと)れている間に終わっていそうだ。

だが、それ以上のこととなるとよくわからない。澄良とできるかどうかというよりも、男性同士の性交に想像がつかない部分が多かった。

足元にできた影を見詰めて真剣に考え込んでいたら、顎先から汗が滴ってコンクリートに落ちた。

黒い影の中に小さな穴でも穿(うが)ったような染みを見て、喜一は口元を歪(ゆが)める。

（今更こんなこと考えたって、もう二度と澄さんと会うこともないのに）

なんの取り柄もない自分を好きになるなんていっときの気の迷いだ。今頃澄良も我に返って、喜一なんかに告白してしまったことを後悔しているに違いなかった。

（でももしも、気の迷いなんかじゃなく本気だったら……）

影の中にできた黒い染み。その中を覗き込むように身を乗り出したら不安定に体が傾いた。高いところから突き落とされるような感覚で我に返り、慌てて身を起こす。

顎から滴る汗を手の甲で拭って、喜一は深く息を吐いた。

（本気なわけないだろ。あんな若くて綺麗な子が）

あり得ない。そうだあり得ない。何度も自分に言い聞かせる。

もしかしたら、と思うのはよくない。それは喜一が人生で最も避けたいことだった。

期待するのは怖い。思い描いた未来が輝いていれば輝いているほど、それを失った後の闇は深い。

視線を斜めに落とすと、喜一が腰かけている花壇の際に蟻の行列ができていた。列の先頭を運ばれていくのは、二枚の羽根を持つ小さな虫だ。

名前もわからない羽虫が粛々と蟻に運ばれていく。その様子を見下ろして、喜一は切れ切れに息をついた。

（……俺も早く、こうやって死にたい）

誰かと深い関わりを持つこともなく静かに息絶え、縁もゆかりもない人間に仕事として淡々と処理される。自分にはそういう人生が似合いなのだ。

努力しても、苦労しても、最後は何も残らない。だったら最初からじたばたせずに、昆虫のようにひっそりと生きて死にたい。

父親を亡くしてから、ずっとそう思いながら生きてきた。部屋の中に極力物を置いていないのだって、死後の処理を簡単に済ませてほしかったからではないか。

それなのに最近、少しだけ部屋に物が増えた。

座椅子とゲーム機とヘッドセット。そして物以上に増えてしまったのが、澄良とのやりとりだ。

予想外の交友関係が途切れたことにホッとしてもいいはずなのに、胸を占めるのはごまかしようもない寂しさだ。

（ゲーム機、捨てようかな）

一瞬本気でそう思ったが、忘年会の幹事だった三上の顔を思い出して打ち消した。

スラックスのポケットに入れていた私用の携帯電話が震えたのはそんなときだ。迷惑メールでも届いたかと画面を確認して、目を瞠る。

画面に表示されていたのは、一か月以上音沙汰がなかった澄良からのメッセージだった。

『飲みに行こう』

澄良から届いたメッセージはたった一文。無沙汰を詫びる言葉もない。

返事をすべきか、無視すべきか。悩みに悩んで、丸一日半が経過した夜に『行きます』と返事をした。返信は早く、今週の土曜日はどうかと打診があって承諾した。待ち合わせ場所は、澄良と喜一の家の中間地点の駅にする。

澄良からのメッセージを受け取った三日後、喜一は緊張した面持ちで待ち合わせ場所に向かっていた。電車の中で、断った方がよかっただろうかと今更自問自答する。

(本当に、ただ飲むだけなんだろうか。それともまた告白されたり……するわけないか。そこまで俺にこだわる理由もない。単に飲みに行きたくなっただけか?)

何事もなかったかのように飲みに誘ってくるなんて、こちらが考えていたより澄良の中であの告白は大した出来事でもなかったのかもしれない。そんな予想が確信に変わったのは、先に待ち合わせ場所に着いていた澄良の顔を見たときだ。

「お、喜一。お疲れ」

黒いTシャツにデニムを合わせ、スニーカーを履いた澄良が人込みの中で手を振る。いつものことながら背が高いので見つけやすい。喜一と落ち合う前に買い物でもしていたのか、片手に紙袋を持っていた。

今日も今日とてワイシャツにスラックスで現れた喜一を見て「また仕事帰りみたいな格好で」と澄良は苦笑する。前回の告白などなかったような普段通りの表情を見て、緊張で強張っていた肩からゆっくりと力が抜けた。

「急に悪かったな。とりあえず、店の予約しといたから行くか」

「ありがとうございます。あの、その後でいいので、俺も行きたい店があるのでつき合ってもらえますか？」

すでに人込みの中を歩き出していた澄良は意外そうな顔で振り返り、「もちろん」と目を細めた。

見慣れない表情にどきりとした。顔中の筋肉を縮めるようないつもの笑い方と違う。少し雰囲気も変わっただろうか。最後に会ったときより日に焼けているせいかもしれない。精悍さが増した印象だ。

前を行く澄良の背中は長身に見合った広さだ。半袖から伸びる腕も綺麗に日に焼け、以前より逞しくなったように見える。夏の間、どこでどんなふうに過ごしていたのだろう。

（若い人は、少し目を離すと様変わりするものなんだな）

自分は夏の間、本社と工場を行き来していただけでほとんど日にも焼けていない。同じ季節を過ごしていたとは思えず、自然と視線が落ちた。

（どうして今更、飲みに行こうなんて声をかけられたんだろう）

前回の告白のことを改めて俎上に載せて「忘れてくれ」なんて頭を下げてくるのではないか。それでもう、二度と会わないと正面切って告げてくる気かもしれない。

祖父の影響なのか一本気で、少しばかり古風な考え方をする澄良のことだ。いかにもありそうだと思っていたら「ここだ」と声をかけられた。

また値の張る店かもしれないと身構えていたが、澄良が暖簾をくぐった店は、喜一もよく知る安価なチェーンの居酒屋だった。

普段より多めに現金を下ろしていた喜一は肩透かしを食らった気分で店に入る。店員が案内してくれたのも個室などではなく、二人掛けの小さなテーブル席だった。

「予約しといてよかったな。ほとんど満席だ」

向かいに座った澄良が笑う。明るい店内で見ると日焼けしたのがますますよくわかった。夏休み明けの小学生のようだ。

澄良は注文を聞きに来た店員にレモンサワーを二つ頼み、冷たいおしぼりで手を拭きながら「しばらく会ってなかったが、何してた？」と尋ねてくる。趣味もないサラリーマンの喜一は「仕事を」と面白くもない返事しかできない。

「先月新しいクエスト配信されてただろう。もうやったか？」

「いえ、まだです。仕事が忙しくて」

「なんだ、仕事ばかりか。社会人はつまらんな」

「そうですね。でも……しいて言うなら、ＳＳＲについて調べました」

「ん？」と澄良が首を傾げる。

「前に澄さんが『単発でＳＳＲが引ける』って言ってたの、なんとなく理解はしたんですけど詳しい意味が気になって。ＳＳＲって、半導体リレーの略じゃなかったんですね」

「半導体？」

「うちの会社、回路設計とかもやっているのでそっちの方が馴染み深くて」

澄良の切れ長な目がゆっくりと見開かれたと思ったら、店内によく通る笑い声が響き渡った。

「なんだ、半導体リレーって。わざわざ調べるとか真面目か！」

「一応、ソリッドステートリレーの略で……」

「それでＳＳＲ？　初耳だぞ！」

店内の雑踏を押しのけるような笑い声だ。久々に聞くそれに懐かしさにも似たものがこみ上げてきて、冷たいおしぼりを頬に押しつけた。

今、ほっとしている。澄良が以前のように笑ってくれたことにひどく安堵して、テーブルに突っ伏しそうになっている。

そんな自分の状態に気づいて、テーブルの下で必死に足を踏ん張った。

「ソシャゲって、スマホのアプリゲームのことなんですね。ＳＲがスーパーレアの略で、それにさらにSがつくとスペシャルスーパーレア……？」

「生真面目に解説されると面白いな。合ってる合ってる。SSRの上もあるぞ」

それは調べていないな、などと考えていたら店員がレモンサワーを運んできた。まずは乾杯をして、テーブルの横に置かれたタッチパネルから適当につまみを頼む。

「澄さんは夏の間、何をしてたんです？　随分日に焼けたみたいですけど」

「実家に帰ってた。そうだ、土産も買ってきたから先に渡しておく」

紙袋を手渡され、礼を言って受け取った。中に入っていたのはういろうの詰め合わせだ。

「この時期はご実家が忙しいのでは？」

「そうだな、今年もバタバタしてたぞ。両親と兄夫婦とはほとんど顔を合わせてない。ずっと祖父ちゃんのところにいた。それで夏の間、海の家でバイトしてた」

一通り注文を終えた澄良はタブレットをテーブルの端に戻すと、目を丸くした喜一を見てにんまりと笑った。

「お前も知っての通り、俺はアルバイトの一つもしたことがなかったからな。就職する前に自分で金を稼いでみることにした。ありがたみがわかれば、と思って」

最後に会った日、自分が澄良にぶつけた言葉を迂遠になぞり返されて青ざめる。酔っていたとはいえ無礼なことを言ったものだと頭を下げた。

「その節は、とんだ失礼を……」

「失礼でもなんでもない、単なる事実だ。この一か月、昼間は海の家、夜はコンビニで働いた。おかげで喜一にも大学の連中にも連絡してる暇がなかった。それにしても、深夜のコンビニがあんな無法地帯だとは思わなかったぞ」

澄良の顔から笑みが引く。憔悴しきった表情を見るに、相当苦労をしたようだ。

「横暴な客が多くてなぁ。時給を考えると嫌になるようなことばかりだった。働いて金をもらうのは大変だ。昼にラーメンを食おうにも、これ一杯で時給が消える、なんて考えるようになった」

それで今回は居酒屋のグレードを落としたのか。そういえば、つまみを注文するときも前回より吟味しているふうだった。

「お待たせしました。枝豆と炙り焼きイカとガーリックチキンピザです」

澄良と同年代だろう女性店員が料理を運んできて会話が途切れる。

自ら手を伸ばして皿を受け取った澄良は「ありがとう」と笑顔で店員に礼を言った。前回飲みに行ったときは料理を運んできた店員に目を向けることもなかったのに。深夜のコンビニで接客業の大変さを知ったのか、労うような笑みである。女性店員はふわっと頬を赤らめ、一礼してテーブルから離れていった。

ただでさえ澄良は顔立ちが整っているのに、日に焼けて精悍さが増した上にこの愛想のよさだ。夏の間に人たらしスキルがまた上がった気がする。

澄良は焼きイカとピザをそれぞれ別の小皿に取り分け、神妙な顔で喜一の前に置いた。

「毎日働いて自活しているお前に、親からもらった金で『奢ってやる』なんて口幅ったいにも程があった。すまん。できればあれは、聞き流してくれ」

湯気を立てるイカとピザを前に、喜一は何度も瞬きをする。

まさか澄良が、自分の言葉をこんなに真摯に受け止めてくれるとは思わなかった。所詮他人の言葉だ。それこそ聞き流してもよかっただろうに、澄良はきちんと自分の行動を顧みて、実際にアルバイトまでしたという。あまつさえ反省までしている。恐ろしく素直だ。心の動きとそれに伴う行動がまっすぐすぎて、眩しくて目が潰れそうだった。

「お、俺こそ、偉そうな口を利いてしまってすみません……」

目を眇めてなんとかそれだけ返すと、澄良の顔に照れくさそうな笑みが浮かんだ。

「いい。それより今日は奢らせてもらえないか。ちゃんとバイトで稼いだ金だ」

「えっ、駄目ですよ、大変な思いをして貯(た)めたお金なんですから大事に使わないと」

「だからだ。だからお前と使いたい」

梅雨(つゆ)明けの空のような、からりとした笑顔を向けられて言葉に詰まった。そんなことをしてもらうほど大層なことはしていないのだが、無理に断ったらこの笑顔が曇ってしまいそうだ。逡巡(しゅんじゅん)の末、ありがたく奢ってもらうことにした。

澄良はわかりやすく嬉しそうな顔をして「どんどん飲め！」と店のタブレットを差し出

してくる。男気と可愛げが同居した笑顔の威力はとんでもなく、ふらふらと二杯目のレモンサワーを注文してしまった。

店員が料理の第二陣を運んできた。二人掛けの小さなテーブルには乗り切らないほどの料理を前に、澄良も新しいサワーを機嫌よく傾ける。

「喜一は大人しそうに見えてずばずばものを言うからいいな。おかげで夏の間、いろいろ考える機会が得られてよかった」

「やめてください、俺も反省してるんですから……」

年長者ぶってしまったことが恥ずかしくなってきて俯き気味にサワーを飲んでいたら、前触れもなく澄良が言った。

「お前を好きだと思う気持ちも、改めて考え直してみたんだが」

危うくサワーを噴き出すところだった。ぎりぎりのところでこらえたが、無理やり飲み込んだ炭酸が喉を焼いて軽くむせる。

告白の件が一切話題に出ないのでこのままうやむやになるかと思っていたのに、とんだ不意打ちだ。澄良は悪戯が成功したような顔でこちらを眺めていて、わざとか、と軽く睨みつけた。

反省するどころか楽しそうに笑って、澄良はテーブルに肘をつく。

「自分の性的指向を否定されなかったから、それで何か勘違いをしたんじゃないかとお前に言われて少し考えてみた。確かに、多少そういう面はあったかもしれない。自分のことを否定されずに済んでほっとして、喜一なら受け入れてくれるんじゃないかと甘えてしまったのは間違いない」

澄良の口調は落ち着いていてよどみがない。自分の中で何度も何度もふるいにかけて、納得するまで濾した言葉を口にしているかのようだ。

「だから夏の間、お前と離れてみたんだ。わざわざ地元でアルバイトを探したのもそのためだな。離れたら、少し冷静になれるかと思って」

「ど——どうでした、か？」

期せずして声が上ずってしまった。咳払いでごまかそうとしたら今度は咳が止まらなくなる。まるで緊張しているみたいだ。

喜一が落ち着くのを待ち、澄良は眉を下げて笑った。

「困ったことに、まだ好きだな」

落ち着いた端から平常心をひっくり返され、喜一も一緒に困ってしまう。

「地元の友達とも久々に遊んでみたんだが、喜一と飲んだりゲームをしたりするときほど盛り上がらん。マッチングアプリも再開してみたんだが、なんだかやり取りが上滑りしている気がして直接会うには至らなかった。ところで喜一、食ってるか？」

呆然と澄良を見詰めていたら、澄良が取り皿に料理を取り分け始めた。

「適当に食いながら聞いてくれ。なんか食えないものあるか?」

「いえ、特には……あの、それより、マッチングアプリ使ってたんですか?」

「うん。でもやっぱり、喜一ほど真剣にこっちの話を聞いてくれる人間は少ない。金遣いが荒いなんて叱ってくれる相手もいない。……ちょっと食おう。料理が冷める」

喜一にあれこれ料理を取り分け、澄良も自分の取り皿を手に取った。

澄良は旺盛な食欲で少しチーズの固まったピザをぺろりと平らげ、後から運ばれてきた春巻きやニラまんじゅう、長芋入りのオムレツにひょいひょいと箸を伸ばす。気持ちのいい食べっぷりをしばらく見守ってから、喜一は控えめに口を開いた。

「俺はただ、口下手のくせにたまに年上ぶる、面倒くさいオジサンでしかないですよ」

オムレツを頬張っていた澄良がこちらを向く。まっすぐな視線を受け止めきれず、力なく視線を落とした。

「澄さんから飲みに誘われたときも、丸一日迷って悩んで、ようやく返事ができたんです。もう若い人のスピードにはついていけませんし、気の利いたことも言えません」

「若い人って……お前まだ三十そこそこだろうが。うちの祖父ちゃんだってそんなジジ臭いこと言わんぞ」

呆れたような顔で言い、澄良はいったん箸を置く。

「それに俺はお前の即レスしないところ、結構気に入ってるんだ」

言われた意味がわからず顔を上げれば、澄良が面白がるような顔でこちらを見ていた。

「既読がついて、しばらくしてからやっと返事が来るだろ。それも短いやつ。最初はなんでこんなに間が空くのかよくわからなかったが、実際に会ってみてわかった。短い言葉一つ返すのに、たっぷり悩むタイプだな？　喋ってるときも、言葉の間に一呼吸置くこと多いもんな。で、いざ喋ろうとするとぐっと肩に力が入る」

どうだ、と笑いかけられ目を瞬かせた。驚いたことに、当たっている。

声と表情を伴わない文字情報は微妙なニュアンスが伝わりにくいだけに、メッセージに返信するときはいつもたっぷり迷うし、自分の言葉が意図せず相手の感情をかき乱さないよう、短い文面を何度も読み返してからでないと送れない。

「返事が遅いなんて、イライラするだけでは……？」

尋ねる瞬間、自分の肩先に力が入ったのに気づいた。澄良もそれに気づいたらしく、喉の奥で笑われる。

よく見ているると感心する。同時に、見られていることに気恥ずかしさを覚える。

「時間がかかるのは言葉にする前にあれこれ考えてくれてる証拠だろう？　急を要するやり取りでもないし、腹は立たない。でも今回飲みに誘ったとき、たっぷり一日半待たされたときはさすがにはらはらしたけどな！」

恨み事というには明るい調子で言って、澄良は声を立てて笑う。すみません、と消え入るような声で謝れば、満面の笑みで続けられた。

「でも、返事があったときは声が出るほど嬉しかった。休みの間、地元の友達を誘ってさんざん遊びに行ったが、喜一が応じてくれたときが一番嬉しかった」

臆面もなく本心を口にする澄良に圧倒される。照れくさいような気恥ずかしいような気分で口も利けずにいたら、テーブルに並んだ料理をかき分けるようにして澄良が身を乗り出してきた。子供のような屈託のない笑顔が消え、唇に薄い笑みだけが残る。

「どうする、喜一。どうもこの気持ちは勘違いじゃなさそうだぞ？」

急激な表情の変化についていけない。けれど次の瞬間にはもう澄良の笑顔は見慣れたものに戻り、「そういえばもう一つ土産があった」と傍らのバッグを漁（あさ）り始めた。

「これだ、これ。地元で見つけて持ってきた」

澄良がバッグの中から取り出したのは、角のない、つるりと丸い石だった。

先ほど運ばれてきたニラまんじゅうの形に似ている。掌にそれを載せ、澄良は自慢げに胸を張った。

「地元の河原で見つけてきた！　川の近くを歩いてたらお前の家にあった石を思い出してな、同じような石を探してたら地元の友達も寄ってきて、誰が一番丸くてデカい石を探せるか競争になった。小学生の頃はよくやってたんだが、今やっても意外に盛り上がるもんだな！　結構白熱したぞ。日が落ちて足元が見えなくなるまでやってたら近所の爺（じい）さんに

『ガキども、流されてぇのか！』って怒られた」

直前に見せたぞくりとするような微笑をかき消し、河原で遊ぶ小学生と変わらぬ笑顔で澄良は嬉々として語る。

「ちなみに俺の見つけた石が一番大きかった。丸さに関しては他の奴に譲ったが、このデカさでこの表面の滑らかさ、総合的には俺の石が一番だぞ！」

自慢げに石を差し出され、反射的に受け取ってしまった。

自宅の窓辺にある石よりも一回り大きく、その分重みもある。直前まで澄良が握りしめていたせいで、その表面は真夏の川辺で拾い上げた直後かと思うほどに熱かった。

「今のお前の手にはそれくらいの大きさの方がしっくりくるだろ」

軽く握り込むと、指の間からわずかに石がはみ出した。父親からもらった石も、こんなふうに小学生の喜一の手には少し余ったことを思い出す。

「これを俺に？」

「土産だ！」

どうだ、とでも言いたげな笑顔は自信満々で、前後の会話も忘れて噴き出してしまった。

二十歳も過ぎた青年たちが、河原でああだこうだ言いながら石を探す姿を想像したらおかしかった。俺の方が丸い、でも俺の方がデカい、総合的には俺のが一番だと日が暮れるまで大騒ぎして、近所の老人にとっとと帰れと叱られる。

ゲーム中、大学の友人を交えて遊ぶ澄良がどれほどうるさいか知っているだけに、河原で大騒ぎする姿も容易に想像がついて声を立てて笑った。

「お、喜一も気に入ったか？」

「はい。ありがとうございます。窓辺に飾っておきます」

「そうしてくれ。よかった、河原を探し回ったかいがあった」

澄良も一緒になって嬉しそうに笑う。その顔を見たら、ぎゅうっと胸の奥が絞られるような感覚に襲われた。

この一か月、澄良からは一切の連絡がなかった。自分に対する興味などもう失ったのだろうと思っていたが、こうして喜一のために石など探してくれていた。その事実が、手渡された石と同じく少し手に余ってしまうくらいに嬉しい。澄良の手のぬくもりが微かに残る石を軽く撫で、喜一はもう一度礼を言ってそれをカバンにしまった。

「そういうわけで俺は未だにお前を諦めきれないんだが、つき合ってもらえないか？」

サワーを飲みながら、気負いのない口調で澄良が言う。

もしもう少し強い酒を飲んでいたら、うっかり頷いていたかもしれない。それくらいさりげない問いかけだったが、さすがに今日はそこまで酔っていない。

顔を強張らせた喜一を見て、「駄目か」と澄良は眉を下げる。

「もう少し飲ませてから押せばいけたか？」

「いえ、それは……」

「わかってる、冗談だ。今にも帰りそうな顔をするのはやめてくれ」

澄良は降参するように両手を上げ、口元を緩める。

「恋人が無理なら友達でいてくれ」

「……友達ですか」

「喜一も前に言ってただろ。俺の告白を断って、それっきり連絡が途切れるのは嫌だ、みたいなことを。俺も喜一と縁が切れるのは寂しい。告白は断ってくれて構わないから、これからも飲みに行ったりゲームしたりしないか？」

即答できず、喜一は手元のコップに目を落とす。

澄良から一切連絡のなかったこの一か月、寂しくなかったと言えば嘘になる。窓辺に灰色のカーテンをかけてしまったような、風がやんだような日々は澄良と出会う前に戻っただけのはずなのに、こんなにも味気ないものだったろうかと呆然とした。

友達で、という澄良の言葉は願ってもないものだったが、自分にばかり都合のいい提案のような気もする。

「澄さんは、それでいいんですか……？」

「いや、よくはないから隙あらば口説いていく気ではいるが」

ぎょっとして顔を上げれば、澄良がおかしそうに笑いながら枝豆を食べていた。

「じ、冗談ですか……？」

「ということにしておいてくれ。こんな調子で口説きはするが流していいぞ。無理強いはしない。この前は子供みたいにへそを曲げて悪かった」

枝豆の殻を皿に置き、澄良は両手を膝について「すまん」と頭を下げてきた。こんなふうに下手に出られては突っぱねることもできない。

「友達はいいですが、口説かないでください……」

「約束はしかねる。でもまあ、基本は友達だ」

顔を上げた澄良はやっぱり笑顔で「レモンサワーお代わりしていいか？」と無邪気に尋ねてきた。いいですよ、ととっさに答えてしまったものの、何に対する許可を下したのか自分でもわからなくなる。

それにしたって押しが強い。振られたというのにめげる様子もないとは。若さという言葉だけでは片づけられない。澄良自身の性格によるところが大きいのだろう。

「いい性格してますね」

「祖父ちゃんの教育のたまものだな。『欲しけりゃ全力で取りにいけ』が口癖だ」

屈託なく澄良が笑うので、喜一も苦笑をこぼしてしまった。

隙あらば口説くと言ったものの、澄良はその後、店を出るまで一度もそれらしい言葉を口にしようとはしなかった。話題のほとんどは地元の出来事やアルバイトの失敗談、久々に祖父と過ごして朝稽古をつけてもらったことなどだ。祖父の影響で、澄良も高校生まで柔道をやっていたらしい。

告白したことも断られたこともおくびにも出さない。おかげで喜一も身構えるのを忘れ、これまでと変わらず澄良と楽しく飲み食いしてしまった。

二時間ほど居酒屋で飲んで店を出る。早めの待ち合わせにしていたので時刻はまだ二十時前だ。会計前に奢る奢らないで少々揉めたが、割り勘にして端数を澄良に出してもらうことで手を打ってもらった。

「そういえば、喜一もどこかに行きたいとか言ってたな？　早速行くか？」

澄良はよほど酒に強いのか、サワーを四杯飲んでいるにもかかわらず素面(しらふ)のような笑顔で尋ねてくる。

喜一もサワーを二杯飲んで少し足元がふわついていたが、その言葉でさっと酔いが引いた。そうだった。今回澄良の誘いに乗ったのは、半分くらいこの後に行く店が目的だった。

それなのに、事ここに至って迷いが出た。

もしも澄良がもっとなりふり構わず強引に迫ってきたらきっと迷わなかった。けれど澄良は澄良なりに考えて、喜一と友人としての距離を保とうとしてくれている。

笑顔の裏で、澄良がかなり慎重に距離を測ってくれているのは喜一にもわかる。その気遣いを無下にしてしまうかもしれないと思ったが、最後は迷いを振り切った。

これで澄良に愛想を尽かされたとしても仕方ない。告白は受け入れられないくせに友達のままでいたいなんて、やはりこちらにとって都合がよすぎる。

「すみません、ちょっと電車で移動することになるんですが」

「いいぞ。買い物か？　まだ店開いてるか？」

「いいえ、もう少しだけ、飲み直せればと……」

澄良が驚いたように目を見開く。喜一から飲みに誘ってくるとは思っていなかったようだ。「いいのか」と尋ねてくる声が少し低い。

「それは、はい。こちらからお誘いしているので」

「よし、行こう」

言うが早いか、澄良は駅に向かって大股で歩き出す。その背中が何か期待しているように見えてしまって内心頭を抱えた。

澄良から渡された土産袋がやけに重い。店に着いたら澄良はどんな顔をするだろう。だがもう決めたのだ。ここは澄良のためにも行くべきだ。

覚悟を決めて土産袋を持ち直し、人込みに紛れそうな澄良の背中を追いかけた。

事前に店の名前と場所は調べていたが、実際に足を向けるのは喜一も初めてだった。周囲は思ったより道が入り組んでいて、どの店も看板が小さく、十五分ほど迷ってようやく目的の店にたどり着いた。

目当ての店はバーだった。店内は照明をかなり絞っていて薄暗い。六人ほど座れるカウンターと、テーブル席が三つ。小ぢんまりとした店だが席は八割方埋まっていて、喜一と澄良はカウンターの端に腰を下ろした。

二人分の酒を注文すると、すぐにカウンター内から声をかけられた。

「お客さんたち、こういうお店来るの初めて？　いかにも慣れてない顔してるものねぇ」

バーのママだろう人物が甲高い声を上げる。甲高いが、間違いなく男性の声だ。五分刈りにした髪を金色に染め、顎にひげを生やしている。周りの客が「ママ」と呼んでいるので喜一もそれに倣うことにしたが、本当にママでいいのかよくわからない。

ママは簡単な料理やカクテルを作りながらカウンターに座る客に適当に声をかけている。おかげでカウンター周りは常に賑やかだ。比べて背後のテーブル席に座っている客は静かだった。静かすぎて何をしているのかよくわからず、振り返るのが若干恐い。

自分で誘っておいて身の置きどころがわからずちびちびと酒を飲んでいると、再びママに声をかけられた。

「貴方たちカップルで来たの？　ここは出会いを求めるお店なんだから出来上がってる野郎どもは立ち入り禁止よ！　え、そっちのお兄さんノンケ？　冷やかし？　塩撒くわよ！」

ママに軽く振りかぶるような格好をされてぎょっとする。ゲイではない自分が入ってはいけない店だったかとうろたえていると、隣で水割りのウィスキーを飲んでいた澄良が朗らかに笑った。

「冷やかしじゃありませんよ。俺が必死で口説いてる最中なんです」

「えぇ？　ノンケ口説いてるの？　やめときなさいよ、徒労に終わるから」

「ご忠告痛み入ります」と返す澄良の顔には綺麗な笑みが浮かんでいるが、喜一はそちらを直視することができない。

ジントニックの入ったグラスに視線を落としていると、隣で澄良にぼそりと呟かれた。

「こんな店に連れてくるなんて、どういうつもりだ？」

びくりと肩先を震わせ、おっかなびっくり澄良に横目を向ける。その横顔には笑みが浮かんでいるが、完全に作り笑いだ。もともとの顔立ちが整っているので心が伴っていない笑みでも十分人目を惹くのだが、頬の内側から感情が透けて見えるような満面の笑みを見慣れている喜一からすれば不自然としか言いようがない。

喜一はグラスに視線を落とし、すみません、と消え入るような声で言う。

「もう少し静かに飲めるお店だと思っていたもので……」

「店内の賑やかさより、ゲイバーだったことに驚いてるんだが？」

はい、と頷くより他ない。店内は客もスタッフも全員男性。女性の入店はお断りと表の看板にも書いてあるゲイバーだ。事前にネットで調べ、『ママの人柄がいい』『店内でトラブルを起こすとママにつまみ出されるので比較的平和』などの口コミがあったのでこの店を選んだ。

「一応、なんで俺をこの店に連れてくる気になったか訊いていいか？」

こちらの考えなどとうに察しているだろうに、澄良は敢えて喜一の口から言わせたいようだ。感情の窺えない微笑を浮かべた横顔は店内の暗さも相まって別人のようで、喜一は気後れして肩をすぼめた。

「澄さんが俺にこだわるのはやっぱり、貴方がゲイだとわかっても俺が特別態度を変えなかったからだと思うんです。というか、それしかないんじゃないかと……」

澄良はその言葉を否定も肯定もせず、無言でグラスを傾ける。続けろ、と言いたげに視線で促す表情を見るに、澄良自身はもうこの問答を繰り返すつもりはないようだ。それ以外の理由がきちんと存在することは、すでに居酒屋で澄良の口から語られている。

思い出して耳の端が熱くなったが、この店を予約したときはそれ以外の理由など思い当たらなかったのだ。観念して先を続ける。

「なので、澄さんと同じ性的指向の方々が集まるお店で人脈など広げたら、すぐにでもいい人が見つかるのでは、と思った次第、です……」

澄良は無言で酒を飲み干すと、カウンターに空のグラスを置いた。

「お代わりください。ハイボールで」

はいはーい、と軽やかな返事をしてママがハイボールを手渡してくる。澄良はごくごくと喉を鳴らしてそれを飲むと、まったく酔っていない顔でグラスをテーブルに置いた。

「すみません、余計な真似を」

しおしおと肩を下げる喜一を横目で見て、澄良は大きな溜息をついた。伸ばしていた背中も曲げ、姿勢を崩してカウンターに頬杖をつく。

「謝るな。喜一がいろいろ考えてくれたのはわかってる」

「でも、怒ってますよね……?」

恐る恐る尋ねると、ふん、と鼻から息を吐かれた。

「前回は大人げなくお前の家から出ていったからな。今日は喜一に何をされても鷹揚に構えていると心に決めていたんだ」

「そ、そうだったんですか」

「でなければ癇癪の一つも起こしたかもしれん」

澄良は不貞腐れたように口を尖らせる。よそ行きの笑顔を取り払ったその表情は喜一がよく知る裏表のないそれで、申し訳ないと思いつつ口元を緩めてしまった。

「あらー、そっちのお兄さん、笑うと意外に可愛い顔してるじゃない」

急にママに声をかけられ、喜一は驚いて背筋を伸ばす。カウンター席に座っていた他の客の視線も飛んできて、戸惑いつつ会釈のようなものを返した。

どうやらこの店では、カウンターに座った客は恋人募集中で、気の合う相手を見つけたら背後のテーブル席に移動する、という暗黙の了解があるらしい。今もカウンターの上を、互いに品定めするような視線が行きかっている。

店内は薄暗いが、それでもカウンターに座る客の目鼻立ちくらいは見える。澄良はこれだけ整った顔立ちをしているのだし、三十分もすればこの場にいる全員から声をかけられるだろう。そう思っていたのだが、実際は違った。

「ねえ、この店に来るの初めて？　家近いの？」

「この後何か予定ある？　よかったらテーブル席に行かない？」

「一杯奢らせてもらっていい？　何が好き？」

こんなふうにカウンターに座る客から次々と声がかかるのは、澄良ではなくその隣にいる喜一ばかりだ。

最初はてっきり、澄良の顔が整いすぎてみんな尻込みしているのだと思った。だからまずは同行者の自分に声をかけ、場が和んだところで本命の澄良に声をかけるのだろう、と。

しかし待てど暮らせど澄良には声がかからない。代わりに喜一にばかり声がかかる。

ただただ戸惑っていると、ママが「お兄さんモテモテじゃない」と笑った。

「え、私ですか……？」

「なんか真面目そうで可愛い感じ！　でも意外と袖から見えてる腕が太くて逞しいじゃない。お兄さんみたいな人、あたしも好きよ」

「あの、私より、こちらの彼の方が……」

隣でハイボールを飲んでいる澄良を指さすと、ママはからりとした声で「そっちのお兄さんは顔が綺麗すぎてあたしのタイプじゃなーい」と言い放った。

綺麗すぎてタイプじゃない。ママの言葉を口の中で転がし、あまりの難解さに眉根を寄せてしまった。周りも困惑しているのではないかと思ったが、カウンターに座っている客たちまでさもありなんと頷いている。どうやらこの店では、誰もが振り返る美貌の澄良より、平凡でどこにでもいそうな喜一の方に声がかかりやすいらしい。

「ね、そっちの席に行っていい？」

澄良の一つ隣に座っていた客が身を乗り出して喜一に声をかけてくる。まさか本当に自分がアプローチされているのか。動転して、思わず澄良を見上げてしまった。

それまで喜一に声がかかっても我関せずとハイボールを飲んでいた澄良がこちらを見る。その目が思いがけず冷え冷えとしていてどきりとした。突き放されたようでとっさに下を向く。

心臓が硬く縮む。さすがに呆れられたか。こんな場所に無理やり澄良を連れ込んで、勝手に窮地に立たされて、挙げ句年下の澄良に助けを求めるような視線を送ってしまった。

でも、これで自分なんて取るに足らない存在だと澄良がわかってくれたのなら万々歳だ。万々歳なはずなのに、どうして胸の辺りが鈍く軋むのだろう。煩わしげな一瞥を思い出すと、ますます胸に深い亀裂が走る。あんな顔を向けられたのは初めてだ。

喜一に声をかけてきた客が椅子から立ち上がろうとしているのに気づき、自力で対処しなければと慌てて顔を上げたそのとき、横から澄良の腕が伸びてきて肩を抱き寄せられた。

「すみません。こいつは俺が口説いてる最中なので」

勢い余って澄良の胸に顔を押しつける格好になった。ふわっと鼻先をよぎったのは直前まで澄良が飲んでいたウィスキーの香りと、柔軟剤とは違う香水の香りだ。大学生なのに香水なんてつけてるのか、と頭の片隅で思い、ウィスキーと交じったその香りが思いがけず大人びていて驚いた。一回り年下の大学生なんてまだ子供だと思っていたが、肩を抱く手は思いのほか大きく、指先が力強い。

「喜一、出るぞ」

耳元で低く囁かれ、慌てて体を起こそうとしたが肩に澄良の腕が回っているので離れられない。澄良は喜一の肩を抱いたまま、「チェックで」とママに声をかける。

こちらが財布を取り出す暇もなく会計は終わり、腕を摑まれ店の外に引っ張り出された。

夜も更けて、道行く人には千鳥足の酔っ払いが目立ち始める。男性も女性も入り乱れ、腕を組んだり肩を抱いたり、もつれる足で歩いていく。周囲がそんな状況だからか、店を出ても澄良は喜一の腕を離そうとしなかった。大股で歩き、シャッターの下りている飲み屋らしき店の前で足を止める。

薄暗く人通りのないその場所で、澄良がようやくこちらを振り向いた。眉間に深いしわが刻まれている。どう見ても不機嫌そうだ。

澄良に引きずられるように歩いていた喜一は軽く息を乱し、とりあえず先ほどの支払いだけでもと財布を出そうとするが叶わない。澄良が身を屈めて顔を近づけてきたからだ。

「喜一、お前いい度胸だな。俺を妬かせて楽しいか？」

「え……、や、えっ？」

眉を寄せ、唇を突き出した澄良の顔が一気に幼くなる。呆気にとられる喜一を見下ろし、澄良は今にも地団太を踏みそうな勢いでまくし立ててきた。

「俺の気持ちを知っていながらあんな場所に連れていって他の相手を探せってお前……っ、しかも自分は他の連中に口説かれまくって！　意地が悪すぎないか⁉」

「い、意地悪をしたつもりはありません！」

「自覚がないならなお質が悪いぞ！　なんだ意地悪って言い方、可愛いな！」

「可愛くはないです、落ち着いてください！」

シャッターの閉まった店の前なので人通りが少ないとはいえ、妙なことを言われて慌ててしまった。店にいたときとはまるで違う態度にも戸惑う。

「どうしたんです、お店の中では落ち着いてたのに」

「落ち着いているふうに振る舞ってただけだ。店の中で明らかに俺が一番ガキだから舐められるような視線は飛んでくるし、お前は粉をかけられまくるし、気を張ってないと喜一がどっかに持っていかれそうで……！」

「持っていかれたりしませんよ、物じゃないんですから」

「そうやってお前が危機感の欠片もなくぼんやりしてるからますます気が気じゃなかったんだろうが！　他の客から狙われてることも気づかずに！」

「だって俺なんて……お、俺ですよ？」

「お前に惚れてる男の前でなんだその言い草はぁ！」

澄良がクワッと両目を見開いて叫ぶので、「声が大きいです……！」と必死で宥める羽目になった。

店の中の態度がやけに冷淡に見えたので、てっきり愛想を尽かされたのかと思った。半分はそれを期待していたはずなのに、そうでないとわかってほっとしている自分がいる。自覚するうちに恥ずかしくなった。妬かれて安堵するなんて、そんなの、まるで。

「よぉし、わかった！」

突然澄良が大声を上げたせいで思考が途切れた。身を屈めて喜一の顔を覗き込んでいた澄良がぐんと体を後ろにのけ反らせ、大上段に腕を組む。

「あの店に通えばいいんだな？」

大きくはないが芯の通った声に突き飛ばされた気分になって、後ろに一歩足を引いた。

澄良は唇をへの字にして、大きく息を吐いてから続ける。

「お前の他にも俺を受け入れてくれる人間は山ほどいる。そういう相手と知り合えば、俺の目先もお前から離れる。そう言いたいんだろう？」

「そ――そう、です。俺よりもっといい人が、きっとたくさん……」

「いるはずなのに、まだ出会ってない。少ない選択肢の中から選ぼうとするな、そういう話だったな？　だったらあの店に通ってせいぜいゲイの友人を増やしてやる。幸いバイトで貯めた金もあるからな。全部使う」

「全部ですか⁉」

声を裏返らせた喜一を見遣り、当然とばかりに澄良は頷く。

「構わん。本当だったら、残りの休みに全部お前と使おうと思ってた金だ」

「待……っ、てください、そんなこと考えてたんですか……」

居酒屋で飲んだレモンサワーと、バーで飲んだ濃いめのジントニックが全身を巡って耳が熱い。澄良が突拍子のないことばかり言うので、急に酔いが回ってしまった。

心臓が早鐘を打って痛いくらいだ。耳に灯った熱は見る間に頬に飛び火して、鎮火を促すように目が潤む。

「変なことばかり、言わないでください……」

「変？」

澄良は腕を組んだまま、器用に片方だけ眉を上げた。

「俺の生きてきた年数がお前より断然短いのも事実なら、人生経験が未熟なのも事実だ。だったら少しでも見識を広めるしかないだろ。お前に振り返ってもらうためには」

こちらを見下ろす澄良の声も眼差しもまっすぐだ。まっすぐすぎて、ありもしないはずの熱や光まで感じてしまう。熱くて眩しい。降り注ぐそれに押しつぶされそうで、体の脇で両手を握りしめた。

どうしてそこまで、と思わざるを得ない。

今日の自分の行動はきっと澄良の意に沿わないものだったろうし、プライドだって傷つけてしまったに違いない。それなのに、澄良は不貞腐れるでもなく喜一を詰るでもなく、互いの年齢や経験の差を受け止め、今自分にできることをしようとする。

自分にそこまでしてもらう価値などあるとは思えないのに。

しかし澄良は、もっと他にいい人がいる、という喜一の逃げ道も丁寧にふさぎにかかる。

「店に通って、顔見知りを増やして、その上でやっぱり喜一がいいとなったら、そのときは前向きに検討してくれるんだろうな？」

心臓が制御弁を失ったかのように勢いよく全身に血を巡らせるせいで耳鳴りがやまない。

澄良の声が少し遠くて、相槌ともつかないか細い声を上げることしかできなかった。

「気づいてるか？　お前、俺に考え直せと言うばかりで、きちんとした返事はまだしてないんだぞ」

否定できない。澄良を恋愛対象として見たことはないとは言ったが、今後も永劫にそういう目では見られない、と撥ねつけることはできなかった。勘違いではないか、他にもっといい相手がいるのではないかと、澄良の気持ちが変わるのを促すばかりで。

「でしたら、今――」

「待て待て、今じゃない！　答えを急ぐな、先に猶予を与えたのはそっちだろうが！」

勢いに任せ、自分のことは諦めてくれと言おうとしたのに澄良に遮られてしまった。

「お前はまだ俺を子供としか思ってないようだし、このままじゃ平行線だ。俺が大人になるのを待ってろ」

口をつぐんだ喜一を見て、澄良は唇の両端を上げてニッと笑った。

反対に、喜一の唇の端はみるみる下がる。まっすぐにぶつけられる澄良の想いを受け止め損ね、途方に暮れて片手で顔を覆った。足元がふらついて、傍目には酔って顔を上げていられなくなったように見えたのかもしれない。澄良が慌てて腕を伸ばして喜一の背中を支えてくる。

がっしりとした腕は逞しい。子供の腕ではないと思った。

喜一は俯いたまま、ぽつりと呟く。

「……大人になるって、いつですか」

「知るかぁ！　俺を子供っぽいって言ったのは喜一だろうが」

前回の喜一の言葉をまだ根に持っているらしい。拗ねたような口調はすぐ、明るい笑い声にとって代わる。見てろよ、と好戦的に笑う顔を直視できない。目に焼きついてしまいそうだ。焼きついて、離れなくなったらどうしてくれる。

喜一は間違って太陽を直視してしまったときのように固く目をつぶり、ゆっくりと開く。

澄良は相変わらず喜一の背に腕を回しているが、それはごく親しい者を介抱する手つきでしかない。目が合うと、「喜一は酒が弱いな」と笑われた。

確かに自分は酒にそう強くないし酔ってもいる。でもそれは、アルコールのせいばかりではないはずだ。

惜しみなく注がれる好意に足元をすくわれる。溺れそうだ。

（大人になったら、この手も離れる）

これから社会に出て、人間関係が広がり、自分と同じ性的指向を持つ人たちとも交流を持つようになれば、澄良自身どうして喜一のような男に入れ上げていたのかわからなくなるに違いない。今はただ選択肢が少ないだけだ。でなければ喜一に拒まれてむきになっているのかもしれない。

どちらにせよ、いつかこの手を離される。

友達でいよう、と澄良は言ってくれたが、喜一への恋心がしぼんでしまえば関心も失い、あっという間に疎遠になってしまうだろう。もともとの出会いがオンラインゲームという一過性のものでしかないのだから。

けれど澄良と一緒に過ごす時間が長くなれば、きっと自分は期待してしまう。もしかしたらこのままずっと、澄良との居心地のいい関係が続くのではないかと。

熟れた果実のように膨らんだ期待が地に落ちて弾ける瞬間を、きっと自分は呆然と見ていることしかできない。そんなことになるくらいなら、期待の芽など今すぐ摘んでしまいたかった。

しかし芽を摘むということは、もう胸の底に何かが芽吹いてしまっているということだ。それを意識したくなくて深く俯く。

(なんにも期待なんてしないで、虫みたいに死ぬつもりだったのに)

どれほどあくせく働いたところで、後に残せるものもない。ただ目の前の仕事を粛々とこなし、期待も落胆もなく、何に心煩わされることなく淡々と生きていきたかったのに。

(たぶん、今、この人から手を離されたらひどく寂しい——……)

寂しさの底にあるのはなんだろう。

これを恋と呼んでしまっていいのか。友人のような気安い存在を手放すことを惜しんでいるだけのような気もする。

答えを出せないまま、澄良に背中を支えられて駅まで歩く。

今日こそ澄良と決別することになるかもしれないと思っていたのに、そうはならず安堵していることだけは確かで、最後まで背に回された腕を振り払うことができなかった。


九月が終わるとようやく夏の暑さも引いて、遅い秋がやってくる。秋と言っても日中はまだ暖かく、薄手のコートもいらないくらいだ。昼休みになると営業部の人間が、コートどころかジャケットも着ないで昼食に外へ出ていく。

工場と違い、本社の社屋には食堂がない。社員は外に食事に出るか、自分の席や会議室などで食事をする。

喜一の所属する品質管理部は、部長と喜一、それから三上の三人しかおらず、全員自席で昼食を食べることが多い。今日は部長が工場に出向いているので、席にいるのは喜一と三上の二人だけだ。

コンビニで買ってきた弁当を自席で食べていた喜一は、斜め前の席に座る三上にちらりと視線を向ける。三上はすでに食事を終え、手元の携帯電話を眺めているようだ。

喜一は椅子から腰を浮かしかけるが、ためらって座り直し、しばし時間を置いてからもう一度立とうとして、やっぱり思い切れずまた椅子に座る。

そんなことを三回ほど繰り返してから、覚悟を決めて椅子を立った。三上の席に近づき、遠慮がちに「三上さん」と声をかける。

声に反応して顔を上げた三上は、相手が喜一だとわかって驚いたような顔をした。仕事中だって必要最低限の会話しかしない喜一が休み時間に声をかけてきたので何事かと思ったのだろう。携帯電話を置き、「なんでしょう」と緊張した面持ちで背筋を伸ばす。

「その、午前中にお願いした在庫確認の件、なんです、が……。いや、在庫確認、してくれてありがとう。終わりま……じゃなく、終わっ、た？」

「え？　ま、まだです、が？」

もともと喜一は口数が少なく、喋るときは単語をつなぎ合わせる程度になることが多いが、それにしてもいつになくぶつ切りな口調に三上はぽかんとした顔だ。

「よければ午後から手伝いま……手伝おうか？」

喜一も自分で、たどたどしい口調になっている自覚はあった。理由もわかっている。意識して敬語を取り払おうとしているからだ。

これまで喜一は、社内の誰に対しても敬語で接してきた。三上のような去年入社したばかりの新人に対してもだ。それは喜一がこの会社に就職したときの、少々特殊な事情にもよる。

本来この会社の新卒採用条件は大学卒業以上だ。喜一は高卒だが、家庭事情を斟酌（しんしゃく）した社長が特別措置として採用してくれた。結果、同期も年上なら後から入ってくる新卒も年上という状況が数年続き、年上の後輩に敬語を使い続けているうちに敬語を取り払うタイミングを逸してしまった。

工場長の氷室のように誰に対しても敬語を崩さない人間もいるのだが、大らかな社風のこの会社では少数派だ。だからと言って取り立てて困ることもなく、喜一もそれを今更改めるつもりはなかったのだが、「後輩が嫌がってるならその意を汲（く）んで、敬語なんて取っ払ってやったらどうだ」と澄良から諫言（かんげん）されてしまった。

長く地元に戻っていた澄良と久々に顔を合わせてから、もう三週間が経つ。

未だに喜一を諦めていないという澄良とどう接するべきか悩んだものの、当の澄良は一か月近い音信不通期間が嘘のように、変わらず喜一をゲームに誘ってくる。

この三週間も直接顔こそ合わせていないが、ゲームをしながらあれこれと近況を報告し合っていた。

あれ以来、澄良は本当にゲイバーに通っているらしい。

喜一など澄良を伴っていても日常からかけ離れた雰囲気の店に入るのに躊躇したものだが、澄良は堂々と一人で通っているというのだから度胸がある。「値踏みするような目にも慣れてきた」そうだ。

なんだかんだと言いながら、無遠慮と紙一重の思い切りのよさと、あけっぴろげに見えてふとした瞬間に相手と線を引く勘のよさで、あっという間にゲイバーで友達もできたという。友達、と強調されたあたり、バーで知り合った人間とそれ以上の関係に進むつもりはないようだ。

しかし澄良がそのつもりでも相手がどう思っているかわからない。老婆心ながら「大丈夫なんですか」と尋ねたら、『大丈夫だ。ママにつけ届けをしておいた』というとんでもない答えが返ってきて目を剝いた。

このご時世に、しかもバーのママにつけ届けとは。こんな場面でも育ちのよさが出てしまうのかと唖然としていると『ちゃんとウケたぞ』と自信満々に言われた。『つけ届けを持ってくる客は初めてだって大笑いされた。面白がられて目をかけてもらえるようになったし、質の悪い客に絡まれそうになると間に入ってくれる』

質が悪いと言っても、飲みすぎた客が面倒な絡み方をしてくるくらいで無理に迫られるようなことはないという。『何より俺はモテない』などと言われたが、到底信じられない話だ。

そうやって近況を報告しながら、『言われた通り知り合いを増やしちゃいるが、まだ喜一以上の相手には出会えないなぁ。どうだ、そろそろ俺とつき合う気になったか？』などと口説いてくることも忘れない。こちらを追い詰めないよう軽い口調を保っているが、木気だとわかっているのでいつも返す言葉に迷ってしまう。

沈黙すればすぐさま澄良から『今何考えてる？　そのまま言え』と促される。まるで喜一が自己完結してしまうのを拒むかのように。

胸に浮かんだ言葉をそのまま口にするなど乱暴な気もするが、澄良はそれを許す。むしろこちらが言葉を選んでいると察するや、「俺はこう思う」と先に胸襟を開いて本音をどさどさと落としてくるので逃げ道をふさがれる。だから素直に口にした。

「澄さんから連絡が来なくなったら寂しくなるだろうな、と思っていました」

『そうか。じゃあつき合うか？』

「それも選択肢の一つかもしれない、と思ったのですが」

『はっ⁉』という大声がヘッドホンを震わせ、喜一は慌てる。

「あ、いえ、待ってください。そうやって澄さんを引きとめる理由が、恋愛感情によるものかと問われるとわからないので、困ってるんです。単純に、久しぶりにできた友達を手放したくないだけという可能性もあるな、と……」

『ああ、そういう……お前本当に、心臓に悪いことを』

声だけで澄良がぐったりしているのがわかる。ぬか喜びをさせてしまったかと反省して「すみません」と謝罪した。あれほど見目のいい若者に本気で恋心を寄せられている、という事実が未だに実感できないとはいえ、さすがに短慮だった。

『喜一、俺の他に友達いないのか？』

「いませんね」

『友達ができないタイプとも思えんが』

「中学生の頃まではそれなりに。でも、高校時代は勉強が忙しくて通り一遍のつき合いしかしてません。未だに連絡を取り合っている友人もいませんし」

『じゃあ今すぐ友達を作れ！』

たるんでいた紐をぐんと引っ張るように、澄良が唐突に声を張った。

『俺しか友達がいないから比較もできないいんだろう。だったら会社で友達を作ってこい』

「会社は友達を作る場所じゃないんですが……」

『作っちゃいけない社則でもあるのか？』

「ありませんけど」

『だろうな。社内で結婚相手が探せるくらいだ。友達だって探せるだろうが』

「今更上司と友達になれるとは思えませんよ」

『だったら後輩に的を絞れ。いないのか、俺ぐらいの年の奴が』

言われて真っ先に頭に浮かんだのが、澄良よりも一つ年上の三上だった。

家にゲーム機を設置してくれたのが三上だと伝えると『だったらいくらでも話しかける糸口なんかあるだろう』と呆れられてしまった。忘年会で三上から敬語をやめてほしいと言われたことも伝えると、『後輩が嫌がってるならその意を汲んで、敬語なんて取っ払ってやったらどうだ』と言われ、それでこうしてたどたどしく三上に話しかけている。

十歳以上年下の後輩と友達になるのは難しいだろうとは思ったが、澄良はこれまでいつも喜一の言葉を真摯に受け止めてくれた。ならば自分も澄良の言葉に従ってみるべきではないかと腹をくくった次第だ。

三上は喜一の突然すぎる申し出に面食らったような顔をしつつ、「手伝ってもらえるなら、助かります」と言って午後から喜一と作業を共にすることになった。

三上と一緒に入った会議室には、技術部が本社で作った試作品の残部材が広げられていた。残部材は工場に送って保管してもらうのだ。

机に並べられた部品の型番号と数量をチェックしていると、三上がぽつりと呟いた。

「俺まだあんまり工場に行ったことないんですけど、こういう残部材もちゃんと倉庫に保管してるんですか？」

「もちろんそうで……そうだよ。三上さんも三月の棚卸に行って……るよね？」

「はい、あの……あの、今日、どうしました？」

昼からずっとこの調子なので、さすがに三上も喜一の不自然な喋り方を無視することができなくなったらしい。具合でも悪いのかと作業の手を止めてまでこちらを案じてくれるその姿を見たら、仕事中に何をやっているのだという自己嫌悪に見舞われ、喜一は両手で顔を覆った。

「いや、ごめ……じゃなくて、すみま……ああ、もう、お気になさらず」

「いやいやいや！　気になりますよ、本当に今日どうしたんです？」

喜一は喉の奥で低く唸る。説明が難しすぎて、口を開く前からもう気が重い。なんでもないと言い張って会話を切り上げてしまいたいところだが、そんなことをしたらもう二度と三上との距離が近づくことはないだろう。

喜一は気合を入れるつもりで軽く頬を叩いてから顔を上げた。

「最近、三上さんくらいの年の友人……？　ができまして。いや、できて。その人から、ちょっといろいろ……まあ、いろいろあって、友達を作れと勧められて……？」

「な、なんでそんなに説明がふわふわしてるんですか……？」

澄良から口説かれていることを伏せているからだ、とは言えず話を進める。

「その友人から、会社で後輩に敬語を使うのはやめてみたらどうか、と言われて。三上さんからも忘年会のときにそう言われていたし、どうにか敬語を取り払えないか、と……」

しかし実践するとなると難しい。三上にも余計な気を遣わせてしまった。普段通りの口調に戻します、と言うつもりで視線を上げたら、三上が目を丸くしてこちらを見ていた。

「……覚えててくれたんですか？　忘年会で俺が言ったこと」

「え？　ええ、それはもちろん……距離を置かれてるみたいで寂しいって言われて、そんなふうに思われていたんだと申し訳ない気分になったので。でも、すみません。もうこれは癖みたいなもので」

「えっ！　なんか嬉しいです！」

思いがけないことに、三上の顔に浮かんだのは明るい笑顔だった。

「てっきり俺の言ったことなんて聞き流されてるかと思ってました」

「聞き流しているわけでは……ない、よ？」

「あははっ！　本当に敬語崩すの難しいんですね。いいですよ、別に。工場長だって普通に敬語で話しかけてきますし、言うほど気にしてないです。すみません、あのときは俺も酔っ払ってました。どっちかっていうと、ビンゴの景品を自分の趣味に寄せすぎたかなって落ち込んで、ちょっと余裕を失ってたので……」

「あ、あのゲーム、やってます、今も」

慌てて口を挟んだら結局いつもの敬語になってしまった。

三上は一つ瞬きをして「本当ですか？」と疑いを滲ませた声で尋ねる。

「本当に、さっき言った友人もオンラインで知り合った相手で……」

「えっ！　田辺さんオンラインプレイまでやってるんですか？」

「ヘッドセットもあの後買って」

「ヘッドセットまで⁉　ガチじゃないですか！」

三上の声が跳ねる。はしゃいだような声が澄良の声と重なって、三上が自分よりずっと年下であることをふと実感した。頭ではわかっていたはずなのに、どうしてか会社に入ってきた人間の実年齢はすぐ曖昧になってしまう。

「え、じゃあ、先月配信されたクエスト行きました？　もしかしてもうクリアしてたり？　うわ、本当にやり込んでるじゃないですか！　今度一緒に行きましょうよ！」

ビンゴ大会の景品チョイスを間違えたと、三上は本気で落ち込んでいたらしい。喜一がゲームをするわけもないだろうと思い込み、感想を尋ねることもしなかったそうだ。

喜一がゲームをしてくれていたことがよほど嬉しかったのだろう。

その日のうちに、喜一と三上はオンラインでゲームをする仲になったのだった。

三上とゲームをするようになってから、会社でも声をかけられることが多くなった。仕事上の質問だけでなく雑談もあれこれしてくる。喜一は相変わらず敬語を崩すことができず四苦八苦したが、三上が見かねたように「無理しなくていいですよ」と笑ってくれたので大人しく諦めた。

事あるごとに田辺さん、田辺さん、と声をかけられるうちに、自然と喜一の視線も三上に向くようになる。三上が弱り顔で作業をしていると、助けを求められるまでもなく「何かありましたか」と声をかけるようになった。

たまに三上と昼食を一緒にとるようになり、仕事の愚痴を聞かされたり相談を受けたりしているうちに、初めてまともな後輩ができた気分になった。

三上が入社する前にも新卒採用者は何人もいたし、その中には喜一と同じ品質管理部に配属された者だってあった。新人に仕事を教えたことは何度かあるが、こんなふうに頼られるのは初めてだ。それは喜一が入社してから数年続いた、後輩が年上ばかりというねじれた関係に起因していたのかもしれない。

周囲の社員も、喜一が新人に仕事を教える状況を避けるよう配慮していた節がある。父親を亡くした直後だったからかもしれない。なまじ喜一の父親がこの会社に勤めていただけに、入社から数年は喜一に対して腫れものに触るような空気がうっすらと漂っていた。

自分はその空気に甘えたのだ。大丈夫ですから、と周囲の懸念を払拭することもせず、新人が自分より年下になってもなお彼らの指導を率先して行うことなく、自分の手元ばかり見詰めて黙々と仕事をしていた。本来ならば立ち入れない大人の職場に、同情で招き入れられた子供の気分を引きずって、ずっと俯いていたのだ。

自分はもうここから動けない。霧雨に濡れた羽虫がコンクリートに貼りついたまま干からびていくように。

風は吹かないと思っていた。後はもう、蟻の葬儀を待つだけだ。

そう思っていたのに、ふいに時間が動き出した。

手を差し伸べれば三上は素直に頼ってくれる。逆に喜一に「手伝います」と声もかけてくれる。そんな様子を営業部から厚澤が見ていて「よく後輩の面倒見てるなぁ」と褒めてくれる。ちゃんと自分の周りで空気が動いている。

喜一が入社してからすでに十五年以上が経っているのだ。社内の顔触れもだいぶ変わり、喜一の父親がかつてこの会社に勤めていたことを知る人間だって減っている。もう誰も、自分をかわいそうな子供として扱う者などいない。

金曜の夜、仕事帰りに総菜や発泡酒を買ってきた喜一は、澄良とゲームをしながらここ数週間の出来事を報告した。

「なんとなく、会社での自分の立ち位置が変わったような気がします」

ヘッドホンから『ほう』と澄良の感心したような声が上がった。

澄良が次の討伐依頼を選んでいる合間に、総菜を食べつつここ最近感じた変化をつらつらと口にする。それもこれも友達でも作れと澄良に背中を押してもらったおかげだ。そう伝えるつもりだったが、先を越された。

『変わったのは立ち位置じゃなく、お前の目線じゃないか？』

サンマの竜田揚げをつまんでいた喜一は箸を止め、口の中のものを飲み込んでから「確かに」と頷いた。

「俺の立ち位置は特に変わってませんね」

『でも何か変わった気がするなら、お前のものの見方が変わったんだろう』

「変わるものなんですかね、急に」

『成長ってやつじゃないか?』

「成長って……もう三十過ぎてますよ、俺」

『生きてる限り成長は止まらん。よく祖父ちゃんもそう言ってるぞ。それに、会社の後輩どころかその友達とまでゲームをするなんてこれまでの喜一じゃ考えられないことだろ』

秋ナスの煮浸しに箸を伸ばし、本当にそうだ、としみじみ思う。

つい先日、三上とその友人二名を交えてゲームをした。二人とも三上の高校時代のクラスメイトだそうだ。

澄良たちに続き、十歳以上年下の面々とオンラインゲームに興じるなんて、一年前の自分からは考えられない事態だ。この年になってコントローラーを操作する指がこんなにも滑らかに動くようになったことだけでも驚きなのに。

『どうだった、後輩たちとの討伐は』

「面白かったですよ。澄さんたちと遊ぶときとはまた雰囲気が違って」

『どんな雰囲気だ?』

「基本的に静かです。技が決まると澄さんたちは歓声を上げるじゃないですか。でも後輩たちは、『いいね』『今のはいいの入ったね』って、みんなでうんうん頷き合うんです。全然興奮した様子もなく」

『あっはは！　それはだいぶ俺たちと雰囲気が違うな！』

「あと、戦い方が詰め将棋みたいなんですよね。敵がダウンするまであと何秒、とか、こっちの方向に逃げるはずだから初手からここに罠を張っておこう、とか」

『そっちはそっちでなかなかやり込んどるなぁ』

高校時代、三上の家に入り浸ってゲームをしていたという三人はプレイの息が合っていて、会話はいつも最小限だ。軍隊さながら最短コースで敵に近づき、それぞれが役割を把握している様子で討伐をこなす。

討伐が終わればすぐさま直前のプレイの検討が行われる。まるで将棋の感想戦だ。

「こういう戦略もあるんだなぁと勉強になります。ゲームの合間にお喋りするのも楽しいですよ。年が離れていても案外皆さん普通に話しかけてきてくれますし」

『そうだろう。お前は年の差を気にしすぎなんだ。年なんて関係なく楽しいだろう？』

軽やかに弾んだ声で尋ねられ、そうですね、と喜一も笑いながら答えた。

三上たちとゲームをするのは楽しかった。最近澄良の友人たちは忙しいのかさっぱりログインしなくなってしまい、大人数でプレイをするのが久々だったからというのもある。

あらかた総菜を食べきり、発泡酒の缶に手を伸ばそうとしてはたと気づく。

もしかするとこれは、友達ができたと言っても差し支えがない状況なのではないか。三上たちがこちらを友達扱いしているかどうかは別として、状況だけ見れば澄良たちグループと遊んでいたのとほとんど同じだ。

『あ、喜一すまん。ちょっと飲み物持ってくるから待っててくれるか』

はい、と返事をするとヘッドホンからがさがさとしたノイズが響き、『ついでにトイレも行ってくるー』という間延びした声が薄く聞こえた。

手持ち無沙汰になった喜一は発泡酒のプルタブを上げ、考え事の続きに戻る。うっかり忘れかけていたが三上に声をかけた発端は、澄良以外にも友達を作って、友情と慕情の違いを明確にすることだった。

(たとえば三上さんから告白されたとしたら、どうだ？　どう思う？)

自分に対して恋愛感情など抱いているわけもない三上には申し訳ないが、思考実験につき合ってもらうことにする。

好きです、と三上から告げられたら、きっと自分は困惑して、明日から会社で顔を合わせるのにどんな態度をとればいいのだろうと困り果てて、それできっと言うのだ。

本当に申し訳ないけれど、と。

ぐびぐび、と酒を飲んでいた喜一の動きが止まった。妙な格好で動きを止めてしまったせいで唇の端から酒が溢れる。慌てて缶をテーブルに戻し、あれ、と口元を手で拭った。

すぐには出ないだろうと思っていた答えが、あっさりと出てしまった。

申し訳ないけれどつき合えない。そう即答するだろうと思った。迷いもなく。

澄良からの告白には、もう二か月以上も答えを出せないでいるというのに。

ぽかんとした顔で瞬きをしていたら、『喜一！』と耳元で澄良の声がして飛び上がった。

『すまん、待たせた。……ん？　なんかバタバタしてるが、どうかしたか？』

「いえ、ちょっと、箸を落としてしまって……！」

聞き慣れた声なのにどうしてか鼓動が乱れた。三上が相手のときはこうはならない、などと思ってしまって動揺する。

明確な比較対象ができてしまったことで、現実を直視せざるを得なくなった。

これまできちんと意識したことはなかったが、澄良から誘いを受けるときにやたらとウキウキそわそわしてしまうのは、久々にできた友達に浮かれているからというだけでは説明がつかないのではないか。

動揺甚だしい喜一の様子には気づいていない様子で、澄良はのんびりと声をかけてくる。

『そういえば、さっきの後輩とは友達になれたのか？』

「え、ま、まあ……会社の人間を友達と呼ぶのはやっぱり少し違和感がありますが、友達のように仲良くはしてもらっています」

『一緒にいて楽しいか？』

少し考えてから、「楽しいです」と答える。俺たちと一緒のときよりもか？　なんて冗談半分に尋ねられるかと思いきや、返ってきたのはまるで違う言葉だった。

『そうか！　よかったなぁ』

喜色満面、という言葉が頭に浮かぶ。声だけで、まるで我が事のように澄良が喜んでくれているのがわかる。

『友達がいないなんて寂しいこと言うからちょっと心配してたんだぞ。なんだ、いらんお節介だったか？』

見えないのに、強い光を直視してしまったときのように目の奥がぎゅっと痛くなった。目だけでなく、胸の奥まで強く摑まれたように痛い。

友達を作れと言ったのは、澄良に向ける感情に恋愛感情が含まれているのか否か確かめるためではなかったのか。だというのに、真っ先に出てくる言葉がそれなのか。

（ああ、俺――……）

今、目の前に澄良がいなくてよかった。

澄良と違って、自分の声には感情が乗りにくい。だから見えなければ気づかれない。こんなにも顔に熱が集まっていることも、眉が八の字になってしまっていることも、喉が震えていることも。

『喜一？　どうした？』

「――いえ」

ごく短い返事をして、喜一は両手で顔を覆った。掌で触れた頬がひどく熱い。

顔を合わせていたらきっとばれていた。こんなにも遠回りをして、ようやくようやく澄良への恋心を自覚したことが。

自覚したばかりの気持ちはあまりにも柔らかく、不用意に触れたら潰れて崩れて別のものに変わってしまいそうで容易く口にもできない。

『そうだ、次の討伐に行く前にちょっといいか。喜一に頼みがあるんだ』

震える息を押し殺し、どうにか普段通りの声で「なんでしょう」と答えた。

『今度スーツを引き取りに行くからつき合ってくれないか？　会社で着るやつを何着か誂えたんだ。ついでにネクタイとか買うから一緒に選んでくれ』

「引き取りって、まさか、オーダーメイド……」

『まさか！　セミオーダーだ』

澄良は大したことはないと言いたげに笑っているが、量販店で吊るしのスーツしか買ったことのない喜一からすれば大ごとだ。

「ネクタイの合わせ方なんてわかりませんよ……。店員に訊いてください」

恋心を自覚したばかりでまだ少し声が震えていたが、澄良はそれを溜息か何かと取り違えたようだ。特に追及することもなく、『もう何年も社会人をやってるんだろう。無難な合わせ方を教えてくれ』と笑っている。

『来週の土曜とかどうだ？　ついでに飯も食いに行こう』

この状態で澄良と会うのは駄目なのではないか、と思った。どんな顔で澄良と向き合えばいいのかわからない。

一方で、顔が見たい、と思ってしまった。

自分の顔を見られるのは困るのに、澄良の顔が見たい。最後に会ったのはゲイバーに誘ったときだから、もう一月半も顔を見ていない。

迷っているうちに澄良は待ち合わせの場所や時間をどんどん決めてしまう。

『どうだ？　来てくれるか？』

行けません、と言ったら、澄良はどんな反応をするだろう。わざとらしく拗ねてみせて、でも最後は笑って、また今度な、とすっぱり会話を終わらせる流れがまざまざと頭に浮かぶ。断っても悪い雰囲気にはならない。断るべきだ。わかっているのに。

「……行きます」

会いたい気持ちが勝って、気がつけば力ない声でそう返していた。

感情の変化は体温の変化だ。緊張すると手足が冷たくなる、羞恥で目の周りが熱くなる。

そういう変化が自分にはあまりない。はずだった。つい先日まで。

デパートの紳士服売り場。試着室の傍らで澄良を待ちながら喜一は額を手の甲で拭う。今日は朝から曇り空で、布団から起き出した室内が思いがけず冷えていたので、この冬初めてブルゾンを着て出てきた。まだ十一月に入ったばかりなのでごく薄手のものを選んだのだが、店内では少し暑い。

澄良はまだ試着室から出てこない。上着を脱いで腕にかけてみたがまだ暑い。空調が効きすぎているのではと思うが、周囲の客は上着を着たまま平然と店内を歩いている。

長袖のワイシャツの中に熱がこもる。それでいて、なぜか指先は冷えている。緊張でもしているのか。ただ澄良を待っているだけなのに。

「喜一、待たせたな。どうだ?」

試着室から澄良が顔を出して、喜一は小さく肩を震わせた。振り返って目を眇める。そこには仕立てたばかりのスーツに喜一の選んだネクタイを締めた澄良が立っていて、毎度のことながらその顔の小ささ、腰の高さ、脚の長さに声を失う。挙げ句、顔がいい。

「似合うか?」とにっこりと笑いかけられ、ようやくスーツに目を向けた。

澄良が着ているスーツはダークグレーで、動くと布の表面にさざ波が立つように光が走る。シャドーストライプといって、光の加減で柄が浮き上がるのだそうだ。スーツに合わせて喜一が選んだネクタイは、シルバーに太めのストライプが入っている。

「よくお似合いです」

こんな他愛もない褒め言葉なんて聞き飽きているだろうに、澄良は唇の端を持ち上げてそれは嬉しそうに笑う。

またシャツの内側が熱風を孕(はら)んだ気がして、慌てて澄良から目を背けた。なんだかもう、一日中風呂に入っているかのように蒸し暑い。

「だったらこのネクタイも買っていこう。喜一が選んでくれたんだしな」

上機嫌で更衣室内の鏡を覗き込んだ澄良を見て、おや、と喜一は目を瞬かせた。

「……澄さん、背が伸びました？」

澄良が肩越しにこちらを振り返り、「そうか？」と首を傾げる。

「最近身長は測ってないからわからんが、胸周りはデカくなったかもな。筋トレ始めたから」

「え、そうなんですか？」

「バーで知り合った連中に言われたんだ。モテたきゃせめて筋肉つけろって」

そんなものつけなくたって、とあわや口から漏れかけた。

今だって十分スタイルはいいのだし、すらりとした長身が魅力的だ。少し前なら身構えもせずそう告げられたのに、言葉を呑み込んでしまった。なんの弾みで自分の恋心が一緒に転がり出てしまうかわからない。

もごもごと口を動かし、改めて澄良の姿を眺める。

（言われてみると、少しシルエットが変わったような……）

待ち合わせの際はデニムに白いTシャツ、その上からゆったりとしたカーディガンなど着ていたのでよくわからなかったが、スーツ姿だと体の線がよくわかる。手足が伸びやかに長いことは先刻承知済みだが、背中と肩幅が少し広くなっただろうか。本人が言う通り、胸に厚みがあるので横から見たときのジャケットのラインが綺麗だ。

春先に出会ったときはもう少し線が細い印象があったが、今は後ろ姿に落ち着きがある。夏頃も日に焼けた姿を見て精悍さが増したと思ったが、この短期間でまた雰囲気が変わるのか。この時期の若者の成長は本当に目まぐるしい。

（俺なんて、あっという間に置いていかれそうだ……）

滑らかな肩のラインを目で辿っていたら、鏡越しに澄良と目が合った。不意打ちに視線を逸らす暇もなく、悪戯っぽい笑みが飛んでくる。

「どうだ、見惚れたか」

とっさに息を詰めた。でないと妙な声が出てしまいそうだ。声の代わりにどっと汗が噴き出したが無視をして、どうにかこうにか「お似合いです」とだけ返しておく。

まるで体温調節器官が壊れたかのように体が熱くなったり冷たくなったり忙しいが、感情と体温が密接に関係しているのなら無理はない。喜一は今、非常に混乱していた。

（今更だけど……なんでこの人俺のことなんて好きなんだ？）

最初からずっと疑問ではあったが、澄良に対する恋心を自覚したらますますわからなくなった。華やかな外見に、大らかで前向きな性格、家柄もよく将来有望な若者が、なぜ自分にこだわっているのかまるでわからない。

混乱甚だしいが、その下からじわじわと嬉しさも滲み出てくるのだから手に負えない。恋心を自覚した途端どうしても澄良の顔が見たくなって誘いに乗ったが、やはり断るべきだったのだ。消すべき火に燃料を投下してどうする。

「似合っているなら何よりだ。着替えたら飯に行こう。もうちょっと待っててくれ」

諸々の感情を抑えつけていたせいでろくな反応も返せなかったが、澄良は気にする様子もなく再び更衣室に戻ってしまう。

澄良の顔が見えなくなって、ようやく深く息をついた。

（実際に顔を見たら逆に冷静になれるんじゃないかなんて、どうして思えたんだろう）

冷静になるどころか、ずっと汗をかいている。澄良の顔を直視できない。

今日、澄良に会いにきてしまってよかったのかどうかもわからなくなって、喜一は緩く握った拳で額を叩いた。

スーツやワイシャツ、ネクタイが入った大きな紙袋を抱えてデパートを出ると、外はすでに薄暗くなっていた。まだ十七時前だが、十一月ともなればめっきり日が短くなった。

澄良は「夜が早くなると飲みに行く時間も早くできていいな」などと上機嫌で、事前に予約していた店に喜一を連れていく。

「いつも澄さんにお店の予約をお任せしてしまってすみません」

「構わん。あれこれ店を探すのも楽しいからな」

嘘とも思えぬ笑顔で言って、澄良が案内してくれたのはイタリアンバルだった。

照明を抑えた店内にはバーカウンターがあり、奥にワインの瓶がずらりと並んでいる。天井の高い店内は開放的な雰囲気だ。テーブル席を抜けて奥に進み、布のパーテーションで仕切られた半個室のソファー席に通された。

席に着くと早速澄良からメニューを手渡される。イタリアンとはいえそこまで価格は高くない。飲み物もワインばかりでなく手頃なサワー類も用意されている。価格帯といい雰囲気といい、最初に行った完全個室の和風居酒屋と夏頃行ったチェーンの居酒屋の中間といった塩梅だ。

半個室というチョイスもいい。パーテーションの向こうからたまに他の客の笑い声が聞こえるし、通路を通る店員の姿もちらちらと見える。完全個室より堅苦しくないが、落ち着いて話をするのにちょうどよかった。

「澄さん、どんどんお店選びが上手くなってきてますね」

思わず唸れば、嬉しさを隠す気もない全力の笑顔が返ってきた。

「お前に喜んでもらおうと思って周りにも相談してるからな。気に入ってもらえたなら何よりだ！」

「わ、わざわざ相談してるんですか……？」

「大学の友達なんかにな。で、何を飲む？　ワインいけるか？　これ美味いぞ」

自分相手にそこまで、と思うと指先がそわそわと落ち着かず、メニューも上手くめくれない。酒も料理も澄良に任せ、まずはスパークリングワインで乾杯した。

「会社の後輩とはどうだ？　今もゲームしてるのか？」

運ばれてきた牛頬肉のトマト煮込みを皿に取り分けながら澄良が尋ねてくる。

「そうですね、週末にときどき誘われる程度ですが」

「会社でもよく口を利くのか」

「同じ部署なので。少し前までほとんど会話もなかったんですが……。澄さんに友達を作れなんて言われなかったら、未だに朝の挨拶程度しかしてなかったと思います」

澄良が取り分けてくれた肉が口の中でほろりと崩れる。トマトの酸味が利いていて思わず頬がほころんだ。そんな喜一の顔を満足げに眺め、「もっと食え」と澄良はまた料理を切り分けてくれる。

「ゲームの進め方が詰め将棋みたいだって言ってたな。戦略重視か」

「そうですね。武器の火力がすべてではないんだな、と勉強になりました」

「楽しそうだな」

「楽しいです。まさか社内の人間とゲームで遊ぶ日が来るとは思ってませんでした」

澄さんのおかげです、と続けようとしたら、笑顔で遮られた。

「友情と恋愛感情の区別はつきそうか？」

不意打ちに、ごくりと喉を鳴らしてしまった。

会社の後輩とゲームをしていると伝えたときはただ喜一に友達ができたことを喜んで、恋愛云々の話題には触れようとしなかったのに。

声を失った喜一を見て、澄良はにんまりと笑う。

「油断してただろう。あいにく俺は諦めが悪いぞ」

「いえ、あの……」

「まあまあ、食え。アンチョビポテトも美味そうだ」

澄良は喜一の取り皿にアンチョビポテトやカルパッチョやムール貝のワイン蒸しなどを次々と盛り、食べろ、と笑う。目の前にずらりと並んだ色とりどりの皿が、急に撤退を阻む障害物のように見えてきた。

とりあえず食べろ、と促されたので喜一も料理を口に運んだが、正面から飛んでくる視線が気になって、飲み込んだものが体のどこに落ちていくのかよくわからない。空腹も感じなければ満腹にもならない、奇妙な状態だ。

食事をしながらようやく喜一が一杯目のグラスを空にする頃にはもう澄良は二杯目を空にしていて、新しいスパークリングワインを二つ注文した。

「ボトルで頼むべきだったな」と澄良は笑っているが、喜一はもうこれ以上飲むつもりはなかった。すでに体がぐらぐらだ。酔っているのもあるが、食事中ずっと澄良に見詰められて妙な汗をかきっぱなしだった。これは確実に悪酔いする。

運ばれてきたワインを気持ちのいい笑顔で受け取った澄良は、店員が立ち去るなりいよいよ本題を切り出してきた。

「ちょっとした恋愛相談に乗ってくれないか」

テーブルに肘をついた澄良が、手の甲に顎を載せて小首を傾げる。

「好きな相手の勧めでゲイバーに通い始めて二か月近く経つんだが、未だにその相手以上の人間に巡り合えない。それでもまだ希望を持って店に通った方がいいか？」

質問の体をとってはいるが、いい加減腹をくくれ、と迫られているのは明白だ。喜一は口の中で言葉を転がすものの上手くまとめられず、代わりに答えにもならない言葉を押し出した。

「まだ二か月じゃないですか」

「もう少し通えばいいのか？　だったら具体的な期間を決めてくれ」

逃げ道が着々とふさがれていく。

進退窮まった喜一は運ばれてきたばかりのグラスを手に取ると、一息でそれを半分飲み干した。驚いた顔をする澄良を見返し、手の甲で乱暴に口元を拭う。

「澄さんが単発でSSRを引けるほどの強運の持ち主だとしても」

「おお、その言い回しを覚えたか」

「焦らなければ、いずれSSSRが出るかもしれないじゃないですか」

結論を出すのは早すぎる。まだ社会にすら出ていないのに。バーだってたった二か月しか通っていない。勢い込んでそう続けようとしたら、澄良に声を立てて笑われた。

「惜しいな。SSRの上はURだ。アルティメットレア」

「そ、それは知りませんが」

「SSSRは出ない。一生」

「だからそれは言い間違えただけで」

慣れない譬(たと)えなど使うのではなかった。俯いて顔を顰(しか)めたら、テーブルに置いていた手に澄良の手が重ねられた。

「URも出ない。お前以上の選択肢がない」

大きな掌の感触に驚いて顔を上げる。

話を逸らしてばかりいるので澄良は子供のようにむきになった顔をしているに違いない。

そんな想像をしていたのに、違った。

澄良は、こちらの動揺も煩悶もすべて見越したような顔で、唇に淡い笑みを浮かべて喜一を見ていた。目が合うと、ゆっくりと眉を上げられる。

「あと何年経ったら喜一は俺の言うことを認めてくれるんだろうなぁ。俺が社会人になって、完全に自立したら耳を貸してくれるのか？　時間を置いてうやむやにする気ならやめておけ。何度も言うが俺はしつこい」

親指でするりと手の甲を撫でられて肩をびくつかせてしまった。

いつの間に、こんなふうに重ねた掌一つで相手を動けなくする術を身につけたのだろう。少し前までもっと体当たりでぶつかってくるところがあったのに。強く握りしめられているわけでもないのに手を振り払えない。重ねられた掌がひどく熱い。

こういう駆け引きはゲイバーで学んだのかもしれない。

そう思ったら急に澄良の手を振り払いたくなった。本気で腕を引きかけたが、そんな自分の反応を見て唐突に気づく。

結局澄良の手を振り払うも振り払わないも、こちらの胸三寸で決まるのだ。振り払えないなんて感じたのは、自分が振り払いたくなかったからに他ならない。

（仕方ないだろ、好きなんだから……！）

胸の内で本音を吐いたら、飲み干したワインが腹の底でざわりと波立った。炭酸に押し上げられて、アルコールが血管の隅々にまで巡り渡る。

もういっそ口にしてしまおうか。前途ある若者の未来を根こそぎ奪って何が悪い。澄良自身がそれを望んでいるのに。

好きです、俺も、ずっと一緒にいてほしい。そう縋りつくことは容易い。

（……駄目だ、落ち着け。相手は一回りも年下なんだぞ）

空いている方の手で胸を押さえ、アルコールのせいで速まった鼓動を無理やり抑えつけた。

自分が二十歳そこそこだった頃、真剣に考えたつもりで思慮に欠けることばかりだった過去を思い出せば早計なことはできない。年長者の自分が止めずにどうする。

この先澄良が本当にいい相手に巡り合ったとき、喜一の手など握っていたら身動きが取れなくなってしまう。度重なる喜一の制止を振り切って恋人同士になったのならなおのこと、後ろめたさから別れを切り出せなくなるだろう。澄良は情が深いので、本当に望んだ相手は諦めて喜一と手をつなぎ続けてくれるかもしれない。

けれど喜一はもう、誰かにそんなことをしてほしくなかった。

他人の重荷になるのも足枷になるのもごめんだ。期待して、結局最後に全部手放す羽目になるのも、手の中からすり抜けていってしまったものを呆然と見送るのも。

あんな思いを、人生で二度もしたくない。

（俺の方が年上なんだ。好きだとか浮ついた気持ちに振り回されてないで、ちゃんとこの人のためになる選択をしないと）

喜一は唇を噛んで、澄良の手の下から自分の手を引き抜いた。

澄良はそれを引き留めることこそしなかったが、喜一の思い詰めた顔を見て笑みを消す。

いつまでものらくらとかわしている場合ではない。澄良に対する恋心に気づいてしまった以上、今すぐこの関係を終わらせるべきだ。

「澄さん、あの――……」

もう会うのはこれっきりにしましょう。そう伝えようとしたのに「待った」と澄良に止められてしまった。

こちらが切り出そうとした内容を察したか。無視して続けようとしたが、澄良が携帯電話を取り出したのを見て口をつぐんだ。

「すまん、実家から電話だ。さっきからずっと鳴ってたんだが……こんなにしつこいのは珍しくて」

澄良の携帯電話が震えている。喜一は言葉を引っ込め「出てください」と促した。

「本当にすまん、すぐ戻る」と言い置いて、澄良は個室を出ていった。

一人取り残された喜一はソファーに凭（もた）れかかり、天井に向かって息を吐き出した。

（……澄さんに会えるのも、今日で最後だ）

友達のままでいいと追いすがられても応じられない。喜一の方がもう澄良を友達だなんて思えないからだ。

そばにいれば、きっと欲が出てきてしまう。

ソファーの背に頭をつけ、目元に力を入れて瞬きを堪えた。

澄良にもう会えない。

寂しい、と思った。

寂しさは寒さに似ている。父親を亡くした後、一人の部屋はいつも寒かった。寂しさはしんしんと体を冷やす。

そう思っていたのに、澄良の戻りを待っている今はどうしてか喉の奥が熱い。今日が最後だと思うと何かが溢れそうになって喉仏が痙攣（けいれん）する。ひりつく感情を無理やり呑み込めば、みぞおちまで爛（ただ）れるように熱くなった。

酒のせいもあるのか。いっそのこと、澄良とまともな会話などできないくらい前後不覚になってしまいたい。こちらの言いたいことを一方的に言い放って、澄良にうんざりしてもらって別れられたらそれが最善である気がした。

ソファーから体を起こしてワイングラスに手を伸ばしたところで澄良が戻ってきた。

グラスを持ち上げかけていた喜一は手を止める。こちらを見下ろす澄良の顔が強張って、頬から血の気が引いていたからだ。

「……澄さん？」

見たことのない顔だった。澄良は個室と通路の境界に立ち尽くし、片手に携帯電話を握りしめたきり動かない。

何かただならぬことが起きている。直感でそう思った。喉元でわだかまっていた熱が胃の腑の底まで落ちて、ゆっくりと体が冷えていく。

「どうしたんです。ご家族から連絡があったんですよね？　何かあったんですか？」

喜一の問いで我に返ったのか、澄良が小さく息を吐いた。震える息に声が乗る。

「祖父ちゃんが、倒れたって」

店内の喧騒にかき消されてしまいそうな弱い声だった。思わずソファーから腰を浮かせれば、澄良がふらりとこちらに手を伸ばしてくる。とっさに手を摑もうとしたが、その手は喜一に届くことなく、弱々しくテーブルに落ちてしまう。

「さっき倒れて、病院に救急搬送されたって――」

テーブルに縋りついてなんとか立っている状態の澄良を慌てて支えた喜一の耳に、切れ切れの声が飛び込んだ。

「まだ、息はある、らしい」

まだ、という言葉から否応もなく事態の緊急性が伝わってきて、喜一は強く澄良の肩を摑む。他にどうしようもなく、かける言葉も思いつかず、これ以上澄良の体が崩れ落ちてしまわぬよう、強い力で。

澄良の肩が震えているのを感じながら、無言で支えることしかできなかった。


それは夕食前の慌ただしい時間帯のことだったらしい。

澄良の両親も兄夫婦も旅館の仕事で忙しく、祖父はいつも旅館の敷地内にある離れで一人食事をとっていたそうだ。

異変に気づいたのは離れに膳を運んでいた従業員だ。いつものように時間を見計らって膳を届けに行ってみたら、離れで祖父が倒れていた。

電話口で母親は、心筋梗塞のようだ、と言っていた。あちらも混乱しているらしく詳細がよくわからない。すぐ戻ってこいと、それだけ言って電話は切れた。

ソファーに座らせた澄良からそこまで聞き出したところで、喜一は勢いよく席を立った。

「だったら今すぐ戻らないと！　澄さんの実家はここから遠いんですよね？　新幹線の最終まだ間に合いますか？」

店に入ってからまだ一時間ほどしか経っていない。ここから東京駅はほんの数駅だ。すぐに店を出ればぎりぎり間に合うだろうか。

しかし澄良は呆然とした顔でソファーに座り込んで、恐ろしく動きが鈍い。自分の置かれた状況をまだ呑み込めていないのか、青白い顔で緩慢に喜一を見上げてくる。

「澄さん、間に合わなくなりますよ！」

最終列車の時間を調べている時間も惜しく、気ばかり急いて声を荒らげると、澄良の顔が見る間に強張った。

「間に合わない……？」

不安を通り越し、怯（おび）えすら滲ませるその表情を見て声を失った。初めて見る顔だ。

こちらが思う以上に澄良が動揺していることに遅ればせながら気がついて、喜一は努めて声を和らげる。

「列車の話です。最終の時間を逃したら始発まで身動きが取れなくなります」

「このまま、行くのか？」

「家に戻っている時間はないでしょう。切符だけ買ってご実家に向かってください。スーツが荷物になるようなら俺が預かりますから。とにかく、まずは駅に行きましょう」

できるだけゆっくりと、けれど周囲の喧騒に負けぬよう硬い声で告げれば、やっと澄良もソファーから立ち上がった。

喜一は伝票を引っ掴んでレジへ向かう。会計を済ませると、後からやってきた澄良の腕を取って歩き出した。スーツの入った紙袋を肩から下げて歩く澄良の足取りが、酩酊（めいてい）しているかのようにおぼつかなかったからだ。

外に出ても澄良の足は鈍く、人通りの多い繁華街で通行人にぶつかって、その腕を掴む喜一の手が何度も離れる。埒が明かず澄良の手を取った喜一は、その手の冷たさに危うく足を止めてしまいそうになった。

先ほど触れたときはあんなに熱かった掌が、今はすっかり冷えきっていた。関節は凍りついたように固まって、喜一の手を握り返してくることもない。

指先から澄良の恐怖と不安が伝わってくるようだ。

雑踏の中を歩きながら、改めて澄良の祖父という存在に想いを巡らせる。喜一の祖父母は物心つく前に亡くなっており、そのひととなりもわからないのですぐにはぴんとこなかったが、澄良にとっての祖父は育ての親にも等しい人なのだ。

両親は多忙でそばにおらず、年の離れた兄と過ごす機会もほとんどない。そんな中、離れで澄良と寝食を共にして、箸の扱いや挨拶などの礼儀作法を教え込んでくれたのは祖父だった。囲碁や将棋も教えてくれたのだと澄良は嬉しそうに語り、尊敬していると臆面もなく口にしていた。若いくせにときどき古めかしくなる口調は祖父の物言いが移ったもので、それほど祖父が澄良に与える影響は大きかったということだ。

もしかすると両親や兄弟以上に澄良にとってかけがえのない人物かもしれず、ならばこれほど澄良が狼狽するのも納得がいった。喜一だって、唯一の肉親である父親が倒れて病院に運ばれたと聞いたときは、足の裏が地面に沈んでいくようでろくに歩けなかった。

長らく思い出していなかった過去の記憶が脳裏をかすめ、軽く奥歯を噛んだ。

当時のことはあまり思い出したくない。回顧を拒むように頭の芯に痛みが走る。

澄良にかける言葉も思いつかず、大きな体を引きずるようにしてなんとか電車に乗り込んだ。言葉少なに東京駅で降り、新幹線のチケットを購入する。

「澄さん、大丈夫ですか？」

声をかけるが、青白い顔で小さく頷き返されただけだった。相変わらず喜一に手を引かれてなんとか歩いている状態の澄良を見かね、喜一も入場チケットを買って新幹線乗り場の改札を通り抜けた。

エスカレーターを上ってホームに到着すると、ちょうど目的地に向かう新幹線が出発するところだった。ホームに出発を告げるアナウンスが響いている。

「澄さん、早く……！」

焦って澄良の手を引いたら、それ以上の力で引き返された。何事かと振り返った喜一は、そこで初めて澄良の顔が蒼白になっていることに気がつく。額に脂汗まで滲んでいた。

喜一の手を強く引いた澄良は、もう一方の手で口元を覆いホームの真ん中で立ち止まってしまう。

「す、澄さん、もしかして吐きそう、とか……」

澄良が頷くと同時に、ホームに発車のベルが響き渡った。

無理やり乗車させてしまうこともできたが、目的地に到着するまで四時間以上かかる。

一人で乗り込む澄良に無茶をさせるわけにもいかず、発車する新幹線を見送った。

人気の少なくなったホームに立って、喜一はそっと澄良の手を引いた。

「澄さん、ちょっとベンチに座りましょう」

まだ口元を手で覆ったまま俯いている澄良の手を取って近くのベンチに腰を下ろす。隣に腰かけ、つないだ手を離そうとしたら追いすがるように強く握り返された。

澄良の指先は冷たいままだ。喜一はゆっくりとその手を握り返し、携帯電話で新幹線の最終時刻を確認した。

（……まだもう一本ある。次が最終だ）

横目で澄良の様子を窺う。横顔からは血の気が引いて、視線は爪先の辺りに落とされたきり動かない。この調子で新幹線に乗れるだろうか。

「すみません、無理やり歩かせたから酔いが回ってしまいましたか……？」

澄良の顔がわずかにこちらを向いたが、視線は喜一に届く前に弱々しく落ち、深く瞼を閉じられてしまった。微かに顎を引いたのは頷いたのか、俯いたのか。項垂れるその姿が、どうしても過去の自分と重なってしまう。きっと自分もこうだった。

父親が倒れたとき、喜一は高校で授業を受けていた。

担任から呼び出され、職員室で病院の名前を教えられ、すぐ行った方がいい、とだけ言われた。あのときの心細さが十五年以上のときを超えて胸に迫ってくる。

職員室にはたくさんの大人がいるのに、誰もつき添ってくれる人はいない。当たり前だ、もう高校生だ。生徒の家庭の事情にいちいち首を突っ込んでいられるほど教員だって暇ではない。わかっていても見放されたような、ひどく無慈悲な扱いを受けた気分になった。頼る人もなく一人で学校を出たが、病院の名前を聞いただけでは最寄り駅がよくわからない。駅前でタクシーを見かけ、あれに乗ればいいのだとようよう思い至ってぎこちない仕草でタクシーを止めた。

車に乗り込んでから病院に着くまで、ずっと口元を手で覆っていた。今澄良がしているように。そうしないと乱れた息が、悲鳴か嗚咽（おえつ）にすり替わってしまいそうだったからだ。これからどうしたらいいんだろう。どうなるんだろう。何をしなければいけないんだろう。何が変わってしまうんだろう。何もわからないから怖かった。

大学受験の準備は大詰めで、志望大学の合格判定は安全圏。数日前に父親は「喜一も大学生になるんだし、これからはもっと身を入れて働かないとな」と笑っていた。

親子二人、進学するにはぎりぎりの生活だ。それでも父親がいてくれさえすれば続いていくはずだった道が、今まさに途切れようとしている。こんなにも唐突に、前触れもなく。

最悪の状況が頭を巡り、いっそのこと病院に到着する前にこのタクシーが交差点にでも突っ込んでくれればいいと思った。望まぬ現実を直視するくらいなら、ここで世界が終わってくれた方がまだましだ。

当時の記憶が脳裏に逆流して奥歯を噛む。

思い出したくない。父親が倒れてから葬儀を終えるまでの短い期間に味わったあんな絶望、記憶の中でさえ繰り返したくない。

だが、目の前には当時の自分と同じ顔をした澄良がいる。

(あのとき、俺は周りからどうしてほしかった？)

季節は冬の入り口で、タクシーの中は暖房がついていたが指先が冷え切っていた。運転手は無言で車を走らせ、車内はただただ静かだった。

あのとき、誰かに何か言ってほしかった。なんでもいい、一言だけでも。

海に潜るように息を止めて当時の光景を思い出していた喜一は、澄良とつないでいた手を軽く引く。澄良の指先に力がこもって引き留められたが、もう一方の手を澄良の手に重ねて言った。

「飲み物を買ってきます。すぐ戻りますから」

澄良の瞼がわずかに開いて、指先からも力が抜けた。喜一は立ち上がり、すぐそばの自動販売機で温かい緑茶を買う。三百五十ミリリットルの小さなペットボトルを一本。足りないだろうか。もう一本。長旅だ。三本買ってベンチに戻った。

澄良の隣に腰を下ろした喜一は、とりあえず二本の緑茶を自身の膝に置き、澄良の手を横から強引に掴んだ。冷え切った手に、買ったばかりのペットボトルを一本押しつける。

「大丈夫です！」

俯いていた澄良が、驚いたように目を開いてこちらを見た。押しつけられた熱に反応してばたつく指を、ペットボトルごと握りしめる。

澄良の目がしっかりとこちらを向いたことを確認して、「大丈夫ですから」と繰り返す。

「ご実家にはご両親も、お兄さんたちもいるんでしょう。新幹線は乗り込みさえすれば間違いなく貴方を目的地まで運んでくれますし、家に着いたらみんなが待ってます。家族でいろいろ相談もできます」

目を見開いた澄良を見詰め、喜一はきっぱりと言った。

「大丈夫です。みんないます」

病院に向かうタクシーの中で、高校生だった自分は誰かにこう言ってほしかった。

大丈夫だなんて確証がなくてもいいし、嘘でもいい。

自分には父親しかいなかった。不安で不安で、だからこそ、誰かに力強くそう言ってほしかった。

澄良は瞬きも忘れた様子で喜一の顔を見詰め、ややあってからゆっくりと息を吐いた。強張っていた肩から力が抜けていくのが傍目にもわかる。

「……ありがとう。少し、落ち着いた」

呟いて、澄良は互いの手に視線を落とす。

澄良の手に自身の手を重ねていた喜一は慌てて体ごと手を引いた。澄良の手が冷たすぎて放っておけなかったとはいえ、成人男性二人が新幹線のホームで手を取り合っているなんてさすがに目立つ。

「よければ、これもどうぞ」

膝の上に載せていた二本のペットボトルも差し出すと、ふっと空気が動いた。

「買いすぎだ」

澄良の頬に淡い笑みが浮かぶ。普段とは比べ物にならないくらい微々たる変化だったが、ほんの少しでも表情が和らいだことに安堵した。

澄良はいったんすべてのペットボトルを受け取ってから、一本だけ喜一に返してきた。

「お前も飲め。俺も一本飲んでから行く」

ほんの少し前まで新幹線に乗れるかどうかも危うく見えたが、この様子なら大丈夫そうだ。温かな緑茶に口をつける澄良の横顔には少しだけ血の気が戻っていて、密(ひそ)かに胸を撫で下ろして喜一もペットボトルの蓋を開けた。

二人して無言で緑茶を飲む。会話もないのでペットボトルの中身はあっという間に空になる。そのうち少しずつホームに人が増えてきて、澄良の乗る最終列車がやってきた。

終点の東京駅で、新幹線からぞろぞろと乗客が降りてくる。入れ替わりに清掃クルーが車内に入って清掃を始めた。澄良は自由席に並ぶ人の列に加わるでもなくそれを眺め、他の客が乗車を始めてからようやくベンチを立った。

「荷物、大丈夫ですか？　よかったら俺、預かっておきますけど」

スーツの入った大きな紙袋を肩から下げた澄良は、少し考えるような顔をしてから喜一に袋を差し出してきた。

「そうだな。すぐに使うものでもないし……頼めるか？」

受け取った袋は、想像していたよりずしりと重かった。

ホームのベンチに座っている間、澄良はほとんど何も喋らなかったが、胸の中には様々な言葉が渦巻いていたに違いない。不安は泥のように重く胸に溜まっているはずで、ならばせめて手荷物だけでも少ない状態で送り出したかった。

「こちらに戻ってくるときは連絡をください。すぐ荷物を返しに行きますから。もし急に必要になった場合は、住所を教えてもらえれば配送もできますし」

「いや、また連絡する」

小さなボディバッグとまだ栓を開けていないペットボトル一つという身軽な格好になった澄良は、列車に乗り込む直前で足を止めて喜一を振り返った。

「これは道中飲ませてもらうな」

「足りますか？　もう一本買ってきましょうか？」

急げばまだ間に合うのでは、と自動販売機に足を向けかけたが、澄良に「さっきまでさんざん飲み食いしてたから大丈夫だ」と苦笑交じりに止められてしまった。

口元に笑みを残したまま、澄良は囁くような声で言った。

「喜一、ありがとう」

行ってくる、と言い残し、澄良が新幹線に乗り込む。その背を押すつもりで「お気をつけて」と声をかけた。振り返った澄良がデッキから軽く手を振る。すぐにホームに出発のベルが鳴り渡り、列車のドアが閉まった。

最終列車が走り出し、あっという間に遠ざかる。ホームに立って列車を見送った喜一は、車内に立つ澄良の表情を想像して拳を握った。

遠い昔、父親が倒れたという一報を聞きつけタクシーで病院へ向かった自分のように、澄良が青白い顔で俯いていなければいい。

手渡したペットボトルが冷え切った澄良の手を少しでも温めてくれることを祈りながら、喜一は真っ暗な線路に目を向け続けた。


喜一は母親の顔を写真で覚えた。

古いアルバムに残っていた赤ん坊を抱く女性の姿。この人がお母さん、と父に優しく教えられ、自分でも何度かアルバムを見返してその顔を覚えた。だが、喜一が物心つく前に病で他界してしまった母の声はついぞ知らぬままだ。

父親は高校卒業後に就職して母と結婚し、少しずつキャリアアップしていった堅実な人だった。本当であれば大学に進学したかったが、家庭の事情でそれは叶わなかったという。

そのせいか、父親は喜一が幼い頃から学歴の大切さを説いてきた。

どうせ同じ時間働くのなら時給は高い方がいい。大きな会社に就職しようと思ったら絶対に学歴は必要になる。だから一生懸命勉強しなさい、と。

言うだけで終わらず、よく喜一の勉強も見てくれた。ひらがなやカタカナの練習につき合ってくれたり、川辺を歩きながら一緒に九九を諳んじたり、音読に耳を傾けてくれたり。喜一がテストで高得点を取れば我がことのように喜んでくれた。間違いだらけの答案を見せたときは一緒に正しい解法を考えてくれた。そういう人だったので喜一も勉強を嫌わず大きくなったし、学歴を大事にしてほしいという父の気持ちも素直に受け止められた。

中学生になると勉強にも本腰を入れるようになり、高校は進学校に合格した。

高校生になったらアルバイトをして家計を助けたかったが、校則でアルバイトは厳しく禁止されていた。周りの生徒はアルバイトどころか塾に忙しく、塾に通えない喜一は独学で授業についていくのが精いっぱいだった。

そのうち喜一の大学進学を見越し、父親が残業することが増えた。

申し訳ないと思ったが、難関と呼ばれる志望大学はもう合格圏内だ。大学を卒業して大きな会社に就職すれば父親に楽をさせてあげられる。そうしたら少しのんびりしてもらおう。そう自分に言い聞かせ、脇目もふらず勉強に集中した。高校時代はろくに友達も作らず、クラスメイトとも通り一遍の会話しかした記憶がない。

高校三年の夏を過ぎると、受験勉強に没頭するあまり父親との会話も減った。だから父親が体調を崩しがちだったことに気がつくことができなかった。

気づいたときには、父親は過労による心筋梗塞で倒れて病院に運ばれていた。入院から一晩もたずに他界した父を見送り、自分は一体何をしていたのだと項垂れた。父親と最後に交わした会話すら思い出せない。

不幸中の幸いは、父親の職場の人間が病院に駆けつけ、一時的に喜一の身の回りの世話を焼いてくれたことだ。

父親は生命保険の類に入っておらず、残されたのは喜一の進学に備えた貯金くらいだ。当面の生活はどうにかなるとはいえ大学に進学するのは難しく、すぐにでも働き口を見つけなければ早晩生活が行き詰まる。

そんな喜一に声をかけてくれたのは、父が勤めていた会社の社長だった。

けれど当時の喜一にはほっとできるだけの心の余裕すらなかった。長年積み重ねてきた努力が一瞬で水泡に帰してしまったのだ。指の間からすり抜けていったものの大きさに呆然とした。

こんなことなら進学校になんて通わなければよかった。そうすればアルバイトもできたし、父親も無理な残業をしなくてすんだ。最終的に父親と同じ会社に就職するなら高卒でもよかったのだ。どこか別の会社で実務経験を積み、中途採用枠で入社することだってできた。父親の口利きがあれば難しくはなかっただろう。

それなのに高望みして、周りも見ないでがむしゃらに上を目指して、突然はしごを外された。

焼き場の待合室で、最後に父親と交わした会話を思い出そうとしたがやはり思い出せなかった。「おはよう」だったか「行ってきます」だったか。もっと違う言葉だった気もする。朝は慌ただしくて互いの顔もろくに見ていない。

最後の日に限らず、ここ数年父親がどんな顔で自分を見ていたのかよくわからない。

学歴があった方がいい、と喜一に説いたのは父親だが、せめて大学ぐらいは卒業しておけという程度の意味で、喜一が校則の厳しい進学校に進み、難関大学に挑むことまでは予期していなかったかもしれない。けれど深夜まで黙々と勉強を続ける喜一を見たらそんなことも言い出せなくなって、喜一にアルバイトや家事をするよう促すことすらできなくなったのではないか。

期待されていると思っていたが、実際のところはどうだろう。父にとって自分は、もはや重荷であり足枷でしかなかったのではないか。

焼き場の外に出て駐車場の隅でしゃがみこんでいたら、爪先を蟻の行列が横切っていった。黒い集団に粛々と運ばれていったのは小さな蜂だ。

働いて働いて、最後は翅が破れて地に落ちた蜂を見下ろし、父と自分の末路を見た気がした。

最初から、働き蜂のように生きていればよかったのだ。働く理由を考えることなく、より大きな巣を目指すこともなく、与えられた場所でできる限りのことをすべきだった。そうしておけば、父はもっと穏やかな生活が送れたのではないか。

自分だって、友達もろくに作れず外出もほとんどしない、勉強漬けの高校時代を過ごさずに済んだ。あともう少しで指が届くと思っていた夢を、直前で取りこぼして呆然とすることもなかったはずだ。

何よりも、父親が亡くなったことに悲嘆しているのか自分の未来が砕けたことに絶望しているのか判別がつかなくて泣くこともできないなんて、そんな最低な自分の本性を見ずに済んだ。

蟻の葬列を眺め、虫になりたい、と思った。

希望もなく感情もなく、与えられた場所で黙々と働いて、最後は誰からも惜しまれることなく地下深くまで運ばれていく。

そうやって生きるため、父を亡くしてからはなるべく心を波立たせないように生きてきた。会社の人間とは必要最低限の接触しかせず、工場と本社、どちらの人間の肩を持つこともなく、ただ淡々とやるべきことをこなす。

死後の後片づけは最小限で済むように、自宅には極力物を増やさなかった。早く静かに死にたい。けれど自ら命を絶つほどの情熱もなく、じっとその日を待っていた。

「喜一！」と、明るく弾むようなあの声で名前を呼ばれるまでは、本当にずっとそう思っていたのだ。

ぶぶ、と羽虫が飛び立つような音がして、瞼の裏がうっすらと明るくなった。

眠りの底から意識が引き上げられる。瞼を上げれば、枕元に置いた携帯電話のディスプレイが青白い光を放っていた。

眩しい光が一段暗くなり、闇に溶ける直前、メッセージの差出人が目に飛び込んできた。澄良だ。

喜一は素早く瞬きをすると、寝転がったまま携帯電話に手を伸ばしてメッセージを確認した。送られてきた言葉は短い。『眠くて気を失いそうだ』と一言だけだ。

なんの前置きもない短い文を何度か読み返し、『今何してるんです』と送り返す。

『寝ずの番。線香が消えないようにつぎ足してる』

『朝までやるんですか？』

『誰か別の親族が来たら代わるが、基本は朝まで』

「……お疲れさまです」

我知らず、声に出して呟いていた。

通夜の夜、親族が代わる代わる線香を継ぎ足して故人を悼む風習があることはぼんやりと知っていたが、自分が父親を見送るときはそんなことをしている余裕もなかった。通夜も告別式もなく、父親は病院から直接焼き場に運ばれたのだから。

土曜の夜に澄良を見送ってから三日——今しがた日付が変わったので今日で四日か。

最終の新幹線に乗り込んだ澄良からメッセージが届いたのは、翌日未明のことだった。

『祖父ちゃん亡くなった。でも、最後に一回だけ目が開いた。間に合ってよかった』

澄良が、どんな顔でそのメッセージを送ってくれたのかはわからない。

泣いているかもしれないと思ったら電話をかけることは憚られ、喜一も労いのメッセージを返すにとどめた。

それ以降は連絡もなく、葬儀の準備で忙しくしているのだろうとこちらからも連絡はしなかったのだが、少しは気持ちが落ち着いたのだろうか。

『明日は告別式ですか』

そうメッセージを送ってから、もう明日ではなくて今日だな、と思う。寝入り端だったので少し頭の回転が遅い。間を置いて澄良からも返事が来る。

『そう。告別式の後に出棺。日曜に初七日法要やることになったから今週は帰れない。もうしばらくスーツ預かっといてくれ』

『わかりました』

『夜中に悪かった。おやすみ』

眠気覚ましに手を動かしたかっただけで、特に用事があったわけではなかったようだ。送られてきた言葉は普段とさほど変わらず、『おやすみなさい』と返して目を閉じる。

携帯電話の明かりが消えて室内が闇に呑まれた。いつの間にか雨が降り出していたらしく、カーテンの向こうから微かな雨音が聞こえる。木々のざわめきにも似た雨音に耳を傾けウトウトとしていたら、再び室内に携帯電話の明かりが灯った。

薄く目を開く。ディスプレイにポップアップで澄良からのメッセージが表示されていた。

『このまま実家に残ることになるかもしれない』

内容が頭に入ってくる前に、続けざまにメッセージが届く。

『こんなことになるなんて思ってなかった』

ガバリと身を起こしたところで今度は『メッセージを取り消しました』と表示され、先に送られてきたメッセージが消えた。

慌ててメッセージアプリを起動するも、やはりメッセージは削除されてもう見えない。

一瞬で消えた『実家に残る』という文章に胸がざわざわした。澄良の周りで何が起こっているのだろう。気になるが、すでにメッセージは削除されているので尋ねていいものかもわからない。

戸惑いながら時刻を確認する。ほんの数分だけ微睡んでいただけかと思いきや、実際は澄良におやすみなさいと返してからすでに一時間近くが経っていた。

喜一がとっくに眠りに落ちているであろうタイミングを見計らったように漏らされたそれは、きっと澄良の本音だ。

あの澄良が、ひどく弱っている。

普段の澄良なら落ち込むにしても、もっとわかりやすく「落ち込んだ、慰めろ」と迫ってくるところだ。そうはせずに吐き出した言葉をすぐさま引っ込めたのは、自分でも自分の本音を摑み損ねているせいかもしれない。

祖父が亡くなった。実家に残ることになるかもしれない。こんなことになるなんて。

身内の死を悼みながら、自分の行く末を案じている。そんな自分がひどく薄情に思えて打ちのめされた経験が喜一にもある。

喜一は布団の上に座り直して画面を凝視する。だが、澄良からはもうなんのメッセージも送られてこない。

しばらく雨音に耳を傾けてから、思い切って指先を動かした。

迷いながら言葉を選ぶ。途中、これは伝えるべきことだろうかと考え込んで何度も指が止まった。

自分の体験談など聞かせたところで慰めにはならないかもしれない。説教臭いと思われる可能性もある。自分は何を汲み取ってほしくてこの文章を打ち込んでいるのだろう。何が伝わる、と自問自答しながら書いては消しを繰り返し、ようやくのことでメッセージを送った。

送信ボタンを押した瞬間、画面にずらっと自分のメッセージが表示されてぎょっとした。打ち込んでいるときは気づかなかったがとんでもない長文だ。一度送信を取り消して、もう少し簡潔にまとめ直すべきかと思っていた矢先、メッセージに既読がついた。

こうなったらもう取り消すこともできず、観念して自分でも文章を読み返した。

内容の半分は自分の生い立ちだ。父と二人の生活、大学進学を目指したこと、受験直前で父親が亡くなり、明日に対する不安が先走って純粋に父の死を悲しめたかどうかわからなくなったこと。進学を諦めて父が勤めていた会社に入ったことも、思い描いていた人生から大きく外れてしまって何もかも諦めたことも全部書いて、最後にこう結んだ。

『でも澄さんは、どうか自暴自棄にならないでください。俺はこの通りうだつが上がりませんが、それでもこうして生きてます。どうにでも生きていけますから』

どうにでも、とは言いながら、澄良は東京の大手企業から内定をもらっていたのだ。指先に引っかかっていた夢を諦めるのは辛いだろう。閉鎖的な田舎で生きていく息苦しさから逃れられないのも苦しいに違いない。しばらくは立ち直れないかもしれない。

そうなったとしても貴方ならきっと大丈夫です、とこちらが決めつけてしまうのは横暴な気がした。だからせめてもと、自身の過去を伝えた。

自分は全部諦めて、虫のように生きると決めてなんとかこの場に踏みとどまった。ひどく後ろ向きではあったが、それでも生きている。こんなにも無様に。

情けない大人の話を聞いて、自分はまだましだと澄良が思ってくれればいい。そうして少しでも前を向いてくれるなら、過去を語ることに躊躇などなかった。

とはいえ、さすがに自分語りがすぎてしまったような気もする。

一応布団に横たわってみたものの澄良の反応が気になって眠れずにいると、ややあってから澄良から返信があった。勢いよく携帯電話を摑んで確認する。

『ありがとう』とだけある。

文字だけだと澄良の本心が伝わってこない。声を聞けば鮮やかに表情を想像することができるのに。本当にありがたく思っているのか、余計なことを言って面倒くさがられているのかわからず唸っていたら、すぐに新しいメッセージが届いた。

『声が聞きたいが、泣いてしまって電話もできん』

目を瞬かせている間に、次々とメッセージが飛んできた。

『泣かせにかかるな』『俺が取り消したメッセージ読んだな?』『不意打ちはよせ』『鼻水出てきた』『こっちは祖父ちゃんのそばから動けないんだぞ』

矢継ぎ早のメッセージに返事をする暇もない。

文字だけでは本心が伝わらないと思ったが、早々に前言を撤回した。息せき切って語りかけるような短いメッセージから、普段の澄良の声が聞こえてくるようだ。軽快に動く澄良の指先を想像して口元を緩める。

『また連絡していいか』

いくつも続いたメッセージの締めくくりはそんな言葉で、喜一は『もちろんです』と打ち返す。他愛のないやり取りで、少しでも澄良の気がまぎれれば何よりだ。

最後におやすみなさいと返してやり取りを終えようとしたら、先に澄良からメッセージが届いた。

『ありがとう。これまでしつこく迫って悪かった』

文字を辿っていた喜一の目がぴたりと止まった。脈絡のない言葉に目を瞠っている間に『おやすみ』とメッセージが来て、喜一も『おやすみなさい』と返さざるを得なくなる。

メッセージのやり取りが終わっても、喜一は携帯電話を握りしめたまま離せない。

もう一度、澄良から送られてきたメッセージを読み返してみる。

(『しつこく迫って』って……なんで今?　急に?)

このタイミングでそんなことを言われる理由がわからない。

どういう意味だろう。尋ねたいが、どう考えてもうタイミングを逃している。布団に入ってみたが、澄良の言葉の真意がわからず寝つけない。

外ではまだ雨が降っている。

しとしとと降る雨の音に耳を傾けながら明け方近くまで携帯電話を握りしめていたが、澄良からそれ以上のメッセージが送られてくることはなかった。

カレンダーをめくったら次の月がなかった。

何も驚くことはない。一年が終わり、新しい年が始まったのだ。

わかっていても俄かには信じられない。そのせいか会社の自席に置いた卓上カレンダーをなかなか片づけられず、初出勤から三日後にしてようやく去年のそれに手を伸ばした。

あれこれと予定の書き込まれた十二月のカレンダーを見詰め、喜一は肩を落とす。

(先月、澄さんから一回も連絡がなかった……)

始業まではまだ時間があったので、私用の携帯電話を取り出して確認する。最後にメッセージを送り合ったのは十一月の中頃。澄良の祖父が亡くなってから二週間が経ち、澄良がようやく東京に帰ってきた日だ。

新幹線が到着する時間を事前に教えてもらい、預かっていたスーツを持って東京駅に向かった喜一は、新幹線の改札口から出てきた澄良を見て息を呑んだ。

帰ってきた澄良は喪服を着ていた。

両手に大きな紙袋を持ち、喜一に気づいてわずかに微笑む。少し疲れたような、初めて見る笑顔だった。

「喪服の用意がなかったから向こうで慌てて買ったんだ。これからも使うことがあるだろうから持って帰れなんて家族に言われてな。荷物になるから着てきた」

少し休憩がしたい、と澄良に乞われ、駅の近くの喫茶店に入って話をした。

西日が射し込む窓際の席でコーヒーを飲む澄良を見て、急に大人びてしまったな、と思った。最後に会ったときから半月も経っていないはずだが、数年ぶりに会った気がしてしまうくらい澄良のまとう空気は重々しい。

その理由は、カップの中身が半分ほど減った頃澄良から切り出された話題で判明した。

「葬儀の後に家族会議みたいなもんがあってな。実家の経営状況が芳しくないらしい」

「ご実家って……旅館ですか」

「うん。俺は家を出てたから知らなかったが、だいぶ前から客足が遠のいてたらしい」

実家にいる間に家族と何度も話し合ったのだろう。現状を語る澄良の口調や表情はすべて受け入れた後のように静かだった。

　旅館経営を息子夫婦に任せて隠居生活を送っていた祖父は自分の資産を自分で管理し、預金や株などもそれなりに持っていたそうだ。その遺産でどうにか旅館を立て直せないかという話も出たようだが、いざ調べてみると祖父の預金はほぼ残っていなかった。株もほとんど売ってしまっている。

　調べたところ、祖父は昔馴染みの友人にかなりの額の金を貸していたらしい。相手は工場を経営していて、倒産の憂き目に遭って澄良の祖父に泣きついたようだ。

「貸した金はもう返ってこないだろうな。祖父ちゃんもそのつもりで貸したんだと思う」

　――貸した金は返ってこないと思え。惜しむなら貸すな。

　澄良の祖父の言葉だ。澄良自身それを実践して大学の友人に一万円を貸していたし、熱心に返済を迫っている様子もなかった。

　そんなことを思い出していたら、喜一の胸の内を読んだように澄良が苦笑を漏らした。

「俺も人に金を貸すときはそのくらいの心意気でいいと思ってたが、後に残された人間に少なくない影響を及ぼすことまで考えてなかった。駄目だな。俺はやっぱり、まだいろいろなところまで考えが至らない」

　目を伏せて呟いた澄良に、どんな言葉をかければいいのかわからなかった。まだ若いのだから仕方がない、なんて言葉はきっと慰めにもならない。

　澄良はカップに残ったコーヒーを見下ろし「旅館が苦しいことにもちっとも気づけなか

った」とぽつりとこぼす。

「俺も地元に戻って旅館の仕事を手伝った方がいいかもしれない。従業員を解雇して、家族で仕事を回せばなんとか……」

「でも澄さん、もう就職先は決まってるんですよね」

独白めいた言葉に無理やり割り込むと、片手で顔を拭うような仕草をされた。

「家族からも、俺は東京で働いた方がいいと言われた。でも、今戻れば旅館を立て直せるかもしれん」

「澄さんはそれでいいんですか？」

澄良はもう一度掌で頬をこする。べったりと張りついた疲労感を拭い落とそうとしているかのようだ。視線は斜めに落とされ、なかなかこちらを見ようとしない。

「子供の頃から、家のことは全部兄貴に任せて俺は好きにやらせてもらってきた。もう十分すぎるくらいだ。……だから迷ってる」

本心から地元に戻りたいわけではないのだろう。それでも家族を放っておけずに揺れている。

「喜一はどう思う？」

これこそ自分が口出しできる問題ではないと思っていたら、思いがけない質問が飛んできた。

絶句する喜一を見て、澄良は唇を中途半端に上げて笑う。

「もしお前が、そばにいてほしいなんて言ってくれたら、俺も迷わずに済むんだが」

喜一は膝の上に置いた手を握りしめる。

どこまで本気で言っているのだろう。わからなくて途方に暮れた。通夜の夜に送られてきた『しつこく迫って悪かった』というメッセージの意味すら問えないままだというのに。

悪かった、もうしない、お前のことは諦めた――そんな言葉が続きはしないかと身構えていたが、実際はまだ喜一を口説くような言葉を口にする。

けれど明らかに、澄良の表情や口調は今までと違う。以前は迷いもなくまっすぐぶつけられた言葉が、今はデッドボールぎりぎりの変化球のように感じる。本気なのか。それとも単に、東京に留まる口実が欲しいだけなのか。

何も答えられず硬直していたら、急に澄良が両手で顔を覆った。ごしごしと乱暴に手を動かし、ぱっと顔を上げる。

「悪い、冗談だ」

そう言った澄良は、これまでと変わらず満面の笑みを浮かべていた。

ホッとするよりも、急激な表情の変化に戸惑った。疲れた表情を無理やりこすり落として笑っているようにも見える。

やっぱり何も言い返せずにいると澄良の表情がまた少し変化した。コーヒーに垂らしたミルクがゆるゆると攪拌されていくように、笑みが弱く溶けていく。

「俺に強引に言い寄られるのは、やっぱり迷惑だったか？」

「いえ……っ」

泣くんじゃないかと思って、とっさに否定してしまった。

喜一の素早い反応に澄良は目を見開いて、その表情をまた変化させる。

「お人好しめ。そこで否定しないから俺なんかにずるずるとつきまとわれるんだぞ」

そう言って澄良は笑った。その日初めて見る、本心から砕けた表情だった。

「でもこれまでは本当に強引すぎたな。少し改める」

別れ際、澄良は喜一にそう言った。買い物があるから、と言う澄良と喫茶店の前で別れて、それ以来一度も澄良からの連絡はない。

（もう一月半も、なんのやり取りもしてない……）

他愛のないメッセージも来なければ、ゲームに誘われることもない。電話もかかってこない。

十一月中はまだ、葬儀が終わったばかりでばたばたしているのだろうと思っていられた。

だが十二月に入ってもなんの音沙汰もなく、さすがにそわそわし始めた。

澄良と出会ってからもう一年近く経つが、これほど長い期間なんの連絡も来ないのは初めてだ。よほど忙しいのか。もしや本当に実家に戻ることになったのか。気になって、先月は仕事中まで私用の携帯電話を取り出して澄良からの連絡がないか確認してしまった。

こちらから連絡をすればいいのかもしれないが、その後どうですか、というなんでもないメッセージを送るタイミングがわからない。

まだ家のことでばたついているのかもしれないし、卒論制作でこれから忙しくなると以前言っていた気もする。もしこちらで就職するとなればインターンなどもあるのではないか。多忙な時期に、急用でもないのに連絡をするのは気が引けた。

(それに、こんなに長い間連絡がないってことは、俺なんかと連絡取り合ってる場合じゃないって気がついたんじゃないか……?)

通夜の夜、『しつこくして悪かった』などと送ってきた時点でその兆しはあった。スーツを返しに行ったときも、これまでの強引さを詫び、改めると言った。

澄良の中で、何かの区切りがついたのかもしれない。

(諦めた、とか)

だとしたらますます喜一から連絡をするべきではない。このままふつりと縁が切れるのを黙って見守るのが一番だ。

始業時間がきて、喜一は携帯電話をスラックスのポケットにしまう。

いつかこんな日が来るとは思っていた。だからこそ澄良の告白を流し続けていたのだ。

自分の選択は正しかった。そのはずなのに、砂を嚙んだように口の中がざらついて仕方がない。

喪服姿で帰ってきた澄良に、そばにいてほしい、と言っていたらどうなっていただろう。あのときすでに、澄良の中から喜一に対する慕情が抜け落ちていた可能性はある。だが、たとえあの問いが東京に留まるための口実欲しさに発せられたものだったとしても、澄良の望む答えを返せていたら、今もメッセージのやり取りくらいはできていただろうか。

分厚いファイルを開いて板金の設計図に目を通していた喜一は、水底から浮いてくる泡のような思考に気づいてビクッと肩を震わせた。振動が軽く机を震わせて、向かいに座っていた三上がパソコンディスプレイの向こうから顔を覗かせる。

「田辺さん？　今、なんか音しましたけど……大丈夫ですか？」

喜一は片手で顔を覆い、大丈夫、と示すようにもう一方の手を立ててみせる。

実際はまったく大丈夫ではない。自分で自分の考えに驚愕(きょうがく)した。どうにか澄良から距離を置こうとしていたはずなのに、いざ澄良から連絡がこなくなったらこのざまとは。

今更のように後悔して、今にも途切れそうな澄良との関係を惜しんでいる。それでいて、もう一度澄良から告白されたところで応えられないのは目に見えている。

（なんにもできないくせに、どうなりたいんだ俺は……）

唸りながら席を立ってコピーを取っていたら、コピー用紙を詰まらせた。しかも何度紙を入れ直しても直らない。見かねた三上が手伝ってくれてどうにかこうにかコピーを済ませた頃には、午前の業務時間が終わっていた。

「田辺さん、最近なんか調子悪そうですけど風邪とか引いてます？」

昼休み、コンビニで買ったおにぎりを自席で食べていたら三上に声をかけられた。三上もコンビニで弁当を買っていたらしく、早々に空にした弁当箱に蓋をしている。

喜一はもそもそとおにぎりを咀嚼しながら、買い物袋に残っていた新しいおにぎりを取り出した。

「……よかったら食べます？　ツナマヨですけど」

「えっ、いいんですか？」

「買いすぎてしまったので」

ヤドカリのようにキャスターつきの椅子をゴロゴロと引きずって喜一の隣にやってきた三上は、喜一の手元を見て目を丸くした。

「買いすぎたって、田辺さん最初から二個しかおにぎり買ってないじゃないですか。本当に食べちゃっていいんですか？」

「もちろん、どうぞ」

「夕方にお腹減ったら言ってくださいね。俺、チョコとか机に忍ばせてあるんで」

喜一からおにぎりを受け取った三上がニコッと笑う。満面の笑みには親しさと幼さが滲んでいて、出会った当初の澄良の顔を髣髴させた。

（……何を見ても澄さんのことばっかりだ）

こうしていても、スラックスのポケットにしまっている携帯電話が気になって仕方がない。もしかしたら澄良から連絡が来ていないかと期待してしまう。

溜息をつきながらのろのろとおにぎりを食べ終え、ふと顔を上げると三上がじっとこちらを見ていた。

「本当に、具合悪かったら帰った方がいいと思いますよ？」

「そういうわけでは」

「だったら何か悩み事でも？　仕事のことだったら手伝いますけど」

「いえ、仕事は関係なくて……」

「個人的な話ですか？　話を聞くくらいだったらできます」

三上の表情は真剣だ。本気で案じてくれているのがわかるだけに軽々しく受け流すこともできない。

喜一はおにぎりの外装フィルムを手の中で固く丸め、迷って迷って、口を開いた。

「……大学四年生って、この時期はすごく、忙しいものなのかな、と」

語尾がだんだん窄(すぼ)まって、「思って」という最後の言葉はおにぎりのフィルムと一緒に手の中に丸め込まれてしまった。

三上はきょとんとした顔をして、喜一の卓上カレンダーに目を向ける。

「一月ですからね、そりゃ忙しいと思いますよ。学部にもよりますけど、だいたい卒論制作の追い込み時期じゃないですか？」

「卒論」

「俺は文系でしたけど、この時期はずっとパソコンに向かってましたよ。集中できないときは学部の友達とファミレス行ってお互いの作業を監視し合ったりして」

へえ、と喜一は溜息交じりに呟く。卒業論文という言葉は知っているが、実際にどんなものなのか見たことはない。書き上げるのにそんなに手間暇かかるものなのか。

「大学に行っていないから、この時期の学生さんのことがよくわからなくて……」

いつの間にか指先が緩んで、掌の中でフィルムがカサリと鳴る。指先だけでなく唇まで緩んでいたことに一拍置いて気がついて、自分自身驚いた。

会社で自分の過去を語ることなどこれまでなかった。学歴に関しては特にだ。

新卒採用される新人は全員大卒だ。自分だけ高卒だとばれたら恥ずかしい。馬鹿にされるかもしれない。そうやって必死で隠してきたのに、澄良のことで頭がいっぱいで他の感情がいっとき脇に追いやられてしまった。

そっと三上の様子を窺うが、こちらは喜一が高卒であることに頓着する様子もなく、「そうですねぇ」と記憶を掘り返す表情で腕を組んでいる。

「俺は何してたかなぁ。理系の友達は卒論発表があるとか言って大変そうでしたけど。うちは論文提出して終わりだったんで、この時期は卒業旅行とか行ってたかもしれないです。社会人になったら二週間とかまとめて休めないだろうから海外旅行行ったんですよ」

「学生時代に海外旅行を」

「最後に遊び尽くそうと思って忙しかったような気も……？」

澄良もそんなふうに最後の学生生活を謳歌していればいいのだが、実際はどうだろう。経済学部だと聞いているが、それが文系か理系かもよくわからない。

「経済学部って、理系ですか？」

「いえ、文系ですね。知り合いに経済学部の大学生でもいるんですか？」

「知り合いというか」

「恋人とか」

「まさか！」

ぎょっとして声を荒らげれば、口元に笑みを浮かべかけていた三上の表情が固まった。単なる軽口だったかと気づいたがもう遅い。三上の顔にゆるゆると笑みが上がる。

「恋人なんですか？」

「いえ、違います、本当に違います……」

「嘘だぁ、詳しく聞かせてくださいよ！」

嬉々として詰め寄ってくる三上をどういなせばいいのかわからず頭を抱えていると、事務所にどっと人が入ってきた。営業部の面々だ。

朝からずっと会議室で営業会議をしていたのは知っていたが、昼休みが半分近く終わるこの時間まで長引いていたらしい。先頭を歩くのは営業部長の厚澤と、この会議のために工場から本社に足を向けていた工場長の氷室だ。

二人は会議が終わってもまだ何か言い争っているようだったが、三上と喜一が膝をつき合わせているのを見て口論を止めた。

「お、ちょっと見ない間に三上はすっかり田辺に懐いたなぁ。いつの間に一緒に飯まで食うようになったんだ？」

「結構前からですよ」と返す三上を尻目に氷室も近づいてきた。眼鏡の奥の目を眇め、部品でも検品するような顔で喜一の顔を覗き込んでくる。

「田辺さん、また顔色がよくないのでは？　夏頃もひどい顔してましたけど……」

「え？　またってなんだよ」と厚澤まで身を屈めてくるので慌てて顔を背けた。

「今、田辺さんからお悩み相談を受けてたんですよ」

「……っ、み、三上さん！」

なぜか誇らしげに告げる三上を慌てて止めたがすでに遅く、厚澤が大きく目を見開いた。

「なんだよ、俺の方がつき合い長いのに田辺から悩み相談なんて受けたことないぞ！　俺も交ぜろ。あ、もう休み時間ないな？　よし、お前ら今夜は飲みに行くぞ」

「えっ、いえ、そんな……！」

「でしたら私も行きますよ」

信じられないことに氷室まで参戦してきた。いつもは厚澤が悪乗りすると真っ先に止めてくれるのに。

啞然とする喜一を見下ろし、氷室は眼鏡のブリッジを押し上げる。

「夏頃も少しふさぎ込んでいたでしょう。あのときは上手く聞き出せませんでしたが、田辺さん自身が喋ってもいいと思っているなら、ご相談に乗ります」

夏に声をかけてきたときは深く追及してくることもなかったのに、実は喜一の変化を気にしていたらしい。

「もちろん俺もご一緒します」と三上は善意しかない笑顔を向けてくる。厚澤と氷室はどこの飲み屋に行くか検討まで始めてしまった。

みんなして自分を心配してくれているのだと思うと強く止めることもできず、喜一は弱り顔で溜息をついた。

相談に乗るとは言われたものの、半分くらいは酒を飲みに行くための口実に使われたのだろうと思っていた。

そんな喜一の予想を裏切り、定時後に会社近くの居酒屋にやってきた厚澤、氷室、三上の三人は、最初の一杯を頼むや「で、どういう状況？」と喜一に詰め寄ってきた。

「今夜は無礼講だ。全部ここだけの話にしておくから、言いにくいことも言っちまえ」と厚澤に迫られ、四人掛けのテーブルの上座に無理やり押し込まれた喜一は「まずは料理を頼みましょう」とメニューの裏に逃げ込んだ。

忘年会や社内の打ち上げで会社の面々と飲むことはあっても、こんなふうに少人数の飲みに誘われることは珍しい。その上、今回の話題の中心は自分だ。常にない状況に困ってしまって、しばらくは料理や酒を頼むことに専念した。

こうなったらもう、何を訊かれても沈黙を貫くしかない。そう決意したが、さすが厚澤は営業部長なだけある。他人の懐に入るのが上手い。正面から強引に喜一の口を割らせようとはせず、会話を迂回させつつあの手この手で喜一から情報を引き出そうとする。

最初こそ喜一も澄良のことを「ただの知人です」とごまかしていたのだが、そのうち「友人です」と言い直すことになり、「本当はよくわかりません」と項垂れる頃には酒も進み、最終的には「迫られてます」と白状する羽目になった。

「一回りも年下の子に迫られるなんて、田辺も隅に置けないなぁ！」

「……やめてください。本当に、相手の気の迷いなんです」

「田辺さん、そんなふうに相手の気持ちを拒絶するのはかわいそうですよぉ！」

喜一の隣で声を張り上げている三上はすっかり酔っ払って目の周りが赤くなっている。

あまり酒に強くないくせに飲みたがるのだ。

向かいに座る厚澤もほんのり顔が赤くなっているが、こちらはまだ口調がしっかりしていた。その隣に座る氷室に至ってはまったく顔色が変わっていない。

こんなところで会社の人間に何を話しているのだろうとこめかみを押さえていると、ジョッキでビールを飲んでいた厚澤がテーブルに肘をついた。

「でもちょっと安心したな。恋愛で悩むなんて、田辺も年頃の男の子だったか」

「もう男の子という年でもありませんが……」

三十路を過ぎた男に使う言葉ではないと思ったが、厚澤は目尻に笑いじわを刻む。

「男の子だよ。田辺さんの忘れ形見だもん」

同じ田辺でも、田辺さん、と言うとき厚澤が頭に思い浮かべているのは、喜一ではなく亡くなった父親だ。

「俺、入社して間もない頃、田辺さんに新人教育してもらったんだよ。部署は違うけど、工場の動きも知っておいた方がいいからって。社会人のイロハは全部田辺さんに教えてもらったの。未だに感謝してるし、なんか恩返ししたかった。田辺さんからお前の話はよく聞いてたし、だから俺にとっちゃお前は、親戚の子ぐらいの気分なのよ」

ごく親しい者を見るような視線を厚澤から向けられ、喜一はぎこちなく会釈を返す。

厚澤が父から新人教育を受けていたという話は聞いていたが、そんなふうに自分を見てくれていたとは知らなかった。もしかすると気がついていなかっただけで、入社当時から喜一を気にかけてくれていたのだろうか。

（本当に、俺は全然周りが見えてなかったんだな……）

面映ゆい気分でビールを飲んでいたら、はす向かいに座っていた氷室が溜息をついた。

「厚澤さんがいつも無理をすればぎりぎり間に合う嫌なラインの納期をついてくるのは、田辺部長から余計な知識を吹き込まれたおかげでしたか」

「余計とか言うなよ。本当に無茶苦茶な要求は通さないだろ？」

「無茶苦茶ですよ、毎回毎回。田辺さんが調整してくれなかったらとっくに工場はパンクしてますからね。田辺さんにもっと感謝してください」

「俺だって結構頑張ってお客さんと納期交渉してるんだけどぉ？」

恒例の厚澤と氷室の口喧嘩を尻目に、三上が喜一に耳打ちしてくる。

「氷室さんっていつも厳しいイメージあったんですけど、こんな手放しに他人を褒めることもあるんですねぇ。さぁすが田辺さん、これは一回りも年下の大学生にだって惚れられるわけですよ！　きっと相手も本気ですってぇ」

舌足らずな口調の三上は完全に出来上がっているようだ。ここで話した内容も明日には半分以上忘れているのだろうと思えば、少しだけ口が軽くなった。

「こんなふうに氷室さんから褒めてもらえたのは正直意外で、嬉しいですが……でもやっぱり、俺なんて比べるべくもない相手なので」

「どんだけハイスペックな相手ですか、それ。そんなに田辺さんと違うんですか？」

「それはもう、天と地ほど」

「惚気（のろけ）ですか？」

「いえ、単なる事実ですね」

澄良の見目や家柄、内定が決まっている企業の名前などを思い出し、喜一は溜息をつく。

本当に住む世界が違う人なのだ。何より若い。いつまでも自分のような中年男を好きでいてくれるとも思えない。

「告白されて迷惑ですか？」

とろんとした目で三上に問われ、喜一は一つ瞬きをする。同じようなことを澄良からも訊かれた。あのときは何も答えられなかったが、時間を置いた今なら言える。

「いいえ。ちっとも」

もう澄良への恋心は自覚している。迷惑どころか嬉しかった。

足踏みしてしまったのは、澄良の恋人としてずっとそばにいられるのだと期待した後、その手を放されるのが怖かったからだ。望んだ未来に指がかかったと思った瞬間、ぐらりと足元が傾いて地に落ちる怖さを喜一は知っている。

なりふり構わぬ好意に応えることに怖気（おじけ）づいた。そして、こんな臆病な自分が澄良の隣にいるのはやはりふさわしくないのではないかと思ってしまった。

「好きならつき合っちゃえばいいじゃないですか！」

三上は酔っ払いらしく最短距離で答えを出そうとする。それまで氷室と口論をしていた厚澤まで一緒になって「そうだそうだ」とはやしてきた。

「でもつき合ってしまったら、もし相手が俺と別れたくなったとき、自分から告白してきた手前別れを切り出しにくくなってしまうのではないかと……」

「お前にとっちゃむしろ好都合じゃん」

「とてもそうは思えません。本当に、すごくちゃんとした人なんです。俺なんかとつき合ったら、相手の未来や選択肢を狭めてしまうのではないかと……」

「若いのに後ろ向きだなぁ。弱音を吐くのはやれるだけやってからにしろって！」

氷室も焼酎を飲みながら「そうですよ」と珍しく厚澤に同意した。

「相手と比較して自分に足りない部分があるという自覚があるのなら、それを補うことだってできるのでは？　田辺さんの努力次第だと思いますが」

非常に前向きな発言に胸を衝かれた。一人で考え込んでいても自力では出てこなかっただろう発想だ。

「ていうか、田辺さんちょっと自意識過剰じゃないです？」

三上も横から身を乗り出してきて、喜一は軽く身をのけ反らせた。こちらを見る三上の目は完全に据わっている。

「じ、自意識過剰でしたか？」

「ですよぉ！　自分の存在一つで未来を変えられるほど他人の人生コントロールできるとでも思ってんですか？　その相手、超ハイスペックなんでしょ？　どんなお荷物背負ってたって、きびきび自分の行きたい方に進んでっちゃうと思いますけど」

　これもまた、自分では絶対に思い至らなかった考えだ。しかし考えてみれば、相手はあの澄良なのだ。確かに多少の困難くらい蹴散らしていく気もする。

　考え込んでいたら、厚澤が「おおい！」と身を乗り出してきた。

「三上ぃ、お荷物ってまさか田辺のことか？　さすがに失礼だろそれはぁ！」

「言葉の綾ですよ！　今日は無礼講だって言ったの厚澤さんじゃないですか！」

「だとしても、最近の若者は言葉に遠慮がないですね」

「やめてくださいよ、氷室さんまで！　違いますから！　俺だって田辺さんのこと頼りにしてますし、応援したいんです！」

　身をよじるようにして叫んだ三上に、それはそうだ、と厚澤と氷室も頷いている。

　こんな会話を聞いているだけで、もう十分背中を押してもらっていると思った。

「田辺さんも、もう認めちゃったらどうです？　好きなんですよね？」

　気がついたら「はい」と返事をしていた。

三人から、よく言った、とばかり無言で拍手を送られる。全員だいぶ酔っている。

自分も大概酔っていることを自覚しながら、喜一は本音を口にした。

「最初は随分子供っぽい人だと思っていたんです。でも短期間でどんどん成長していくので圧倒されてしまって……。俺はもういい年ですし、これからの成長も見込めませんし、なんだか置いていかれそうで、怖いんです」

いやいや、と力強くそれを否定したのは厚澤だ。

「田辺はちゃんと成長してるよ。こうして周りに相談できるようになったんだから。ちょっと前だったらどんだけ突っついても個人的な話なんかしなかっただろ？」

そうですよ、と三上も追従する。

「俺だってめちゃくちゃ田辺さんのお世話になってます！　でも最初からじゃなかったですよね。去年くらいから、頑張って俺に話しかけようとしてくれたじゃないですか！」

「工場と本社との折衝だって年々手堅くなってます。今後が楽しみですよ」

氷室まで声を揃えてくれて、さすがに照れくさくて三人の顔を見られなくなった。

自分は変われたのだろうか。だとしたら、そのきっかけを作ってくれたのは澄良だ。

三上と会話をすることになったのは澄良の勧めがあればこそだし、今日だって、澄良のことでなければこんなに明け透けに会社の人間に相談することなどきっとなかった。

澄良と出会ってから、その底なしの明るさに引きずられるようにして自分も少しずつ前に進んでいる。そんな感覚がある。

成長とは言えないくらいの微々たる変化かもしれない。それでも、少しくらい胸を張ってもいいだろうか。

ようやく澄良の告白を真正面から受け止めようと思えたが、肝心の澄良からの連絡がない。喜一に対する関心などとっくに消えてしまっているのかもしれない。

そちらの方がいいとも思う。澄良ならば、もっとふさわしい相手がいくらでも見つかる。喜一にしたって、いつか澄良から手を放されるくらいなら端からその手を取らない方が傷は浅くて済むのだ。

でも好きだ。こんなに未練がましく澄良のことを考えてしまうくらいには。

澄良はどうだろう。連絡が来ないという事実が答えのようなものではないか。

酔ってぐらぐらする頭で、想いは何度も翻る。

「せめてちゃんと自分の気持ちは相手に伝えとかないと後悔するぞ！」

もう誰がどの順番で喋っているのかもわからないくらいぐちゃぐちゃになった卓上に、厚澤の張りのある声が響く。そうだ、そうですよ、と三上と氷室の声が重なって、喜一は唇を嚙みしめた。

何一つ答えは出ない。だが、澄良に直接想いを伝えられる機会は今しかない。

喜一は澄良の自宅も、実家の住所も知らない。メッセージアプリという細いつながりが切れてしまえば、もうそれっきりになってしまうのだ。

「伝え、ます！」

かなり酔っている自覚はあったが、今日ばかりはその勢いに頼って宣言した。

わっと厚澤たちが歓声を上げる。完全に面白がっている。だが、喜一の背中を懸命に押そうとしてくれているのは伝わってくる。

がんばれ、と声を重ねる酔っ払いたちの声が、こんなに心強く感じたのは初めてだった。

酔った勢いで厚澤たちに決意表明したその翌日、喜一は決死の覚悟で澄良へメッセージを送った。

『直接会って少しお話をしたいのですが、お時間いただけますでしょうか』

ほぼ仕事のメールに近い内容だったが、本当に伝えたいことは会って直接告げたかった。

後はもう、澄良から連絡が来るかどうかだ。

会社から帰ってすぐに澄良にメッセージを送ったが、返事はなかなかこなかった。

これまでは澄良から来るメッセージに返信するばかりで、喜一からメッセージを送るのはこれが初めてだ。それだけに通常の澄良のレスポンス速度がわからず気が気でない。

深夜になって布団に入っても返事は来ず、もうとっくに澄良から見限られていたのかもしれないと落ち込みかけた頃、ようやく返信が来た。

『いいぞ。いつだ？』

喜一は飛び起きて何度も画面を確認する。まずは返事があったことに安堵したが、なんだか文面が素っ気ない気がする。うろたえながらも、『今週の土曜日はどうでしょう』と送ると、思ってもない返答があった。

『今実家に戻ってる。土曜にそっちに帰る予定だ』

胸の奥がひやりと冷たくなる。地元に帰っているということは、旅館を手伝うという話が現実味を帯びてきたのだろうか。ここであれこれ尋ねていいものか、そもそも会う日を変えるべきか、悩んでいたら立て続けにメッセージが届いた。

『遅くなりそうだから直接喜一の部屋に行ってもいいか？』

『構いませんが、他の日がよければ変更します』

『大丈夫だ。こっちを出るときまた連絡する』

そこでメッセージは途切れ、それ以降特にやり取りをすることもなく約束の土曜を迎えてしまった。

朝から落ち着かない気分で連絡を待っていると、昼頃になって澄良から『十八時過ぎの新幹線に乗る』と連絡があった。

『東京駅ついた』とメッセージが来たのは二十二時を過ぎる頃だ。在来線に乗り換えて、喜一のアパートの最寄り駅までさらに三十分。

駅まで澄良を迎えに行った喜一は、改札から出てくる人の中に澄良を見つけて息を詰める。久々に澄良を見るときはいつも、心臓が一回り膨らむ心地がする。

澄良は黒のハイネックにダークグレーのチェスターコートを着て、小さなボディバッグ以外の手荷物もなく改札を出てきた。こちらに気づくと目元を緩め、大きな声で喜一を呼ぶ代わりに唇から白い息を吐いて手を上げる。

少し会わない間に大人びた。そんなことをこの一年、澄良に会うたび考えている。

「すまん、こんな遅い時間に」

大股で近づいてきた澄良を直視できず、喜一は会釈をする振りで視線を下げる。

「いえ、俺こそ急にすみません。ところで、新幹線を降りて直接ここまで来たんですよね？　その割に荷物が少ないみたいですけど……」

「先月からもう何度も行き来してるからな。あっちにも適当な着替えは揃えてあるし、ほとんど手ぶらで移動してる」

「そんなに頻繁に行き来してるんですか」

「四十九日だ納骨だといろいろな。旅館も年末年始は忙しいし、法事の手配くらいは手伝わせてもらった。喜一はどうしてた？　会社の後輩とは仲良くやってるか？」

アパートに向かう道すがら、澄良はこれまでと変わらぬ調子であれこれ尋ねてくる。長いことメッセージのやり取りすらなく、喜一に対する興味など失ってしまったのかと思ったが、こちらの返事を待つ横顔は嘘ではなく楽しそうだ。

ほっとしたが、明るい街灯の下を通りすぎ、暗がりに足を踏み出す瞬間の澄良の顔には隠しがたい疲労が滲んでいる。少し痩せただろうか。滑らかな皮膚に覆われた頬骨のラインが以前より浮き上がっているようにも見えた。

頻繁に新幹線で長距離移動をしているのだ。親族間での深刻な話し合いも続いているのかもしれない。実家に戻るという話はどうなったのだろう。

澄良が地元に帰ってしまったら、きっともう顔を合わせることもなくなるだろう。澄良からの告白も、喜一が答えを返すまでもなくうやむやになってしまいそうだ。

「それで、今日はどうした？　喜一から声をかけてくるなんて珍しいな」

アパートの前までやってきたとき、いよいよ核心に迫る質問をされた。事前に答えは用意していたが、部屋で落ち着いてから話をしたい。「最近澄さんから連絡がなかったので、どうしているかと思いまして」とまずは当たり障りのない言葉を口にする。

「そうだな。喜一には新幹線ホームまで見送ってもらったりスーツを預かってもらったり、あんなに世話になったのにその後の報告もしないで悪かった」

「えっ？　いえ、決して謝ってもらうようなことでは……！」

身内が亡くなったのだから忙しかったのは当然だ。責めるつもりなど毛頭ない。

「ただ俺が気になっただけで……。忙しい時期に声をかけてしまってすみません」

「いや、俺も喜一に会いたかった」

さらりと口にされた言葉に動揺して、アパートの鍵を取り落としそうになった。背後に立つ澄良の表情が猛烈に気になったが振り返るだけの度胸はなく、俯き気味に玄関の鍵を開けて澄良を部屋に招き入れた。

澄良を奥の部屋に通し、前回自宅に招いたときと同じくインスタントコーヒーを淹れる。マグカップを手に部屋に戻ると、澄良はローテーブルの前に腰を下ろして窓辺を見ていた。そこには父と一緒に拾った石と、澄良が地元の川辺で拾ってきてくれた石が二つ並んで置かれている。

せっかくだからと澄良からもらった石も窓辺に飾っていたが、今となってはそんな自分の行動が恥ずかしい。澄良からの連絡が絶えてから、たまにあの石を掌に置いてはひやりとした感触に寂しさを覚えていただけになおさらだ。

「これからのことは決まったんですか？」

石のことに言及される前に、澄良の前にマグカップを置いて切り出した。

もしかすると春から澄良は地元に帰ってしまうかもしれない。緊張した面持ちを必死で隠して答えを待つ喜一に、澄良は焦らすこともせず端的に答えた。

「俺は東京に残ることにした。こっちで就職する」

そう告げた澄良の顔には、微かな笑みが浮かんでいた。そこに憂いの表情がなかったことに、まずは肩の力を抜く。

「そうですか……」

よかった、と本音を漏らしそうになって寸前で呑み込んだ。だからと言って澄良が未だに自分に好意を持っているとは限らない。押し寄せる現実問題に対処するうちに、ふわふわした恋愛感情など水をかけた綿飴のように消え失せている可能性は大いにある。

「最近連絡もなかったので、てっきり、地元に残る準備でもしているのかと……」

探りを入れるようで気恥ずかしかったが、急に連絡をくれなくなった理由が気になった。こんな他愛のない一言でもこちらの想いが伝わってしまいそうで背中にぶわりと汗をかいたが、澄良は喜一の緊張には気づいていない様子でのんびりとコーヒーを飲む。

「卒論で忙しくてな。十一月にはレジュメを作って、今月末には本論を提出しないといけないのに、祖父ちゃんが死んでからほとんど大学に通えなくてスケジュールが狂った」

「だ、大丈夫なんですか、それ」

「年末に死に物狂いで挽回したから安心しろ。本論はほぼ書き上げたし、二月の発表用にスライドも作ってる。他の奴らより余裕があるくらいだぞ」

自慢げに胸を張る澄良には、少しだけかつての無邪気さが漂っていて唇が緩んだ。

十二月は祖父の法要のほか、旅館の仕事も手伝っていたらしい。朝から晩まで慣れない仕事に忙殺され、喜一含めて東京の友人たちに連絡する暇もなかったそうだ。

コーヒーをまた一口飲んで、澄良は目を伏せる。

「実家もかなりバタバタしててな。申し訳ないが、従業員も何人か解雇することになった。俺も実家に帰ってしばらく無給で働くべきかと思ったが……それは商売をする上で健全ではない気がしたんだ」

マグカップの中に視線を落として澄良は続ける。

「旅館が持ち直したとしても、家族に負い目を抱かせてしまいそうで嫌だった。そもそも実家に帰るのは家族に止められてたしな。だったら俺は東京で働いて、生活をぎりぎりまで切り詰めて実家に仕送りでもした方がいいんじゃないかと思った」

そこまで言ったところで、張り詰めていた澄良の表情が緩んだ。眉を下げ、少し情けない顔になる。

「そもそも俺が旅館に戻ったところでろくな仕事もできないしな。兄貴みたいに子供の頃から旅館の仕事を仕込まれてたわけでもない。年末に手伝いをしたとき痛感した。できてせいぜいアルバイト程度のことだ。だったらやっぱり、今もらってる内定を蹴るべきじゃない」

澄良が内定をもらったのは喜一だって知っている大手企業だ。喜一がどれほど粘っても入れるわけもない狭き門のチケットを澄良は手にしている。手放すべきではないと自分でも気がついたらしい。

「俺は自分にできることをする。だからここで、一人で踏ん張るつもりだ」

自分に言い聞かせるような口調に耳を傾け、澄良の中にも多少は地元に帰りたい気持ちがあったのだろうかと想像する。

祖父という精神的な支えを失ったのだ。家族に寄り添ってほしくなっても不思議ではない。急速に大人びたとはいえ、澄良だってようやく二十歳を過ぎたばかりなのだから。

それでも澄良は一人で東京に残ることを決めた。家族のために。

(俺の話どころじゃなくなるのも当然だ)

神妙な顔で話を聞いていたら、その表情をどう読み間違えたのか澄良が一段声を高くした。

「でもな、いい話もあったんだぞ。祖父ちゃんが金を貸してた相手が、葬式の後に金を返しにきてくれたんだ。全額ではないにしろ誠意を見せてくれた。あとな、旅館の規模は縮小することになった。今までは高級志向すぎたとかで、もう少し手軽に利用できるカジュアルな宿に方向転換するらしい。そのあたりは義姉さんが采配を振るってくれてる」

澄良の家の話を聞いて喜一が落ち込んでしまったと思ったらしい。「大丈夫だぞ」と真顔でつけ足され、他人の心配をしている場合ではないだろうにと苦笑した。

喜一の表情が緩んだことにホッとしたのか、澄良はテーブルに肘をついて少しだけ姿勢を崩した。

「でも今回のことがあって、実家という後ろ盾があったから気楽に東京で生活ができていたんだなと痛感した。一人暮らしを始めて大人になった気でいたが、それこそ子供じみた考えだった」

語尾を溜息で溶かし、澄良は喜一に目を向ける。

「お前が振り向いてくれないのも当然だ」

どきりとして、思わず背筋を伸ばしてしまった。わざと避けているのかと疑うくらいにまったく触れていなかった話題が急に飛び出したのだ。急速に心臓が速度を上げて、上体が微かに揺れてしまう。

澄良は喜一の顔を見詰めたまま口を開く。

「高校卒業前に家族を亡くして、一人で生活してきたんだもんな。お前は……いや、お前なんて呼ぶのはおこがましいか。貴方は俺より、ずっと大人だった。年齢以上に。今更ですが、これまでずっと失礼なことを——」

「やめてください、敬語なんて。今まで通りがいいです」

澄良から急に距離をとられたようで血の気が引いた。

ようやく現実が見えました、これまでつきまとって申し訳ありませんでした、なんてよそよそしい言葉で澄良が離れていってしまいそうで怖い。引き止める声には必死さが滲んでしまい、我ながら余裕がないと唇を噛んだ。

今まで通りと言われた澄良は目を丸くして、ふっと苦笑じみた笑みをこぼした。

「いいのか、こんな世間知らずの子供に傍若無人な態度をとられて。ここまでくるとお人好しというより物好きの境地だな。それとも大人の対応か？」

口調が元に戻って、ほっとした。

部屋も暖まってきたし、そろそろ本題を切り出さなくては。喜一は姿勢を正して膝の上に両手を置く。

「澄さんは世間知らずな子供なんかじゃないです。この短期間で本当に成長してます。さっと俺なんてあっという間に追い抜いて、俺よりずっとちゃんとした大人になります」

「喜一だってちゃんとした大人だろう」

膝に置いた手を強く握りしめ、喜一は首を横に振った。

「俺は、父親が亡くなったあのときからずっと立ち止まったきりで、全然成長なんてできてません。本当は大学に行きたかったとか、もっと大きな会社に勤めたかったとか、叶わなかった夢をまだ手放せないで、だからといって何か行動する情熱もないんです」

大検を受けるとか転職をするとか、夢に近づく方法ならいくらでもあったが、動き出すことはしなかった。

「これ以上、夢を見るのが恐いんです」

すでに喜一の生い立ちを知っている澄良は、余計な質問もせず相槌を打つ。動じないその雰囲気に安心して、いつになく口が軽くなった。

「澄さんに口調を改めてもらおうとしないのも、大人の対応なんかじゃないんです。ゲームを始めた頃、澄さんたちに年下扱いされるのがくすぐったくて、大学の先輩と後輩はこんな感じなのかな、なんて思えて、憧れの大学生活を少しだけ体験できるようで嬉しかっただけなんです」

喜一は自身の膝頭に視線を落とす。これまでさんざん澄良を子供扱いしてきたくせに、自分こそまったく大人になれていない。こんなにも子供っぽい理由で澄良の傍若無人な態度を許していたと知ったら、澄良だって拍子抜けするのではないか。

でも、言わなくては。今日は全部打ち明けるつもりで澄良を呼び出したのだから。

「俺の時間は、大学を諦めたあの頃で止まってます。何かに期待する怖さも払拭できません。だから、ずっと、貴方の告白にも正面から向き合うことができませんでした」

「ようやく向き合う気になってくれたってことか?」

割り込んできた澄良の声はいつもより硬かった。恋心などすでに鎮火しているのかもしれない。蒸し返す必要もなかったか。不安で心臓を削られながら、弱々しく口を開く。

「……もう、その必要もないなら、これ以上は」

「必要だ」

言葉尻を奪われて目を見開いた。

まだ自分の答えが必要なのか。でもなんのために。想いを受け入れてもらうためなのか、あるいはここで何かの区切りをつけるためなのか。

どちらにしろ、澄良が答えを待っている。俯いたまま口を開いた。

「ときどき思うんです。俺が大学進学を諦めていれば、父は過労で倒れることもなかったんじゃないかって。でも父は、自分が進学を勧めた手前俺を止めることができなくて、それで無理をしすぎたのかもしれません。きっと俺は父にとって重荷で、足枷でしかなかったんです」

澄さんも、と、喜一は掠れた声で続ける。

「いつか俺のこと、足枷のように思う日が来ると思うんです」

室内に、エアコンの音が低く響く。

澄良はしばらく何も言わなかった。喜一の言葉を反芻して、確かにそうだと納得しているのかもしれない。あるいはこのタイミングで告白を引っ込める算段をしているのか。

話を続けていいものか迷っていたら、澄良が「足枷か」とぽつりと呟いた。

「喜一は大手に就職したら、どんな仕事がしたかったんだ？」

唐突な質問に驚いたが、澄良の声には呆れも苛立ちもない。穏やかな声に促されるまま当時の記憶を辿る。大学に進むべく必死で勉強だけしていたあの頃、大きな会社ということ以外、就職先は具体的に想像できていなかった気がする。

「わかりません。ただ、物作りをしている会社に行きたいとは思ってました」

「技術者志望？」

「いえ、技術というより、社内で品管のようなことを……」

「技術でも企画でも営業でもなく、品管か。結構渋いチョイスだぞ」

「父が品管で仕事をしていたので自然と」

「親父さんの仕事、尊敬してたんだな」

澄良がしみじみとした声でそんなことを言うので、思わず顔を上げてしまった。

テーブルに頬杖をついた澄良は、口元にゆったりとした笑みを浮かべて言った。

「じゃなかったら真っ先に出てこないだろ。品質管理の仕事がしたいなんて」

確信に満ちた口調に背を押され、当時の心境を振り返る。

子供の頃から父親はずっと品質管理部で働いていた。どんな仕事なの、と尋ねたとき、父はあれこれと言葉を尽くして自分の仕事を語ってくれた。

品管の仕事は多岐にわたる。納入された板金にキズや寸法違いがないか、各工程に遅れはないか、以前指摘されたミスが再発していないか、完成品に不具合はないか、残部材に過不足はないか。

基本的には問題の予防に努める部署だが、万が一問題が発生した場合は営業と一緒に現場に駆けつけ、一刻も早くその原因を突き止めなければならない。なかなか再現しない不具合に四苦八苦し、報告書を書き上げ、工場に再発防止を徹底する。

大変だ、と言いながら、父はいつも笑っていた。大変だけれど、やりがいのある仕事なのだろう。子供心にそう理解して、だからどんな会社に行きたいかは具体的にイメージできなくても、父と同じような仕事をしたいとはかなり早い段階から思っていたはずだ。

澄良は喜一と視線を合わせると、目元の笑みを深くした。

「親父さん、嬉しかったと思うぞ」

確信を込めた口調に、固くねじ止めされていた記憶の蓋がわずかに開く。

大学は機械工学科を目指していた。学校に提出する進路調査表を眺めた父親は、澄良と同じように「技術者を目指してるのか？」と尋ねてきて、深く考えもせず「品管の仕事がしたい」と答えた。

あのときの、父の顔に浮かんだ満面の笑み。

あまりにもささやかで、長く忘れていた記憶が急に浮上して息が詰まった。無理に声を出したら別のものまで溢れてしまいそうで唇を引き結ぶ。

喜一がしばらく喋れそうもないことを察したのか、澄良はテーブルに肘をついたまま気負いもなく話を続ける。

「そういえばさっきは随分と俺を持ち上げてくれたが、俺が成長してるなら、ほとんど喜一のおかげだぞ」

わずかに喉を震わせただけで反論もできない喜一を見遣り、澄良はここぞとばかりに言葉を重ねてくる。

「これまで勢い任せに迫ってきた自覚はある。押すしか能のないガキの俺を適当に言いくるめて突き放すことだってできただろうに、喜一はそれをしなかった。頭ごなしに拒絶しないで、ちゃんと俺に考える時間をくれたし、行動を改めるきっかけもくれた。あれこそ大人の対応だったと思う」

声が出せないので、喜一は首を横に振る。自分はただ、答えが出せずにはぐらかしていただけだ。そう伝えたいのに、澄良は肩をすくめてみせただけだ。

「初めてマッチングアプリの相手に会ったときも、お前が助けに入ってくれなかったらと思うとぞっとする。きっと人間不信になって二度とアプリに触ることもなかっただろうし、ゲイバーに通おうなんて気にもならなかった。友達に一万貸して、自分の器のデカさに悦に入って、親のすねかじって生活してるくせに自立した気になって、甘ったれたまま社会に出て潰れてたかもしれん。祖父ちゃんの死に目にだって、お前がいなかったら間に合わなかったかもしれないんだぞ」

喉の震えが治まっても、澄良がよどみなく語り続けるものだから割って入る隙がない。なんとか唇を開いてみたが、澄良が急に姿勢を正したので声を引っ込めてしまった。

「新幹線のホームで、現実を見るのが恐くて逃げ出しそうになってた俺の背中を押してくれてありがとう。おかげで最後に祖父ちゃんと会えた。通夜の夜も、喜一が送ってきてくれたメッセージにどれだけ励まされたかわからん。本当に泣いたぞ、あのときは」

ありがとう、ともう一度言って、澄良が深々と頭を下げてくる。

そんなことをしてもらうほど大層なことなどしていない。身を乗り出して「やめてください」と切れ切れに訴えたら、ようやく澄良も顔を上げてくれた。

「俺も喜一みたいな大人になりたい」

顔を上げるなり、まっすぐに喜一を見て澄良は言った。

「俺みたいに周りの見えてないガキにそう言われるのは迷惑か？　それとも重いか。枷になるか？」

「まさか、誇らしいです」

とっさにそう答えていた。誰かが自分の背中を追いかけてくれるなんて迷惑どころか嬉しいに決まっている。

即答した喜一を見て、澄良は満足そうに笑った。

「喜一の親父さんもそうだったんじゃないか？」

あ、と小さな声を漏らす。まんまと澄良の誘導する方に思考を着地させられてしまった。こんな言われ方をされたら、澄良の言葉を否定できなくなる。信じたくなってしまう。

父親の胸にもこんな誇らしい気持ちがあったのなら、無意識にその背中を追いかけてきた自分の苦労も報われる。

目の奥が熱くなってきて、喜一はそれをごまかすように何度も瞬きを繰り返した。

「やっぱり、澄さんの方がもう、俺より大人です……」

「成長目覚ましいだろう」

澄良が自慢げに胸を反らす。他人の評価を丸ごと受け入れられるこの無邪気さと器の大きさは見習いたいくらいだと思っていたら、澄良がテーブル越しに身を乗り出してきた。

「でも喜一だってどんどん変わってるぞ。これまでゲームに触ったこともなかったくせに、後輩がしょぼくれるからって理由だけでコントローラーを持つのがもう、新しいことへの挑戦だろう。俺たちのアドバイスにも律儀に耳を傾けるし、ちゃんと吸収するしな。その素直さは貴重だ。後輩にも自分から声をかけたんだろ？　それで目線も変わったし、他の社員との関わり方だって少しは変わったんじゃないか？」

厚澤や氷室も交えて飲みに行ったことや、個人的な相談をしたことなどは伝えていないはずなのに、澄良は何もかも見透かしているような口調だ。

「喜一が成長したいと思ってるならできるだろ。よく祖父ちゃんも言ってたぞ。成長は止まらんって。祖父ちゃん自身、祖母（ばあ）ちゃんが亡くなってから手料理覚えた人だからな。朝と昼はちゃんと自分で作ってたし、俺にも作り方を教えてくれた」

澄良はどこか懐かしそうに目を細め、迷いのない口調で言った。

「俺は祖父ちゃんのあの言葉を信じてるし、お前のことも信じてる」

澄良が誰より祖父を慕っていたことがわかるからこそ、そこに自分を並べられることにうろたえる。まともに澄良の顔を見ていられなくなって俯こうとしたら、狙い定めたようなタイミングで言い放たれた。

「俺はこれからもお前を追いかけるつもりだし、まだまったく諦めてないからな」

目を逸らすタイミングを失い、正面から澄良を見詰めたまま動けなくなってしまった。

澄良はどこまでも真剣な顔で、照れもせずに言う。

「喜一が好きだ。どれだけ連絡が間遠になっても絶対変わらん。お前にその気がないなら友達でいい。それ以上望まないから、これからもたまにこうして会ってくれ。答えが出ないなら、いっそ一生保留でいい」

激することなく言いきって、澄良は小さく息を吐く。伝えることはすべて伝えたと満足したような顔だ。強がって心にもないことを言っている様子はない。

以前のように、どうあっても自分の想いに応えさせようという強引さは鳴りを潜めていた。それでいて、向けられる熱量は以前より増している気がする。

熱に当てられたように、全身を巡る体温が上昇した。血潮が薄い皮膚を透かして、耳や頬や目の周りが赤くなっていくのが鏡を見るまでもなくわかる。それを隠したくて、喜一は深く俯いてから口を開いた。

「俺は、今日、澄さんに……返事をするつもりで、連絡をしたんです」

緊張して声がぶつ切りになる。でも、ここまで澄良が胸の内をさらしてくれたのだ。この数日間、胸の中で何度も何度も繰り返してきた言葉を震えた声で口にした。

「澄さんの成長は、本当に目覚ましいものがあります。このままつつがなく成長していったら、俺のことなんて取るに足らない存在だって、いつかきっと気づいてしまうと思うんです」

「だからそれは――……っ」

また同じ問答を繰り返すことになるとでも思ったのだろう。澄良が焦れた声を上げた瞬間、喜一は伏せていた顔を勢いよく上げた。予想外の行動に驚いたのか言葉を切った澄良を見据え、口を開く。

「でも澄さんがそう気づいてしまうまでは、そばにいてもいいですか」

瞬間、澄良の顔から一切の表情が抜け落ちた。ぽかんとしたその顔を見ていたら気恥ずかしさと不安が一気に押し寄せてきて、声が尻すぼみになってしまう。

「そう、伝えるつもりだったんです……。できるだけ枷にならないように頑張ります、と。でも、澄さんが信じてくれるなら、俺もこれから成長できるよう、頑張ります。ので、その……これからも……」

喋っている途中だったが、向かいからとんでもない勢いで澄良の腕が伸びてきて肩を掴まれた。痛いくらいのそれに驚いて口をつぐめば、澄良に睨むような目を向けられる。

「待て、お前、あれか、それは、俺とつき合ってくれるってことか？」

喜一の肩を掴んだまま、澄良がじりじりとローテーブルの縁を回ってこちらに近づいてくる。怖いくらい真剣な澄良の顔を見詰め返し、喜一はごくりと唾を飲んでから頷いた。

「はい。長くお返事できませんでしたが、澄さんさえよければ……」

「いいのか！」

目の前で何かが破裂したかのような、耳鳴りがするほど大きな声で叫ばれて目を丸くした。次の瞬間、澄良がもう一方の手も伸ばしてきて喜一を胸に抱き込んだ。飛びついてくるような勢いに対応できず、背中から床に倒れ込む。

喜一を押し倒した澄良は、その身を固く胸に抱いたまま興奮しきった様子で叫んだ。

「お前、やっと……ようやくか！　ようやく本当に……っ、遅い！」

「す、すみません」

「いや、オーケーしてくれただけでいい！　十分だ！　お前から呼び出されるのなんて初めてだったから、今度こそ本格的に断られるかと思った！　部屋に上がってからずっと心臓破裂しそうだったんだぞ！」

まさか、と掠れた声で呟く。とてもそんなふうには見えなかった。澄良が落ち着き払っているので、こちらの方が告白を取り下げられるかと戦々恐々していたくらいだ。

「そうかそうか、ようやく喜一も俺とつき合う気になったか！　遅い遅い！　告白してから何か月経ったと思ってる！」

「すみません、決心が遅くて」

「いい！　その慎重なところも好きだぞ！」

喜一の肩口にぐりぐりと顔を押しつけて澄良はまくし立てる。

こんなに興奮して、大きな声で喋る澄良を久々に見た。

季節を越えるたびに大人びた雰囲気をまとい、祖父の葬儀を終えた後は別人のような落ち着きを身につけていたはずが、あっという間に澄良に逆戻りだ。

子供が気に入りのぬいぐるみにしがみつくような無邪気さで喜一を抱きしめていた澄良が、床に手をついてガバリと顔を上げた。

「もう駄目かと思った！　喜一、嬉しいなぁ！」

見上げた澄良は顔いっぱいで笑っていて、本当に嬉しそうだ。だから頬にぽたりと冷たいものが落ちてくるまで、澄良が泣いていることに気がつかなかった。

心臓が止まるかと思った。もしかすると本人も泣いていることに気づいていないのかもしれない。泣き顔なんて見られたと知ったら澄良がばつの悪い思いをするのではと、とっさにその首にしがみつく。結果、体重をかけてその首を引き寄せることになり、澄良が

「うおゎっ！」と声を上げながら再び倒れ込んできた。

「なんだなんだ、喜一も嬉しいか！」

「はい！　嬉しいです！」

動揺して声が大きくなった。澄良は「そうかぁ！」と叫んで、喜一の背を力いっぱい抱きしめる。

澄良が顔を押しつけてくる肩口が熱く湿ったのがわかって、ぐっと息が詰まった。

こんなに喜んでくれるとは思わなかった。なんだかこっちまで泣きそうだ。

喜一を抱いて床の上を転げ回る澄良が久しぶりに年相応に見えた。大人になるよう促したのは自分なのに、無邪気な態度もまた愛おしい。

喜一は澄良の首元に顔を寄せ、深く息を吸い込む。今日は香水をつけていないのか、首元からは薄く柔軟剤の匂いがした。合わせた胸から伝わってくる体温は熱くて、どくどくと心臓の鼓動まで伝わってきた。普段より速いそれに煽られるように、喜一の心臓まで高鳴り始める。

「……喜一」

急に耳元で名前を呼ばれ、また一段ギアを上げたように鼓動が速くなる。喜一を固く抱きしめていた腕が緩んで、そっと頭の後ろを撫でられた。動けずにいると、ごく弱い力で髪を引かれる。顔を上げてくれ、と乞うように。

ごくりと喉を鳴らして、窺うように顔を上げた。

互いに横向きで床に寝転がった体勢で、澄良がじっとこちらを見ている。少し目が赤いが、もう涙は止まっているようだ。代わりに喜一を見詰める目に、これまでにない熱がこもっている。

喜一、と吐息だけで囁かれ、顔を近づけられて、思わずその胸を押し返してしまった。

「す、澄さん、急に何を……っ」

喜一に胸を押されてもものともせず、澄良は真顔でじりじりと距離を縮めてくる。

「急なことはないだろ。ちゃんと告白したぞ。駄目か？」

「駄目というか、み、身が持たないというか……」

澄良の顔があまりにも整っているので、自分なんかが触れていいのかとうろたえた。美術館に展示されている石膏像に素手で触れるのが憚られる感覚に似ている。

うろたえる喜一を見て澄良がむっと眉を寄せた。途端に表情が幼くなる。

「喜一、お前本当に俺のこと好きになってくれたのか？　前に人を好きになったことがないとかアンドロイドみたいなこと言ってただろ。ちゃんと恋愛感情理解したか？」

「それは、さすがにもう、わかります」

「本当かぁ？」と疑わしげな声を上げられ、だって、と喜一は息を詰まらせた。

「ネジの本数が、数えられなかったんです」

「ネジ？」

「試作機の残部材を数えるとき、ネジが……。仕事中も澄さんのことばかり考えてしまって、何度数えても数が合わなくて、こんなことは、働き始めてから初めてで……」

言いながら、なんて色っぽくない告白だろうと自分でも呆れた。

けれど喜一にとっては正真正銘、異常事態だった。たった一人のことが頭から離れず、仕事すら手につかない。こんなにも澄良に心を奪われているのかと実感したが、きっと伝わらないだろう。茶化しているのかとへそを曲げられてしまうかと思ったが、案に相違して澄良の目が真剣味を帯びた。

「それは、俺のことしか考えられなかったってことだな？」

澄良の声が低くなる。思ったよりもストレートに伝わったようだ。再び澄良の顔が近づいてきて、喜一は小さく息を呑んだ。

「……嫌か？」

あと少しで唇が触れるというところで、澄良が不安そうに眉を下げた。

そんな顔を見せられてはもう黙っていられず、気づけば悲鳴じみた声を上げていた。

「違います澄さんの顔が綺麗すぎて触るのが恐れ多いんです！」

一息で言い放った喜一を見て澄良が目を丸くする。喜一の頬がじわじわと赤くなっていくのにも気づいたのだろう。不安そうな表情が溶けて、わかりやすく目尻が下がった。

「慣れろ慣れろ、もうお前のものだぞ」

「無理です、もう少し時間をくれないと……」

「無理にでも慣れろ。これ以上は俺の方が待てん」

指先で頬を撫でられ、額に額を押しつけられる。鼻先がぶつかるほどの至近距離から蕩(とろ)けるような笑みと熱烈な視線を注がれ、羞恥に耐えきれず目を閉じてしまった。

唇に息がかかり、そっと澄良の唇を押し当てられる。柔らかな感触はすぐに消え、恐(おそ)る恐る瞼を開けると唇を真一文字にした澄良と目が合った。

「……どうだった?」

緊張して掠れた声だった。表情にもあまり自信がない。

お互い初心者なのだ。そんなことを思い出し、少しだけ肩の力を抜いた。

「柔らかかったです」

「……嫌な気分は?」

「するわけないじゃないですか」

緊張で強張る澄良の顔に手を伸ばす。頬に触れれば、ほっと息をついた澄良に再び顔を寄せられた。

今度は自然に瞼が落ちた。唇が重なる。薄い皮膚の表面を撫でるようなキスだ。この先どうしたらいいのかわからないと言いたげな、たどたどしい唇が愛おしい。

かく言う自分だってキスの経験はない。触れて、離れて、ときどき目を開けて、互いの目を覗き込んでは、照れくさくなってまた瞼を閉じる。フローリングの床に寝転がって、そろそろ体が痛くなってくる頃なのに離れがたい。

関節が緩んでいくようだと思っていたら、唇を軽く噛まれてぴくりと肩先が震えた。薄く目を開ければ、澄良が真剣な顔でこちらを見ていた。そんなに熱心に窺ってくれなくてもいいのに。これまでとは違う触れ方も受け入れるつもりで目を閉じる。

間を置かず、もう一度柔らかく唇を噛まれた。痛みを感じさせないくらいの甘噛みだ。やわやわと歯を立てられたと思ったら、今度は唇を舌で辿られる。

ぎこちなくて必死なその動きに胸が熱くなった。こちらもどうにか応えたくなる。おずおずと唇を開くと、背中に回された腕に力がこもった。痛いくらいの腕の強さとは裏腹に、唇を割って入ってくる舌の動きは控えめだ。

お互いに全部手探りで、相手がどこまで許してくれるのか探りながら舌先を絡め合った。他人の体温を体の中で感じるなんて初めてだ。澄良の舌は熱くて、深く受け入れると内側から溶けてしまいそうになる。

「ん……」

舌の縁をざらりと舐められ、鼻から抜けるような声が漏れてしまった。そのことに自分でも驚いて思わず目を開ければ、澄良も同時に目を見開いてばっちり視線が重なった。

「あ、んぅ……っ」

気恥ずかしくて弁解めいたものを口にしようとしたのに、澄良が荒々しく舌を押し込んできたせいでくぐもった声しか出ない。唇の隙間から漏れる澄良の息は荒くなっていて、それを感じたら自分まで息が上がってきてしまった。

背中に回されていた腕が下がって、ぐっと腰を抱き寄せられる。互いの下腹部が触れ、喜一は喉の奥で声を押しつぶした。

兆しているのはお互いさまだ。自分だけではないことに安堵する一方、澄良が自分相手に反応している事実に驚いた。他人から好意を向けられた経験がないせいか、自分が性愛の対象として見られることがまだ上手く呑み込めない。

軽く腰を揺すられ、下腹部がこすれ合う。もどかしいくらいの刺激なのに、深く舌を絡ませた状態でそれをされるとあっという間に熱が上がった。押しつけられた澄良のそれはすっかり硬くなっていて、頬を掠める息がますます荒くなる。

腰を抱いていた腕が移動して腰や尻を撫でられる。どうやって触れたらいいのか本人もわかっていないようなたどたどしい手つきだ。ときどき指先に力がこもり、痛いくらいのそれに喜一がわずかに身をよじれば慌てたように同じ場所を撫でさすられた。不器用に欲をぶつけられてたまらない気分になる。

互いに腰を押しつけ合っていると、スラックスの上からそろりと屹立に触れられた。

さすがに驚いてキスをほどく。肩で息をしながら澄良を見上げると、同じく息を乱した澄良に余裕のない表情で見詰められた。

澄良は喜一の内腿に指を置き、切なげに目を眇める。

「触るだけ……駄目か？」

興奮しきってぎらつく目と、窺いを立てるように下がる眉。

今にも噛みつかれそうで恐ろしい反面、必死で自分を律している姿が健気で、好きにしていいと頭を撫でてやりたくなった。捕食者に対して庇護欲を掻き立てられるような、摩訶不思議な感情に心をもみくちゃにされる。

初めての情動に翻弄されている間も、澄良の視線はこちらに注がれたままだ。懇願を滲ませたその目を見たら、羞恥が波に呑まれるように沈んでいく。

「……俺も、触っていいですか」

囁いて澄良の腰にそろりと指を這わせると、澄良の全身に力が入った。

うん、と呟いて、澄良がスラックス越しに体の中心に触れる。

「……っ、ん」

遠慮がちな指先に声が漏れた。形を確かめるように指先で辿られると、こそばゆいようで腰が引ける。

お返しに喜一も澄良の下腹部に手を伸ばした。デニム地の上からでもわかるくらいに前が張っていて苦しそうだ。撫でさすってやると喉を鳴らされた。厚い布越しに触れられても物足りないのか、気持ちがいいというよりもどかしそうな表情だ。

「あの……直接、触っても……?」

苦しそうな澄良の顔を見ていられずに尋ねれば、返事より先にキスをされた。唇を触れ合わせたまま、頼む、と低く乞われた瞬間、背筋を駆け上がったものはなんだろう。

年下で物慣れない恋人のために、もうなんだってしてやりたい気分になった。ためらわずデニムのフロントホックを外して前を寛(くつろ)げる。

下着の中に手を滑らせ、握り込んだものはひどく熱い。喜一だって他人に触るのは初めてでひどくたどたどしい手つきだっただろうに、少し触れただけであっという間に先端から先走りが滲み出た。

「……っ、喜一、お前……躊躇ないな」

澄良の綺麗な顔が快感に歪む様を見上げ、そうみたいです、とぼんやり返す。この人に自分は触れてもいいのだと思ったら、胸の底が蕩けていくような高揚感に襲われた。

夢中になって手を動かしていたら、澄良も喜一のスラックスのボタンを外しにかかってきた。止める間もなくファスナーを下ろされ、下着の上から性急に揉みしだかれる。

「す……、澄さん、痛……」

「すまん……っ」

下着の中に入ってきた手に、今度はやわやわと握り込まれる。澄良の掌はびっくりするほど熱くて、大きな手の中に包み込まれているだけで腰が砕けそうになった。

「あ……っ、ぁ……」

荒い息に交じって声が漏れてしまう。男の喘ぎ声なんて気味が悪いだろうかと慌てて口を閉じると、咎めるように澄良に唇を噛まれた。

「喜一、気持ちいいか？」

「……っ、は、い……っ」

「じゃあ、声聞かせてくれ……」

不安だ、とぽつりと囁かれ、内心で白旗を上げた。澄良の想いを受け入れることを自分に許した途端、諸々の箍が外れてしまった。この年下の恋人が可愛くて仕方がない。

「あっ、あ……っ！」

根元から先端まで、大きな手で扱かれて背中が震え上がった。澄良の望み通り声を殺すことはやめて素直に喘げば、手の中の澄良自身も硬くなる。

澄良の動きを真似てぬるつく掌を大きく上下に動かすと、喉の奥で低く呻かれた。澄良の指先に力がこもって、喜一も見る間に追い上げられる。

「あ、ん……っ、んん……っ！」

澄良の興奮しきった息遣いや、手加減を忘れた愛撫に翻弄される。性急な快感が駆け上がってきて、制止の言葉を口にする間もなく澄良の手の中に欲を吐き出していた。同時に喜一の手も白濁で汚され、澄良の体からゆるゆると力が抜ける。

室内に、二人分の荒い息遣いが響く。他人の手で絶頂に導かれるのは初めてで、しばらく肩で息をして動けなかった。澄良も同じような状態だろう。

ややあってから我に返り、お互い言葉少なにのそのそと後始末を始めた。なんとなく照れくさくて、澄良に背中を向けて衣服の乱れを直す。

背後の澄良も何も言わない。あまりよくなかったのだろうか。不安で声をかけあぐねていると、突然後ろから澄良に抱きつかれ、二人して再び床に倒れ込んだ。

耳裏で「違う」と低く呟かれて何事かと目を瞠ったら、わっと大声が上がった。

「勘違いするなよ！　俺は普段こんなに早くないからな⁉」

喜一は目を丸くする。事が終わった後やけに無口だと思ったら。

耐えきれず声を立てて笑えば「笑うな！　今回だけだ！」と吠えられた。

怒ったような口調は照れ隠しなのだろう。喜一はなおも笑いながら、胸の前で交差された澄良の腕を軽く叩く。

「そんなこと気にしてたんですか。俺だって同じくらい早かったのに」

「そ……うかもしれんが……。まだ笑ってるのか！」

「すみません、安心してしまって。てっきりよくなかったのかと」

言葉の途中で肩口に額を押しつけられた。ますます強く抱きしめられ「そんなわけあるか」とくぐもった声で呟かれる。

「よかったに決まってる。ようやく喜一に触れられたんだぞ……」

澄良に顔を押しつけられた肩がまた、熱く湿っていくような気がした。今度のそれは、熱い呼気が布地を湿らせただけかもしれない。

「……俺も、澄さんに触れられて嬉しかったです」

囁いて澄良の腕を軽く撫でる。肩口でまた、うん、とくぐもった声がした。

そのまましばらくじっとしていたら、喜一を抱く澄良の腕がゆっくりと緩んできた。背中で感じる澄良の呼吸が深くなる。

「澄さん？　眠くなりました？」

「……ん？　うん……」

「ここで寝たら体が痛くなりますよ」

そうだな、と言いつつ、澄良が起き上がる気配はない。喜一を胸に抱き寄せて、寝入り端のような声で呟く。

「すぐ起きる……」

語尾は寝息に溶けて消える。そっと振り返ってみると、無防備な寝顔がすぐそこにあった。新幹線で移動した足でそのまま喜一のもとへやってきたのだ。疲れが出たのだろう。

寝返りを打ち、深い寝息を立てる澄良の顔を正面からじっくりと見詰める。

ダークグレーのチェスターコートを着こなし、ゆったりとした足取りで改札から出てきたときは本当に急に大人になってしまったと思ったけれど、こうして事が済んだ後、睦言（むつごと）を囁く間もなくぐっすり寝込んでしまうところはまだ若い。

向かい合って寝ころんだまま、澄良の長い睫毛や、筋の通った鼻や、形のいい唇を視線でなぞる。一生見ていても飽きないと思うのは美しい顔立ちのせいだろうか。それとも、なりふり構わず全力で好意をぶつけてくれる澄良がこんなにも愛しいからか。

寝顔が幼い、年下の恋人。

(この人と一緒にいるために、俺ももう少ししっかりしよう)

いつまでも澄良に手を引っ張ってもらっていては、いつか置いていかれてしまう。

これでも一回りも年上なのだ。威厳などなくてもいいが、たまに頼ってもらえるくらいの存在にはなりたかった。

年若い澄良がこれから様々な困難にぶつかったとき、辛抱強く見守れるようになりたいし、背中を支えられるようになりたい。

変わりたい、と思った。何も持たず何も残さず、虫のように死んでしまいたいと思っていた頃にはついぞ浮かばなかった願望だ。自分自身の変化と成長を願ったのは、父が亡くなって以来初めてのことかもしれない。

「……成長は止まらないんですよね？」

潜めた声で澄良の寝顔に問いかける。澄良が敬愛する祖父の言葉だ。信じる、と澄良は言ってくれた。祖父の言葉も、喜一自身も。

「俺も信じます」

自分自身に宣言するように呟いて、喜一は澄良の胸に顔を寄せる。

自分より大きな体に、子供のように高い体温。寄り添っているとこんなにも心地いい。

離れがたい。

泣きたくなるほど愛おしい。

こんな気持ちを知れたのだ。

目覚めたとき、体中の関節が痛んだとしても悔いはなかった。

窓辺の小石

六月の半ばに梅雨入りして、ぐずぐずと雨の日が続いている。

今日は久々に朝から晴れ、このまま梅雨が明けてくれればと思ったが、夜からまた雨が降ってきた。梅雨明けは遠い。

七月最初の金曜日。寒いくらいに冷房の効いた居酒屋は、客が店の扉を出入りするたび湿った熱い空気が店内に流れ込んでくる。

新年度が始まってから丸三か月。春先に入社してきた新人社員たちもそろそろ仕事に慣れてきただろうと、暑気払いと称して社内で飲み会が開かれた。会は二時間ほどでお開きになり、気の合うメンバーと連れ立って二次会に雪崩れ込んだのがこの店だ。周りも同じような客でごった返している。

店を出ていく客と入れ違いに、奥のテーブル席にぞろぞろと着席したのは五人。そのうち三人は新人然とした初々しいスーツ姿だ。女性一人に男性二人。あとの二人は年配の男女で、彼らの上司であることが見て取れた。

「仕事にはだいぶ慣れてきた？　学生時代と違って夏休みもないし、社会人なんてつまんないなぁって思い始めた頃なんじゃないか？」

新人三人の対面に座っていた五十絡みの男性上司が口を開く。まだ席に着いたばかりだが、ここに来る前にだいぶ飲んでいたのか顔が真っ赤だ。隣に座る四十代の女性上司も目元を赤くしている。向かいに座る新人三人も似たり寄ったりだが、まだ多少緊張が残っているのか「そんなことないです」などと口調が硬い。

程なく店員が五人分の酒を運んできた。つまみは最低限だ。自然と酒を飲むピッチが速くなり、会話も当たり障りのない内容から、仕事の愚痴や笑えない失敗、学生時代の夢、今後の野望など、熱量が高くて職場で語るには少々ためらわれる内容が増えてくる。

そんな中、女性上司が「貴方たち、つき合ってる人とかいないの？」などと恋愛の話題を振ってきた。新人たちは顔を見合わせ、まず口を開いたのは短く切った髪をワックスで立たせた新人男子だ。

「俺は今のところフリーです」

以上、とばかり話を切り上げ、隣に座っている女子に会話をパスする。新人女子は少々照れくさそうな顔で「私は就活中に別れちゃって」と肩をすくめた。

「二人ともつき合ってる人はいないのかぁ。じゃあ、鎧谷君は？」

テーブルの端でビールを飲んでいた澄良が、持ち上げかけていたグラスを止めた。

この場にいる誰よりグラスを空けているくせにほとんど顔色を変えることもなく、澄良は微かに笑ってグラスに残っていた酒を飲み干した。

「あ、笑ってごまかそうとしてるな！」

「吐け、吐け！　鎧谷君くらいの美男子ならこの手の話題に事欠かないでしょう」

上司二人は完全に出来上がっており、新人二人も自分のことではないので「聞きたーい」と気楽にはやし立ててくる。

「つき合ってる人ならいますよ。それより、何か注文しますか？」

酔いを感じさせない口調で澄良が答えると、テーブルを囲んでいた面々が沸きたった。

「うっそ、鎧谷君つき合ってる人いたんだ？」

「注文なんていいから詳しく！」

「じゃあ、俺だけビール頼みますね」

同期二人も澄良の恋愛話に興味津々らしい。「年上？　年下？」と質問攻めだ。

「年上」

「いくつぐらい上？」

「一回り」

女性二人がヒュッと息を呑んだ。「十二歳差……？」と改めて確認してくる。「どこで出会うの、そんな相手と」と不思議そうな顔をするのは男性上司だ。

「オンラインゲームです」

「はー、今時だねぇ。最初から年上ってわかってたわけ？」

「いえ、最初は相手の方が年下だと思ってました」

「騙されてるじゃん！」

同期男子が声を張り上げ、すぐさま慌てたように口をつぐむ。失言に気づいたらしい。

「それは……ショックだったでしょ？」

女性上司に労るような顔を向けられ、澄良は唇に仄かな笑みを乗せた。

「驚きはしましたね。想像より、ずっと素敵な人だったので」

「そんなことあるかぁ⁉　一回りも年上相手に本気で？」

横から割り込んできた男性上司に、「本気ですよ」と澄良は涼しい顔で返す。

「まさかあんなにすらりとした大人が現れるとは思っていなかったので驚いてしまって。それまで相手を年下だと思い込んで年上ぶっていた自分は、どれだけこの人の目に子供っぽく映っていたんだろうと思ったら恥ずかしくなりました」

「ベタ惚れじゃない⁉」という同期女子の声は興奮で上ずっていた。女性上司も「うわうわ」と両手で口を覆っている。それから身を乗り出し、断定的な口調で言った。

「鎧谷君みたいな子に迫られたら相手も即つき合ってくれたでしょ？」

「いえ、何度も告白して振られました」

「鎧谷君を振る人とかいるのか！」

男性上司も愕然とした顔で、今や全員がテーブルに身を乗り出し澄良の次の言葉を待っている。

異様な盛り上がりを見せる面々とは対照的に、澄良は至って冷静に肩をすくめた。

「年が離れていたのですっかり子供扱いされてしまって。まだ世の中を知らないからとか、もっといい人がいるからとかなんとか言って、告白してもまともに取り合ってもらえませんでした」

「あー……、それはちょっと、わかる気がする」

納得した口調で呟いたのは女性上司だ。

「若い相手はいつ心変わりするかわからないからねぇ。いざこっちが本気になった途端、やっぱり違ったとか言われたら立ち直れないもん。特に鎧谷君みたいな子が相手じゃあ」

「鎧谷さんみたいな人とつき合ったら、その後の人生変わっちゃいそうですよね」と同僚女子も相槌を打つ。

「で、最終的にどうやってその相手のこと口説いたの？」

「口説いたというか……振り返ってくれるのを待つことにしたら、タイミングよく」

「詳しく、詳しく！」

「いえ、これ以上は素面ではちょっと」

「鎧谷君まだ素面なわけ⁉　わかった、俺たちももう一杯頼むから！　これ飲んだらお開きにするから！」

暗に澄良の話を聞くまで終わらないと示され、澄良は苦笑いして店員を呼んだ。

新しく運ばれてきた酒に全員が口をつけるのを待って「あんまり面白い話じゃないですよ」と断りを入れてから澄良は続ける。

「去年の終わり頃に、俺の祖父が亡くなったんです」

水を飲むようにビールを喉に流し込みながら、澄良はごく軽い口調で言う。

「俺は祖父に育てられたようなものだったので、相当落ち込みました。実家もごたごたしてしまって、一時は内定を取り消してもらって地元に戻ることも考えました」

「嘘、知らなかった」

「そうなってたら、鎧谷は今ここにいなかったんだ……？」

神妙な顔をする同期二人に「かもな」と返して澄良は続ける。

「いろいろ考え込んでしまって気落ちしていたら、その人から連絡が来たんです」

「一回り上の恋人？」

「そのときは相変わらず全然相手にされてなかったんですけど、あんまり俺がへこんでるから心配してくれたんでしょうね。それまでほとんど自分のことを話してくれなかった相手が、初めて俺に身の上話をしてくれたんです」

澄良はジョッキの持ち手に指を添え、記憶を反芻するかのように短く沈黙する。

「たぶんそれは、その人にとってあまり他人に言いたくないことで、思い出すと苦しくなったり悲しくなったりするようなことだったと思うんです。でも、俺を慰めるために打ち明けてくれたんだなと思ったら、たまらない気分になってしまって」

そう言って目元を緩めた澄良の眦が微かに赤くなっているのを見て、テーブルを囲んでいた面々もようやく澄良が少し酔っていることを理解する。あれだけ飲んでまだほろ酔いなのかと呆れながら、こんなイケメンがたった一人のことを想って目尻を下げている事実に驚嘆もした。言葉はなくとも、全員の心が一つになっているのが傍目にもわかる。

澄良は瞬き一つで笑みを消すと、当時を振り返るように斜め上を見上げた。

「そのときまでは、多少意地になっていた部分もあったと思います。相手がいつまでも自分を子供扱いしてまともに取り合ってくれないので、どうにかして振り向かせてやるって。でもあのとき初めて、この先この人に振り返ってもらえなくてもいいと思えました。恋人じゃなくても、友達としてでもいいからそばにいて、この人を支えられたらって」

「愛じゃん」

思わずと言ったふうに同期が漏らした言葉を否定もせず、澄良は軽く笑った。愛なんだなぁ、とその場にいる全員が納得した瞬間だ。

「イケメンからとんでもない惚気を聞かされてしまった……」

「デザートも食ってないのに口の中が甘いよー!」

「友達の座に収まったままでいいって覚悟した途端、想いが通じ合ったってこと?」

「そうですね。少し会えない時期があったんですけど、その間に相手も覚悟を決めてくれたみたいで」

「それ、押して駄目なら引いてみろってやつじゃ……？」

「結果的にそうなったかもしれません」

「鎧谷君、意外にしたたか……！」

「友達の座に収まった後も隙あらば口説くつもりではいましたし」

「めっちゃ恋心はみ出してるじゃん！」

周囲がわぁわぁと盛り上がるのを眺め、澄良はビールの残りを飲み干す。それから携帯電話を取り出して、柔らかく目元を緩めた。

「今日もこれから、会いに行くんです」

おぉ……、と低いどよめきが上がった。

そうか、恋人の前ではそういう顔をするのか、会社にいるときとは全然違うんだな、鎧谷君、今日一緒に飲めてよかったよ、すごい話を聞いてしまった……。そんな言葉が波のように重なって、テーブルの周囲にまで広がっていく。

「じゃあ、鎧谷君もこれから予定があるみたいだし、今日はこの辺でお開きにしようか」

男性上司の言葉を受け、全員が帰り支度を始めた。会計を済ませ、揃（そろ）ってぞろぞろと店を出ていく。

集団の最後尾を歩いていた澄良が、入り口脇のテーブルを通り過ぎるとき一瞬だけ視線をそちらに向けた。切れ長の目に笑みが浮かぶ。

ガラガラと店のドアが開いて、外から流れ込んできた風が店内の空気をかき混ぜる。

まだ雨はやんでいないのか、吹き込んできた風は生ぬるく湿っていた。だというのに、耳元を掠めたそれを冷たく感じる。きっととんでもない話を聞かされたせいで、耳全体がひどく熱を持っていたせいだ。

「――……おーい、田辺？　さっきからどうした？　飲みすぎたか？」

向かいの席から厚澤に声をかけられるが、喜一はテーブルに肘をついて両手で顔を覆ったまま動けない。

店の入り口近くにあるテーブルには、氷室と三上の姿もある。少し前から急に両手で顔を覆って動かなくなった喜一を皆が案じてくれているのはわかるのだが、やっぱり面を上げることはできなかった。

こんな偶然があるのか、と掌の下で呻く。

今日は会社で新入社員の歓迎会を兼ねた暑気払いがあって、会社から少し離れた広い飲み屋をわざわざ借りて飲んでいた。新入社員の中にはもちろん工場勤務の者もいるので、今回は本社だけでなく工場の人間も幾人か参加していたからだ。その中には、工場長である氷室も当然含まれていた。

飲み会の後、厚澤に誘われてこのメンバーで二次会に行くことになった。新年に喜一が三人に相談事を持ちかけていたせいもあるだろう。あれからどうなった、などと訊かれ、照れくさい気持ちでそれなりに上手くいったと報告していたら、後から澄良たちが同じ店に入ってきたのだ。

入り口の方を向いて座っていた喜一はすぐに澄良に気づいて息を詰めた。澄良もこちらを見て一瞬驚いたような顔をしたが、互いに会社の人間と一緒だ。特に会釈をすることもなく通り過ぎていった。

澄良たちは喜一たちのテーブルのすぐ後ろに座った。喜一はそちらに背中を向ける格好だったのでその様子こそ見えなかったが、声は自然と耳に入る。

最初は背後から響いてくる会話をたまに耳で拾うくらいだったが、内容が恋愛に関するものになるにつれて嫌でも意識が後方に引っ張られるようになった。最後の方は同じテーブルの厚澤たちの声など耳に入らなくなり、澄良の言葉に真剣に耳を傾けてしまった。

(……まさか会社の人の前であんなこと言うなんて)

信じられない。それに最後のあれはなんだ。今日は澄良と会う約束などしていないはずなのに。

頬をこすって顔の赤みをごまかそうとしていたら、スラックスのポケットに入れていた携帯電話が震えた。取り出してみると、澄良からメッセージが届いている。

『そういうわけだから、できればお前も早めに切り上げてくれ』

帰り際にこちらの顔色を見て、自分たちの会話をしっかり喜一が聞いていたのを確信したのだろう。続けて『喜一の部屋で待ってる』と送られてきた。

悪戯っぽく笑いながらメッセージを送ってきたのだろう澄良の顔を想像して、喜一は今度こそテーブルに突っ伏した。


喜一の様子がおかしくなってしまったせいか、厚澤たちとの飲み会はその後すぐにお開きとなった。幸い雨はやんでいて、名残のような水滴がときどき電線から降ってくる。

澄良たちが来る前からだいぶ飲んでいたので、みんなして足がふらついていた。いつもより大きな声で喋りながら駅に到着し、それぞれ自宅に戻る路線に乗り込んだ。

自宅の最寄り駅で電車を降りた喜一は、アパート目指して人気の失せた夜道を走る。

小さなアパートの外階段を駆け上がると、電灯の切れかけた薄暗い廊下に人影があった。

喜一の部屋のドアに寄りかかるようにして立っていたのは、コンビニ袋を片手にぶら下げた澄良だ。水の入ったペットボトルに口をつけ、「早かったな」と笑う。

週末の夜半、一週間働き詰めでワイシャツがくたびれている自分とは違い、澄良は下ろしたてと見紛うばかりのパリッとしたワイシャツに、センタープレスも美しいスラックスを穿いている。

澄良とつき合うようになってからワイシャツもオーダーメイドで作れることを知り、商品の金額というのは如実に品質に反映されるのだということもまた知ることになった。ただ高いだけではないのだ。高いものは美しい。そしてそういうものをごく自然に身につけられる澄良はいつ見ても端正だ。こんな古ぼけたアパートには不似合いなくらいに。

(……本当に、なんでこんな人が俺の恋人なんだろう)

澄良に見惚れていたら「どうした?」と声をかけられ、慌てて部屋の鍵を取り出した。

「すみません、お待たせしてしまって」

「俺が勝手に来たんだ。いくらでも待つに決まってる」

喜一はドアノブに鍵を差し込みながら、実は、と言いかけてやめる。

実は澄さんのために、このアパートの鍵を用意してあるんですが。

そう言い出すタイミングを計りかねてもう数週間が経つ。

澄良から特に欲しいと言われたわけでもないだけに言い出しにくい。合鍵なんて喜一にとっては揃いの指輪と同じくらい重たい代物で、押しつけるのは憚られる。澄良の部屋の鍵もよこせ、とせがんでいるように思われそうなのも怖かった。

後ろ向きな性格はそうそう直せるものでもなく、結局何も言わずに鍵を開けた。

靴を脱いで先に部屋に上がると、後ろから澄良の腕が伸びてきた。

「居酒屋で一緒にいたの、会社の人か?」

背後から抱き寄せられ、澄良の胸に背中をつけて立ち止まる。

「厚澤さんと氷室さんと三上さんです」

「よく話題に出る面子だな」

「澄さんと一緒にいたのは……？」

「営業部の課長と係長と同期。部内で飲み会があったんだ」

喜一の首筋に鼻先をすり寄せる澄良の声は楽しげに弾んでいる。こんなはしゃいだ声、居酒屋ではついぞ聞くことはなかった。

「澄さんは会社の人たちと一緒にいるとき、ちょっと雰囲気が変わりますね」

「そうか？　どんなふうに？」

「よそ行きの顔というか、少し壁を作っているような？」

「上司も一緒だったからな」

「澄さんだったらいつもの感じで振る舞っても上司に可愛がられそうですけど」

「愛想よくして気に入られすぎても面倒だ」

首筋で澄良が溜息をつく。くすぐったくて肩をすくめると、ますます強く抱きしめられた。

「上司や先輩から飲みに誘われるのはありがたいが、その頻度が多くて困ってる。下手に酒に強いイメージがついたもんだから面白がられてるんだろうな。女子からもあれこれ声をかけられて面倒だ。多少塩対応の方がいいだろ」

玄関先から動けないまま俯くと、項に唇を押し当てられた。咎めるつもりで振り返り、喜一はぼそぼそと反論する。

「それはそれで、女性陣から人気が出そうですよ。落ち着き払って、余裕がありそうで。同期の子たちからは大人っぽく見えて、逆に憧れられてしまうのでは……？」

喜一の言葉に澄良は目を丸くして、それからご機嫌で目を細めた。

「焼きもちか」

「周囲への影響を心配しているだけです」

「焼きもちだな？」

「……少しだけ」

「素直だ！」と声を上げて喜んで、澄良が喜一の頰に鼻先をすり寄せてきた。

「俺たちが店に入る前から長いこと飲んでたのか？」

それなりに、と答えるが早いか顎を摑まれ、後ろから唇をふさがれた。

「ん……」

触れた端から唇を嚙まれ、薄く開いたそこに舌先が滑り込む。

喜一が来るまで水を飲んでいたせいか、澄良の舌はひやりと冷たかった。自分の体が熱いせいもあるかもしれない。それなりに飲んでいたし、走って帰ってきたせいで酔いが回った自覚もある。

ほんの少し前までキス一つでまごまごしていたのが嘘のように、澄良は気が済むまで喜一の口内を舌でまさぐってゆっくりと唇を離した。

「だいぶ飲んでるな」

ふふ、と笑って喜一の濡れた唇にもう一度キスをする。

「水、お前の分も買ってきてるぞ。飲むか？」

「……いただきます」

胸に回されていた腕がほどかれ、澄良に手を引かれて部屋の奥へ進む。

これも若さゆえか、はたまた個人の資質なのか、澄良は経験したことを吸収するのが早かった。この手の行為にもすっかり慣れてしまったように見える。自分だって経験値は同じはずなのだが、今や澄良にリードされてばかりだ。

キッチンを抜けて奥の部屋へ。室内は、冬頃と比べるとかなり様相が変わっている。

以前は一つしかなかった座椅子は二つに増えて、床にもラグが敷かれている。テレビ台も購入した。さらに窓辺にはベッドが置かれ、枕元には木製のサイドチェストまである。

どれもこの部屋に澄良を招くようになってから少しずつ増えていったものだ。以前は壁や床に声が反響してしまうほど物のなかった部屋が、見違えるほど生活感に満ち満ちた空間になっていた。

澄良と一緒に座椅子に腰を下ろすと、向かいからペットボトルの水を手渡された。ありがたく受け取って、一息で半分ほど飲み干す。喉を落ちていく水は冷たい。ほ、と息を吐いて目を上げると、澄良がテーブルに頬杖をついてこちらを見ていた。

「こうやって喜一の部屋に来るのも久々だな」

「そうですね、お互い忙しかったですから」

四月に入社式を終えてから、澄良は一気に多忙になった。

それまでも卒論や実家の手伝いなど忙しくはしていたが、新入社員の気忙しさは比較にならなかったようだ。最初の二か月は新人研修に明け暮れ、三か月目からは営業部に配属されて実地で仕事を叩き込まれる。

加えて喜一の会社でも納入した品物に不具合が発生し、そのフォローのため先月は土日もなく出勤していた。こうして週末に澄良と顔を合わせること自体が久しぶりだ。

「喜一はそろそろ試験もあるんだろ？　急に来て大丈夫だったか？」

「それは別に、会社とは関係なく俺が個人的に受けているものなので」

「品質管理の検定、九月だったか。三月のは受かったんだよな？」

頷いたものの、目が泳いでしまう。

落ちたところで誰に咎められるわけでも、会社から受けろと言われたわけでもない試験だ。にもかかわらず自腹で受験費用まで出しているのは、澄良の隣にいるためだった。

澄良とつき合うと決まったとき、日々健やかに成長する澄良を後ろから眺めているばかりではいけないと思った。なんの変化も成長もなく過ごしていたら、いつか澄良に飽きられてしまう。

そんな理由で受験勉強をしているとばれるのはさすがに恥ずかしく、咳払いをして話題を変える。

「澄さんはそろそろ仕事に慣れてきましたか？」

「まったく。毎日下らない失敗ばかりで嫌になる」

「会社に入ったばかりの頃なんてみんなそうですよ」

「喜一も電話の取次ぎしくじったりしたか？」

「しょっちゅうでした」

本当か？　というように澄良が片方の眉を上げる。正面からその顔を見て、ようやく澄良の目の下に薄く隈が浮いていることに気がついた。

「頑張ってますよ、澄さんは。一週間お疲れさまです」

労う言葉をかけると、疲れの滲んでいた澄良の顔にじわじわと笑みが上ってきた。

「そうだな、疲れた！」

一声叫ぶなり立ち上がり、澄良はテーブルを回り込んで喜一のもとまでやってくる。と思ったら喜一の膝にぼすんと頭を乗せてきた。

「毎日覚えることばかりで疲れた。慰めてくれ」

「構いませんが……いいんですか、こんな硬い膝で」

「これがいい！　しかしなー、いざ働きだしてみると毎日つつがなく仕事をしている喜一のすごさと頼もしさがよくわかるな。何が社会に出たらもっといい人が見つかるだ。お前に惚れ直すばっかりだぞ」

口を尖らせて腰にしがみついてくる澄良に苦笑する。黒髪を撫でてやれば気持ちよさそうに目を細められた。もっと、とねだられて繰り返し頭を撫でる。

こんなふうに澄良が甘えてくるようになったのはごく最近のことだ。全力で口説かれていたときはむしろこちらが甘やかされているような気分になったものだが、近頃はこうして喜一の前で弱音を吐いてくれるようになった。

そのことを、ことのほか喜一が喜んでいることを澄良は自覚しているのだろうか。

非の打ちどころのない恋人相手に、このときばかりは年上ぶって振る舞うことができる。会社では周囲に隙を見せようとしない澄良が、自分の前では砕けきった態度を見せてくれるのが嬉しかった。恋人の特権だ。

(何もかもわかった上でやっているんだろうなぁ……)

甘え上手は甘えるべきタイミングもよく見極めている。目を閉じて腰にしがみつく澄良を見下ろし、喜一は口元を緩めた。

「澄さんが俺のこと、あんなふうに思ってたなんて知りませんでした」

「ん、居酒屋で話してたことか？」

「お通夜の日に送ったメッセージ、もしかして本当に読んで泣いてたりしたんですか？」

「なんだ、信じてなかったのか」

澄良はごろりと寝返りを打つと、仰向けになって喜一を見上げる。

「喜一が自分のことを話してくれたとき、本当に嬉しかったんだ」

下から澄良の手が伸びてきて、指先で頬を撫でられた。直前まで屈託なく笑っていたのが嘘のように、こちらを見詰める澄良の表情は真剣だ。

「あの話、だれかれ構わず吹聴するような内容じゃないだろう。でも俺のために打ち明けてくれて、本当に嬉しかった。思う通りの人生じゃなかったって認めながら、自暴自棄にならず生活を続けていく芯の強さには頭が下がった。俺なんてちょっと計画が狂っただけで足元がぐらぐらになってたんだからなおさらだ」

まっすぐに喜一を見上げ、澄良は笑いもせずに言う。

「こんなに頑張って生きている人を支えたいと思ったんだ。何ができるわけじゃなくても、喜一の足元がぐらついたときはそばにいてやれる存在になりたい。だからあのとき、わりと本気でお前とは一生友達でもいいと思ってたんだぞ」

恋人になれなくてもいい。友人でも構わない。

報われない恋情を抱え続けるのは苦しいだろうが、そんなものは自分が一人で呑み込んで始末してしまえばいいだけの話だ。

傷心していた自分に喜一は自身の傷口を見せ、いずれそれもふさがると寄り添ってくれた。他人の目に触れぬよう隠してきたのだろう傷をさらしてくれた勇気を、できうる限り尊重したい。そしてこれからは、その傷を一人で抱えさせたくない。

「窓辺に置いた石くらいしか物がないあの寂しい部屋を、賑(にぎ)やかしに行く権利だけでも得られれば万々歳だと思ってた」

喜一の頬から顎先へ指を滑らせ、澄良は微かに笑う。

離れていく指先を目で追いながら、通夜の晩に送られてきた澄良のメッセージの意味を今になって理解した。

『これまでしつこく迫って悪かった』。そう送られてきたとき、澄良は自分に見切りをつけたのではないかと思った。

だが、実際は逆だった。もう無理強いはしない。どんな関係に落ち着いたとしてもそばにいると、そう決意したが故の言葉だったのだ。

愛じゃん、と居酒屋で澄良の同期が言っていたのを思い出したら、火であぶられたように首から上が熱くなった。

喜一の膝に頭を乗せた澄良は、見上げる顔が赤く色づいていくのを特等席から見守って、誇らしげな顔で笑った。

「ようやく俺の本気がわかったか」

こんなのもう、諸手を上げて降参するしかない。

おみそれしました、と呻くように呟いて、喜一は深々と頭を下げる。澄良は声を立てて笑うと首を起こし、許す、とでもいうように喜一の頰にキスをした。

澄良とつき合い始めてから、家の中に物が増えた。ベッドなどの大きな家具だけでなく、揃いのマグカップや洗面所の洗顔料に歯ブラシ。ベッドを買ったおかげで空いた押し入れの下段には収納用のケースを置いた。ケースの半分は澄良が使うタオルや着替えが入っていて、だから今夜のように澄良が突然泊まると言い出しても困らないだけの備えはあるのだった。

少し酔いを醒ますため先に澄良に風呂に入ってもらい、入れ替わりに浴室に入った喜一が諸々済ませて脱衣所を出てみると、すでに室内の明かりが落ちていた。テレビもついておらず、ベッドに横たわる澄良の背が豆電球の暗い光に照らされている。

澄良がこの部屋に泊まりに来るのは初めてではない。それだけにこの状況が、よそ見をしないでまっすぐベッドに来い、と促されているものだとわかってしまって、赤くなった頰を手の甲で拭いながらベッドに近づいた。

簀子の上に分厚いマットレスを置いたローベッドは、澄良に勧められて買ったものだ。

パイプベッドは軋んでうるさい、と店先で耳打ちされたときは何を言わんとしているのかよくわからなかったが、後から気づいて撃沈した。ベッドに乗り上がるときにあの会話を思い出してはむず痒い気分になる。

マットレスに膝を置くと、澄良が寝返りを打ってこちらを向いた。だんだん暗がりに目が慣れてきて、澄良の顔に笑みが浮かんでいるのがわかる。喜一、と名前を呼ばれ、招き入れるように腕を広げられて素直に澄良の胸に潜り込んだ。

初めて同じ布団に身を横たえたときはお互い緊張でガチガチになったものだが、今は柔らかく体が寄り添う。長く使った枕に自然な凹凸ができるように、しっくりと馴染む場所をお互いの体が覚えてしまったかのようだった。

髪に鼻先を埋められ、柔らかな笑い声が頭皮をくすぐる。生え際から額へと唇が降りてきて、笑みを浮かべた顔が視界に収まったと思ったらすぐ唇を重ねられた。

最初のキスはいつもじゃれるようだ。唇の表面をすり合わせ、戯れるように軽く噛む。寝間着代わりのTシャツの上から背中を撫でる手もあまりいやらしさを感じない。むしろくすぐったくて小さく笑うと、唇の隙間を舌先でつつかれた。開けてくれ、と無邪気に促される。

喜一は瞬きを一つして、ゆっくりと瞼を閉じる。代わりに唇を緩めれば、ほころんだそこから澄良の舌が忍び込んできた。

「ん……」

帰ってきたときは冷たく感じた澄良の舌が、今はひどく熱い。ゆっくりと口の中をかき回されて背中に震えが走る。それを見越したように背骨を指で撫で下ろされ、背筋がのけ反った。

最初の頃は性急なキスしかできなかったのに、今はもうキスをしながら体のあちこちに手を這わせるくらいの余裕が澄良にはある。不思議なことに、背中や肩などおよそ性感帯があるとは思えないような場所でも、澄良にくまなく指で辿られると息が上がった。

背骨を撫で下ろす指先が尾骶骨まで下りてきて、喉の奥からくぐもった声が漏れた。唇が離れて大きく息を吸い込めば、その隙にシャツの裾から手を入れられ脇腹を直接撫でられる。

「あ……っ」

「そのまま腕上げろ」

暗がりに響く澄良の声は笑みを含んでいる。腕を上げれば頭からシャツを脱がされ、石鹸の移り香が残るズボンも下着もすべて脱がされてしまう。

お返しのつもりで喜一も澄良のシャツの裾を引っ張った。暗がりに微かな笑い声が響き、澄良が服を脱ぐ姿が闇の中に薄く浮かび上がる。

再び澄良の腕が伸びてきて、素肌の胸に抱き寄せられた。背中を撫でられあえかな声を漏らす。身じろぎすると下腹部が触れ合った。すでに芯を持ち始めたそれはひどく熱い。

澄良は喜一の体の至るところに指を這わせたがる。初めて服を脱いで抱き合ったときからそうだ。他人の体に興味津々とばかりに、背中はもちろん、脇腹、腰骨、腿の内側、膝の裏、足の甲まで、輪郭を辿るように指で触れ、喜一の反応を見たがった。

喜一が少しでも反応すれば大いに喜ぶ。今も喜一の胸に指を滑らせ、突起を撫でられ息を詰める喜一を見て嬉しそうに笑っている。

相手の肌に触れたがる気持ちは喜一にもわかる。ただの友人や同僚相手では許されない行為が、自分には許されている。優越感にも似た感情に胸の奥が熱く蕩けるのだ。

喜一も指を伸ばして澄良の首筋に触れてみた。途端に澄良の肩が跳ね、慌てたように身を引かれる。構わず首筋から鎖骨に至るラインを指でなぞると勢いよく手首を掴まれた。

「くすぐったい……っ！」

澄良は首筋が弱い。触れられると身をよじって逃げるくらいに。

喜一は忍び笑いを漏らし、手首を掴む澄良の指先に唇を押しつけた。

「でも澄さん、くすぐったく感じる場所は性感帯とも言いますから。もう少し我慢してみたら、気持ちよくなるかもしれません」

常になく積極的な喜一の仕草に驚いたのか、ぐっと澄良が言葉を詰まらせた。

「……まだ酔ってるのか？」

「確かめてくれないんですか?」

沈黙は一瞬で、すぐに深く口づけられた。お互いにもう歯磨き粉の味しかしなかったはずだが、澄良は「酔ってるな」と断定的な口調で言う。酒の名残を確かめたわけではなく、口内の熱さや、珍しく遠慮のない喜一の舌遣いから判断したのかもしれなかった。

「珍しいんじゃないか? 会社の飲み会でそんなに酔うの」

「だって澄さんが、後ろでとんでもない話を始めるので……」

動揺してしまって、最後は完全にペースが狂った。

澄良は喜一の手首を離すと、その手で喜一の胸に触れて、ひっそりと笑う。

「全部本当のことだぞ」

心臓の上に掌を当て、人差し指でゆっくりと胸の中心を撫で下ろす。みぞおちを通り過ぎた指が臍(へそ)の窪(くぼ)みで引っかかり、喜一は熱っぽい溜息をついた。

「……よかったんですか、会社の人たちの前であんなこと言って。噂(うわさ)になったりしたら困るんじゃ……?」

「構わん。同期の女子からあれこれ探りを入れられるのも面倒だと思ってたところだ。適当に噂が広まってくれた方が楽だな」

「あれこれ詮索されたら……」

「適当にあしらっておく」

臍で引っかかっていた指先がさらに下がって、下生えをかき分ける。緩く勃ち上がっていたものに指が絡んで息を詰めた。さらにもう一方の手も伸びてきて喜一の右手を摑む。

「触るなら、首筋よりもこっちにしてくれ」

囁かれ、右手を澄良の下腹部へ導かれる。そろりと指を這わせるとそれはすぐに硬くなり、澄良に強く抱き寄せられた。

「は……、あっ……」

お互いに屹立を上下に扱いて刺激し合う。先走りが溢れてきて湿った音が室内に響いた。目の前に、奥歯を嚙んで快感に耐える澄良の顔がある。こんなときでも整った顔は崩れない。見惚れていたら目が合って、嚙みつくようなキスをされた。

唇が絡まって、いやらしい音がますます大きくなった。粘着質な濡れた音と、荒々しい息遣い。舌先を強く吸い上げられ、腰骨から背筋にかけて痺れが走る。

「んっ、ぅ……ん」

夢中で手を動かしていると、澄良が低く喉を鳴らした。限界が近いのだろう。喜一を煽る手にも力がこもる。

頭が沸騰しそうだ。水分が汗になって蒸発して、全身を巡るアルコール濃度が上がってしまう。指先から力が抜けて上手く手を動かせずにいたら、澄良が互いの屹立をまとめて摑んで扱いてきた。

「ん、ん……っ、ぅ……っ」

くぐもった声は澄良の唇に吸い上げられ、ほどなくして互いの腹の間でしぶきが散った。

唇が離れた瞬間、どちらからともなく大きく息を吐く。

額に汗を滲ませ、肩で息をしていた澄良が何かに気づいた。喜一がまだ達していない。

「あー……、すまん。俺だけ……」

ばつの悪そうな顔で再び手を動かそうとする澄良を、やんわりと止める。

「すみません、俺……思ったより酔ってたみたいで……」

「ん、でも勃ってるだろ」

「そう、なんですけど、あの……」

酔いに任せ、普段は自分から言い出せないことを口にしてみた。

「今日は、最後までしてみませんか……？」

暗がりでも、澄良が目を見開いたのがわかった。

つき合い始めて約半年。こうして澄良と肌を合わせるのももう何度目かわからないが、最後までしたことはまだなかった。

お互い初心者だ。最初は男同士で何がどこまでできるのか、したいのか、されたいのかと、あれこれ詮議を重ねるところからのスタートだった。

話し合いの結果、というより澄良に「抱かせてくれ！」と真っ向から頭を下げられて喜一が受け入れる側に落ち着いたはいいものの、春から澄良は新社会人として忙しく、喜一も不具合だなんだと土日の出勤が増えて未だに本懐を遂げていない。

「……いいのか」

頷けば、たちまち澄良に抱きしめられた。逐情して汗の引いた澄良の体に熱が戻ってくるのを全身で感じる。求められる歓喜で肌が震えた。

ひとしきり喜一を抱きしめた後、澄良がベッドサイドに手を伸ばした。サイドチェストからローションやゴムを取り出し、喜一に後ろを向くよう促してくる。

ベッドの上で四つ這いになると、背後から澄良がのしかかってきた。背中にひたりと胸が触れ、耳の後ろで「気分が悪くなったら言えよ」と囁かれる。

たっぷりとローションをまとわせた指が窄まりに触れて、背中が緩く山なりを描いた。指の先が慎重に体の中に沈み込む。

「……ん」

さほど抵抗もなくずるずると奥まで指が入ってきた。最初は指一本入れるのにも腐心したが、今は三本まで入るようになった。

慣れてきたとはいえ、体の内側を撫でられるとぞわぞわする。痛いよりも息苦しい。なかなか快感を拾えない喜一のために、澄良はいつも一緒に前を触ってくれる。大抵は前への刺激で絶頂に至るのだが、今日は深酒のせいかなかなか射精に至らない。

「う……、く……ぅ……っ」

シーツに顔を押しつけて声を殺していると、澄良が身を乗り出してきた。

「苦しいか？　もうやめとくか？」

受け入れる方の負担が大きいことは理解しているのだろう。澄良はいつも喜一を気遣う。腿の裏には硬い屹立が押しつけられているのに無理強いをしようとはしない。

でも今日は、もう少しだけ続けてほしかった。ここで身を離されるのは寂しい。居酒屋であんな話を聞いてしまったせいか、いつまでも酔いが引かない。

振り返って小さく首を横に振ると、「無理するなよ」と肩にキスを落とされた。

「あ……っ」

思わず声を上げると、肩口に唇を寄せたまま澄良が目を上げた。視線が交差して、澄良の目元に笑みが上る。皮膚をじっくりと吸い上げられ、軽く嚙まれてまた声が出た。

小さな刺激が積み重なって、雪崩が起きるように何かが溢れてきそうになる。それでいてなかなか吐精はできず、体の奥に重苦しい熱が溜まっていく。

「あっ、ひ……っ」

ローションをまとわせた指でぐぅっと内側を押し上げられて体が跳ねた。以前からぼんやり感じていた、澄良の指が掠めると腹の裏側がびりびりと痺れるような場所が突然鮮明になる。そこに触れられると声を抑えられない。

澄良も喜一の反応に気づいたようで、重点的に同じ場所ばかり触れてくる。

「あ、あ……っ、あぁ……っ」

声が甘く溶け、全身の関節が緩んでいく。腕で上体を支えることができなくなってシーツに突っ伏したら、奥を探っていた澄良の指が引き抜かれた。

「喜一、いいか……?」

耳裏で荒い息の交じる声がする。頷くと、後ろから腰を摑まれた。

ゴムをつけた屹立が窄まりに触れる。圧迫感に息が詰まった。

いつもはここで体が強張ってしまって、ほとんど澄良を受け入れることができない。けれど今日は、狭い場所が先端を呑み込む気配があった。

「いけそうだぞ」

わかりやすく澄良の声が跳ねる。そのまま押し進めてくるのかと思いきや、澄良はすぐに腰を引いてしまった。なぜ、と思う間もなく肩を摑まれ仰向けにされる。

暗がりに目を凝らして見えた澄良の表情は、眉を下げた子供のようなそれだった。

「前からでいいか? お前の顔が見えないと不安だ」

顔を見ていないと喜一の苦痛を見過ごしてしまうとでも思ったのだろう。ここから先に進むのは初めてだ。

初めてキスをしたときを思い出すようなその顔を見たら、胸の奥の柔らかいところが甘く疼（うず）いた。声が上ずってしまいそうで、何度も頷いて澄良の首に腕を回す。

脚を抱えられ、再び窄まりに切っ先が押し当てられる。体はすっかり緩んでいて、硬い屹立がずぶずぶと沈み込んできた。

「あ、あ……、ぁ……っ」

苦しいけれど、思ったよりも痛みはない。かりの部分を呑み込んでしまえば、後はすんなりと奥まで受け入れることができた。

お互い汗みずくで、胸元にぽたぽたと澄良の汗が落ちる。

俯いていた澄良は深く息を吐くと、ゆっくりと顔を上げて喜一の顔を覗（のぞ）き込んだ。

「……入った」

もっと興奮しきった顔をしているかと思ったのに、澄良は泣きだす直前のような顔をしていて、それを見たらもう駄目だった。

自分は澄良のこの顔にめっぽう弱い。すべて捧（ささ）げたくなってしまう。ガタガタと何かの箍（たが）が緩んで、澄良の首を抱き寄せる。

「き、喜一、大丈夫か？」

頷いてもまだ澄良が動こうとしないので、腿の内側を澄良の腰にすり寄せた。

「大丈夫です、から……動いてください」

つたない誘いは伝わったようで、澄良の顔からこちらを気遣う余裕が掻き消えた。捕食者の顔だ。困ったことにこんな澄良の顔も好きで、めちゃくちゃにされたくなってしまう。

「あ……っ！」

ゆっくりと揺すり上げられてあられもない声が上がった。緩慢な動きに、腹の底に溜まった熱が攪拌される。

「喜一、喜一……」

澄良は息を弾ませながら喜一の名前を呼び、その首筋に顔を埋める。首のつけ根を甘噛みされて背中がのけ反った。内側に接するものを締め上げてしまい、澄良が低く呻く。

それでもまだ、澄良は理性の手綱を離すまいと必死になっている。歯を食いしばった表情からそれが透けて見え、もっと、とねだるつもりで澄良の項に手を添えた。

澄良はくすぐったがりで、首筋を撫でられると肩をすくめて逃げようとするが項は別だ。やはりくすぐったい場所と性感帯は近い位置にあるのか、澄良の背筋に震えが走る。

項を撫で上げ、襟足に指を滑り込ませると、澄良の目の色が変わって前触れもなく突き上げられた。

「あぁ……っ！」

声が殺せなかった。後はもう待ったなしで揺さぶられる。

「ひっ、ぁ……っ、あ、あぅ……っ」

ひときわ深く押し込まれて喉を反らしたら、至近距離から澄良に目を覗き込まれた。

「……っ、喜一、お前、人を煽る余裕があるとは恐れ入ったなぁ……？」

煽られた自覚はあるらしい。虎の尻尾（しっぽ）を踏んでしまった気もしたが、今だけは年上ぶって薄く笑い返した。

「……早く」

掠れた声で促すと、澄良の目の奥が炯々（けいけい）と光った。もう子供っぽい表情なんてどこにも残っていない。余裕のない雄の顔に目を奪われていたら、再び大きく揺さぶられる。

「あっ、あぁ……っ！」

体の中を熱い塊が出入りする。未知の感覚だ。怖くなって澄良にしがみつくと、それ以上の力で抱き返された。もう唇に標的を定めることもできないのか、顔中に雨のようなキスが降ってくる。

互いの体がぴたりと添って、溶けるようだと思い始めた頃、指先で触れられるだけで痺れが走ったあの場所を硬い切っ先で突き上げられた。

「あぁ……っ！　や、あ、あぁ……っ」

爪先が跳ねて、唇から甘ったるい声がほとばしった。

「ここか……？　喜一、なあ……っ」

喜一の声色が変わったことに気づいたのか、澄良が狙いすまして同じ場所を穿（うが）ってくる。

「う、や、ちが……、あ、あぁ……っ」

「そうか……？　でも、とんでもなくよさそうだ」

耳元で囁かれ、腹の奥がきつくうねった。体に溜まった熱が逃げ場を探して暴れ回る。澄良が低く唸って、ますます激しく腰を打ちつけてくる。神経を鋭く弾かれるような感覚が強すぎる快感なのだと理解するのに時間がかかって、悲鳴じみた声が何度も上がった。

繰り返し突き上げられ、澄良の背中に爪を立てて縋りつく。

「ひっ、や、あ、あぁ……っ！」

目の前が白く明滅する。息もできない。全身の筋肉が引き絞られて腰が跳ねる。

放熱の瞬間は衝撃が強すぎて、自分が達したことすらすぐには気づけなかった。

「……っ、は……っ」

痙攣するように震える喜一の体を、澄良がきつく抱きしめてくる。

「——……喜一」

万感の想いを込めたような声で名を呼ばれ、ようやく目の焦点が合った。水彩絵の具を混ぜ合わせたようだった視界が明瞭さを取り戻し、鼻先が触れる距離に迫った澄良の顔が目に飛び込んでくる。

「喜一、好きだ」

そう言って、澄良は眉を下げて笑った。

ぽたりと頬に落ちてきたのは汗だろうか。澄良も自分も水をかぶったように汗だくだ。

喜一は最後の力を振り絞り、ふらふらと手を上げて澄良の頬を拭った。

「……俺も好きです」

澄良の顔に満面の笑みが咲く。

つたない告白を、澄良は何度でも喜んでくれる。それが喜一には何より嬉しい。

胸に倒れ込んできた澄良を受け止め、汗ばんだその髪を優しく撫でた。まるで子供にそうするように。

もう少し、このままでいてほしいと思いながら。

朝はしっかり食事をとるように。

祖父からそう教え込まれたという澄良は、喜一の部屋に泊まった日も必ず朝食を食べる。食べるものがなければ適当に作る。

おかげで今朝は、米の炊ける匂いで目を覚ました。

ベッドの上で、若干の二日酔いと体の痛みに呻いていると台所から澄良が顔を出した。

「おはよう、喜一。気分どうだ？　何か食べられそうか？」

澄良はだいぶ前から起きていたのかさっぱりした顔だ。情事の痕跡もない爽やかな笑顔を見ていると昨日の出来事が夢か何かのように思える。眩しさに目を眇め、「はい」と掠れた声で返事をした。

「もうすぐ米炊けるぞ。味噌汁はインスタントのやつ開けていいか？」

「はい、お好きに……。いつもすみません……」

澄良は狭い部屋を三歩で横切ってベッドまでやってくると、身を屈めて喜一の髪にキスをした。

「構わん。好きでやってるんだ。それより昨日は無理させて悪かったな」

労るように背中を撫でられ、やっぱり夢ではなかったな、と思ったらジワリと耳が熱くなった。はい、と答えるのが精いっぱいで、澄良の顔をまともに見返せない。

澄良が台所に戻った後、喜一もベッドを出て身支度を整えた。洗面所で顔を洗って部屋に戻ると、ローテーブルに米と味噌汁と玉子焼きが並んでいた。

惜しまず卵を使う澄良の玉子焼きはいつも大きくて、これだけで十分おかずになる。

礼を言ってテーブルに着き、二人で「いただきます」と手を合わせた。

「喜一、こっち側から食え。そっちはちょっと焦げた」

「これくらい焦げたうちに入りませんよ」

「いいから。あとこっちの大きい方を食え」

「俺よりも澄さんがたくさん食べた方がいいです。成長期なんですから」

「成長期って、俺をいくつだと思っとるんだ」

子供扱いされたとでも思ったのか、澄良は一番大きな玉子焼きを喜一の茶碗に放り込んでしまう。礼を言って口に含んだ玉子焼きは、出汁のきいた優しい味がした。

喜一は自炊をしないので家にはろくな調味料がないのだが、白出汁だけはいつの間にか澄良がこの家に持ち込んでいた。これがあれば大体の味つけは決まる、とのことだ。

玉子焼きを食べながら、喜一はちらりと澄良に視線を送る。

「澄さんって一緒にご飯食べるとき、いつも料理の美味しいところとか大きいところを俺にくれますよね。お店に行ったときなんかも」

「ん？　そうだったか？」

「そういうところ、好きですよ」

味噌汁を口に含んでいた澄良が軽くむせた。普段あまり喜一はそういう言葉を口にしないので驚いたらしい。しげしげと喜一の顔を見て「まだ酔ってるのか……？」と窺うような口調で言う。

「酔ってるかもしれません」

「二日酔いなら無理するな」

「酔っ払いの言うことなので聞き流してもらってもいいんですが、うちの合鍵いりますか？」

平静を装い、なるべくなんでもない口調で言った。

前から合鍵は用意していたが、重たく思われないだろうかと躊躇して澄良に渡す勇気がなかった。けれどそれ以上の言葉を、自分はもう澄良からもらっている。

こちらも覚悟のようなものを差し出したいと思った。

親戚もおらず、この家しか帰る場所のない喜一にとって、アパートの鍵を渡すことは自分の全部を明け渡すことに等しい。重たく思われるかもしれないが、そんな自分の重さごと受け取ってほしかった。

唐突すぎる申し出に澄良は目を丸くして、喜一の顔を見詰め、それからその手元に視線を落とした。

「……喜一、玉子焼き落としてるぞ」

気がつけば、箸の先でつまんでいたはずの玉子焼きを白米の上に落としていた。慌ててつまみ上げようとするが上手くいかない。

呆然とそれを見ていた澄良の顔に、朝日が昇るように笑みが差す。

「もしかして、その話を切り出すタイミングずっと窺ってただろ！」

「いえ、別に」

「涼しい顔して実はめちゃくちゃ緊張してたな？」

「いらないなら……」

図星を指された照れくささから話を切り上げようとしたら、満面の笑みを浮かべた澄良が身を乗り出してきた。

「いる！　いるに決まってるだろ、絶対いる！　欲しい！」

こういうとき、格好をつけることもせず全身で嬉しいと訴えてくれる澄良にまた胸を摑まれ、喜一はぐぅっと奥歯を嚙みしめた。

「食事の後に、渡します……」

「わかった、待ってろ、すぐ食べる」

「急がなくて大丈夫ですから、ちゃんと嚙んでゆっくり食べてください……！」

いつもは美しい所作で食事をする澄良が茶碗に口をつけて白米を搔き込もうとするので慌てて止めた。

澄良は嬉しそうに笑って「喜一！」と呼ぶ。こんなに近くにいるのに、少し離れた場所にいる相手を呼ぶような大きな声で。

「飯食ったら散歩に行こう！」

「え、はい？」

「帰ってきたら俺が鍵開けていいか」

そんな理由で、と笑ってしまった。親から初めて鍵を預かった子供でもあるまいし。

「あと、うちのマンションの鍵も今度持ってくる」

「……いえ、別に、澄さんは、無理にそんな」

「俺に渡しておいて自分は受け取らない気か。ずるくないか？　それ」

ずるくはない。むしろ気を遣ったつもりだったのだが、澄良が本気で不満げな顔をしたので大人しく受け取ることにした。それに、本音を言えば嬉しいに決まっている。

浮かれた気持ちもそのままに、こんな提案をしてみた。

「散歩に行くなら、川辺の道を歩いてみませんか？」

それと、もしよかったら——そう続ける前に、澄良が弾けるような笑みを見せた。

「どっちが丸い石を見つけられるか勝負でもするか！」

喜一の顔にも、澄良に負けず劣らぬ満面の笑みが浮かぶ。

「俺も同じこと言おうとしてました」

どっちが丸い、どっちが大きい、でも総合したらこっちの石の方がいい、なんて下らないやり取りを、自分も澄良と一緒にやってみたかったのだ。

窓辺には、父からもらった小さな石と、澄良が地元から持ち帰ってくれた一回り大きな石が置かれている。

父を亡くしてから、物のない部屋で手に取る石はいつもひやりと冷たかった。

けれど空っぽの部屋にはいつからか澄良の明るい声が響くようになり、今は部屋に置かれた雑多なものが柔らかくその声を吸収して、窓辺の石は日差しで人肌に温まっている。

小さな部屋と自分の中に、大切なものが増えていく。

そのことを、怖いとはもう思わなかった。

窓辺に置かれた二つの石。その隣にもう一つ、澄良と二人で厳選して持ち帰った石を並べる様を想像したらなんだかとんでもなく眩しいものを見てしまったような気分になって、喜一は笑いながら何度も何度も瞬きをした。

あとがき

見知らぬ人とオンラインでゲームができない海野です、こんにちは。

ゲームは好きなのですがどう足掻いても腕前がポンコツなので、周りの人に迷惑をかける予感しかなくてオンラインプレイに踏み切れません。うっかりミスなどしてしまうと「一緒にやってくれてる人、今頃舌打ちしてるんだろなー！」と思ってしまってもう駄目です。実際何か言われたわけでもないのにゲームを楽しむ心境ではなくなって、しおしおとコントローラーを置く羽目になります。

そんなわけでゲームはもっぱらソロで楽しんでおります。「これ絶対誰かと一緒に戦った方が楽に倒せるだろうな……」という敵に遭遇しても、いや、他人を頼るのはよくない、私が強くなればいいのだ、と己に言い聞かせ、黙々と装備の強化、自身のプレイスタイルの見直しなどを行う日々です。

ゲームってこんなストイックにやるもんだっけ？　という気もしないではないのですが、一緒にゲームをしている相手の顔が見えないのはどうにも不安で、オンラインでの協力プレイはリアルな友人としかやったことがありません。

そんなわけで半分はオンラインゲームに対する憧れも込めて書いた今作ですが、いかがだったでしょうか。地味な三十代のサラリーマンと、眩しいくらい容姿の整った大学生という、見た目も年齢もまるで違う二人が相手の素性もわからぬまま距離を縮めていく過程を書くのが個人的には大変楽しかったです。

イラストは蓮川愛先生に担当していただきました。今回の主役である喜一は華奢でもなければ可愛らしくもなく、一重の地味な三十代。華やかな画風の蓮川先生にこんな地味なキャラをお願いしてもいいものだろうか……？　とドキドキしていたのですが、どうですか皆さん！　地味なのに魅力的という、どうやってこの二つの要素を違和感なく融合させたのかと驚愕する仕上がり！　最高じゃないですか⁉

そしてもちろん、地の文で容姿を爆上げしていた澄良も文句なしの超絶美形！　これは喜一も毎度毎度眩しい顔をするわけですよ。これだけ美しい顔が目の前に迫ったら瞳孔も開きっぱなしになるでしょう。蓮川先生、素敵な二人をありがとうございました！

そして末尾になりますが、この本を手に取ってくださった読者の皆様にも厚く御礼申し上げます。揃って恋愛初心者の二人が手探りでモダモダしながら、ゆっくりと恋をはぐくんでいく様子を楽しんでいただけましたら幸いです。

それではまた、どこかでお会いできることを祈って。

海野　幸

海野幸先生、蓮川愛先生へのお便り、
本作品に関するご意見、ご感想などは
〒101-8405
東京都千代田区神田三崎町2-18-11
二見書房　シャレード文庫
「イケメンすぎる年下から熱烈アプローチされてます」係まで。

本作品は書き下ろしです

イケメンすぎる年下(としした)から熱烈(ねつれつ)アプローチされてます

2024年2月20日　初版発行

【著者】海野幸(うみのさち)

【発行所】株式会社二見書房
東京都千代田区神田三崎町2-18-11
電話　03(3515)2311[営業]
　　　03(3515)2313[編集]
振替　00170-4-2639
【印刷】株式会社 堀内印刷所
【製本】株式会社 村上製本所

落丁・乱丁本はお取り替えいたします。
定価は、カバーに表示してあります。

ISBN978-4-576-23155-6

https://charade.futami.co.jp/